シリーズ
日本語の醍醐味⑪

砂漠の雪

稲葉真弓

烏有書林

序詩

『母音の川』より

だれもいないのに鳴っている

わたしは自分の性器のなぜ濡れるかを知らない
あ　といい　う　といい　ああ　という
生まれたての茸のような一点の屹立や
くぼんだ場所で伸び縮みする濡れた皮膚の熱についても
語られる言葉は途切れがちで
謎はひそひそと　幾世紀を歩いてきた

老いた毛を抜く女がいる　白い毛　灰色
銀　茶色　狐色　クコ色　ちぢれっ毛

触れる記憶は苦かったり　楽しかったり
毛にも　感情の起伏はあるのだった

滝にもまれた日もある
時間のかけらが崖や谷になり
カラダを　満月　半月　三日月　満ち欠けが通り過ぎて
乳房の　ときに腫れたり　痛んだり
月の橋は絶えず曇天と晴れやかな時を浮き沈みする
あ・と・い・と・う・と
ああ・と・いい・と・うう

さやえんどう
だいず　ぎんなん
そらまめを　むく
世界の最初に触れる実の　青　黄色　緑の皮

だれもいないのに鳴っている

それもまた湿っていて

わたしはむく　桃色　クリーム色

薄い皮　堅い殻　繊毛で被われたもうひとつの肉を

めしあがれ　めしあがれ

わたしのちいさな豆科植物

母音のさざめきのなかを　幾夜も満ちたり引いたり

ときに若くとがり　または沼地になって

マメ科ヒダ属のオブジェたちが

波打つ　うめく　震える　縮む　踊る

それはオルガンの尾音にも似て

胎内を鳴らすたったひとつの楽器（痙攣する宴）

春の朝　わたしはむく　自分の体を

そらまめをむくように　すじをとる　ふたつに割る
撫でてみる　表皮を
青々と濡れて光る
ころり　ころり　弾力があって
さやさや　さやの奥　二つに割れていくやわらかなベッド

あるいはわたしは熟れたぶどう
水のパオを持つ紫の　重く冷たい果実だった
薄い被膜にさしこむ光を受けて
いつまでも天と地との間で吊り下げられている
（そうとは知らず　吊られている喜び）

夜　わたしは聞く
だれもいないベッドに　たくさんの母音が満ちてくるのを
女がいればそこにある

あ　あ　いい　うう　あいうえええ
おお　と　低く　低く

教科書にはなかったことがら
音楽の時間にはなかった母音の階調
新しい学習の
うれしさと悲しみが

水と蜜を縁に乗せて　触れもしないのに
（月齢の膨らみととがりは繰り返されて）
薄闇の奥で
一人ぽっちで鳴っている

砂漠の雪

目次

草宮

ミイラになりたい……そんな老女がいることを聞いたのはもう七、八年も前のことだろうか。老女はとうに死んでいるはずなのに、ときに女の脳裏に、会ったこともない老女の緑色の顔の輪郭だけが浮かんでは消えるのだった。

あの頃女は、武蔵野の面影を残す林の中に住んでいた。木造の小さな家の周りは凹地で、雨の日には、前に広がる神社の境内が水の鏡のようにきらきらと光った。その家で女は何度水に閉じ込められたことか。朝、戸を開けると水の輝きの中に道は消えて、水面に反射する木々の緑だけがあざやかに目にしみるのだった。

当時でも家賃は月五万円で、六畳が二間と八畳の洋間のある一戸建ての家にしては、法外に安い値段だった。それがたびたび増水する土地柄のせいだとわかったときには、女はもうどこにも行けない、その家の住人になっていた。

「やあ、これは浮島だ」と喜ぶのは通ってくる男だけで、男は決まって雨の翌日「水の具合はいかがですか」と呑気な口調で電話をよこすのだ。もっとも水に閉じ込められるといっても、家が浮くわけではなかった。家は凹地の底を土で盛り上げた上に建っていて、水はそのしっかりとした土盛りの下を薄く這うだけである。道の上をひたひたと流れる水をまたぎまたぎ、靴の中まで濡らす覚悟なら、いくらでもその凹地を行き来できた。

男がやってくるのは、雨の夜かその翌日、あるいは台風の前が多かった。彼は神社の境内の木々を鳴らす風の音や、古い瓦屋根を打つ雨の音にしばし耳を傾け、女が借りたこの家をなぜか女以上に気にいっているように見えた。

都心のマンションの十何階かに住み続けている男には、間近に地を這う水の色が珍しかったのか、あるいは凹地の底に住み着いた女が珍しかったのか、しきりに雨の前後を狙ってはやってくる。

上の道に車を止め、彼は用心深く前屈みになって斜面の道を降りてくる。時にはズボンの裾をまくり上げ、靴と靴下を手にぶらさげて、薄い水を足の甲でかきわけながらやってくるのだ。水に閉ざされた湿った凹地の家の玄関に立って、ひどく陽気に「ロウソクを買ってくればよかったな」そんなことを言ったこともあった。山の中のあばらやを訪ねる男の気分を想像してみたのか、あるいは谷底に住む鬼女に、一夜の宿を借りる旅の男の気分になぞらえてみたのか、ただ、男は水の中をくぐってくるとき不思議に明るい顔をしていた。

そんな夜だ。男のひんやりと湿った体を前に、女はふいに男をからかってみたい気分になるのだった。

「今夜はもう、帰れないわよ。水の中なんだから」

「水心中ですか、悪くないな」男も玄関に立ったまま笑いながら答える。そんな言葉があるのかどうか知らないが、甘やかないい響きの言葉だと思ったりする。思いながら女は、次に男のすることをもう予測している。

足を拭くと男は、居間になっている八畳を横ぎり、決まって神社の境内に向いた寝室のガラス戸を一杯に開く。木々の影だけが濃い神社の境内には、もう道はない。普段でも夜の境内を通る人は少ないが、雨の夜には人の影も野良猫の姿も絶えて、確かにこの家は水の中で孤立した島のように見えた。

強い雨が降っているときも、雨上りの星が出ているときも、男は同じ仕草で同じ動作を繰り返す。どしゃぶりの日には縁側に雨のしぶきがかかるのだが、男は構わず首を闇に突きだし、境内の奥の濃い暗がりを覗いて見た。雨が上がった直後の、湿った水の匂いのする夜にも同じことをした。目の前の暗く広い神社の奥に、潜んでいるものを確かめているのか、ひととき無言で闇と戯れたあとの男の目は、家に入ってきたときよりずっと落ち着いた、安堵に似たものが漂っているのだった。

「変な人ね、子どもみたい」女は笑う。その邪気のない笑いが男の気分を誘うのか、いつも女は語尾が消えるか消えないかの間に、男の腕に抱き寄せられている。

水の匂いのする夜の性愛は、とうに女と男の体になじんでいる。目を閉じても女には、開かれたガラス戸の向こうの厚い闇が見えた。そのさらに向こうには欅《けやき》やニセアカシア、銀杏など、凹地をおおう木々の暗がりが見えた。それら木々の隙間を通って、水の匂いだけが、横たわる女の鼻先に漂う。室内の闇と外の闇の境目で、水と植物の匂いにからめとられていく自分の姿も見えた。女はときに男の下で「木イチゴの匂いがするわね」とつぶやいたり「なんだか水草みたいだわ」と言ったりした。そしてまた男が帰って行く間際、男の背中に向かって「私、ずっとここにいるわよ。水が引かなくなっても」そんな言葉を投げかけたりもした。

仕事の関係で、海外と日本とを数年ごとに行き来していた男が、なぜこの古い家に住む女を選んだのか女自身にもよくわからない。若くはないが、経験もそれなりの地位もある男の気を引きたがっている女は他にもいただろうし、男にしても面倒なことにならずにつきあえる女の一人や二人はいただろう。そう言うと男は決まって言った。

「干涸《ひから》びたほおずきのせいですよ」

初めて男が凹地の家に来たとき、女の部屋にはほおずきがあふれていた。凹地の上には造園業者が経営するいくつかの園芸店がある。普段造園業者は季節ごとに椿やツツジやヒマワリなどの花苗《はななえ》を店先に並べているが、盆が近づくと縁台一杯にほおずきを並べるのだ。そんなほおずきが、八月の終わり、造園業者のごみ置場に山のように積み上げてあった。女はその無残な植物を哀れみ、腕一杯持ち帰ったのだった。

何日かして壺から引き出されたほおずきは、捨てるにはまだ余りにも色鮮やかで、女はいくつもの束に分けて居間の天井から吊しておいたのだった。風がよく通る部屋で日毎にほおずきの袋は乾き、やがてガラス戸を開くたびに風に揺れ、触れ合ってかさかさと鳴るようになった。男が急ぎの仕事を携えて初めて女を訪ねてきたとき、袋はとうに干涸びていたが、干涸びた分だけ繊維がくっきりと浮き上がり、不思議な模様を描いていた。

男は立ったまま天井を見上げ「これはあなたの風鈴ですか」と真面目にたずねた。女も「ええ、そう。私の風鈴」とこれも生真面目に答えた。すると男は笑いながら「僕は好きだな。この風鈴。風が抜けていくあばらやみたいなぼろ風鈴だ」と歌うように言ったのだった。

男はどこか外国で、骨の風鈴を見たそうだ。鳥の骨やけものの骨を無造作に木にぶらさげて、それを魔除けにする土地があるという。風が吹くとからからと鳴る。その音が骨とは思えないほど良い音がしたと言った。「骨の笛もあったっけ。髄《ずい》を抜いて何か所か穴をあけ、ぼうぼうと吹くんです。いやに原始的でもの哀しい音だった」

「ほおずきもそう。口の中でぼうぼうと鳴るわ」ぼうぼうではないのかもしれない。もっと別の音だったかもしれない。ギュギュ、だったか、グワッグワッだったか、女は男の横顔を見上げながら、自分がまだ一度もほおずきを口に入れて鳴らしてみたことがないのに気付くのだった。

その半月ほど後、男は再び女を訪ねてきたが、その夜にも、女と男の頭上にはほおずきの風鈴があった。翌年の夏の天井にも干涸びた袋が風に鳴っていた。穴だらけの風鈴を闇の中で見上げ、袋がかすかに鳴る音を聞きながら、女と男は水の匂いのする風に吹かれていた。

ミイラの話を聞いたのはそんな一夜のことだった。

「東京の山手のGという町に、不思議なばあさんが住んでいてね」と男は言った。

Gといえば、古い屋敷町だ。女の住む凹地の町の土地持ちは、土地の税金対策のためにいつからか造園業を営むようになっているが、その町でもやはり造園業が盛んだという。もっとも駅の周辺はブティックや雑貨屋がひしめきあい、とても屋敷町とは言えないがね、と男は言った。老女の住んでいるのはファッション通りと垂直に交わる国道の奥、木々がまだうっそうと茂る一角だという。

男は闇の中で言った。

「〝楼蘭の美女〟の話を聞いたことがあるでしょう？　美貌のミイラとして騒がれた、中国の少女。何年前だか忘れたけど、ずいぶん前に」

「王族の娘だったか、生きていたときとちっとも変わらない美しい姿のまま掘り出されたミイラ……たしか、そんな話だったと思うけど」女はうろ覚えのまま言ってみた。

「そう、そんなミイラになりたいというばあさんがいてね」

男はときどきそんな話をする、仕事で飛び歩くうちに知り合うのか、海外で出会った人や取引先の人物の話を、どこともつかぬ場所に住む、物語めいた人物のようにとりとめもなく話して聞かせるのだ。沈黙を破って紡ぎ出される会話の底には、性愛のあとの隙間に、妻のいる自分のもうひとつの暮らしを女に思い出させたくない気分が混じるのか、帰るまでの時間をどう潰したらいいのかわからなくて、とりあえずなにかを喋ってみる、そんな気配もないとはいえないのだった。

「どす黒いような青い顔をしていてね。草を煎じた茶を飲み、草を浮かべた風呂に入り、草を詰めた枕で寝ていた。いつも素裸で庭を踊るように走っては、犬や猫や鶏を追いかけていた。そういえば、ばあさん、うちの鶏は、雑交のせいか奇形ばかりだと言っていた。おまけに野生化しているから庭の木から木を飛び回る。すごい風景だったね。庭には草が生え放題で、絶対に刈らないんだ。訪ねていったとき、たくさんの野良猫が炊き込み飯を食べていて、ばあさんは退屈すると、庭に住み着いた猫や鳥に豪勢な飯を作り、たらふく食わせてやるんだそうだ」

老女が住んでいるのは、何代も続いた旧家の広い屋敷だそうだ。東京の一角とはいえ、家の敷地内には何重にも木々が生い茂り、庭の隅にはうっそうとした竹林もあった。しかし、家は屋敷というには程遠く、屋根は崩れ、廊下も畳も雨もりのせいでずぶずぶになり台所は足の踏み場もないほど用具が散乱し、家の中には犬や猫や鶏が縦横に走り回っている。なによりもすさまじいのは、老女の家の風呂だ。庭の草を刈り取って煮立てた湯船は青く染まり、湯の中には一抱えもある草が浮き沈みしている。草風呂のせいか、老女の膚《はだ》は青いような色をしている。

「草の汁が何年も塗り重ねられて皮膚になった……そんな感じの膚だった」と男は言った。

老女がそんな暮らしを始めたのは、大金持ちの夫が死に、残された財産に男たちが群がるようになってからだそうだ。Gという町のあちこちにあった土地を人に貸し与えてしまうと、老女は古い家に閉じこもって、やってくる男たちを待つようになった。男たちは、次々に建つ若者向けのブティックの白やピンクや山小屋風の店の前を、背を屈めるようにしてやってきては老女に金をせびるのだ。そして老女はそんな男たちのひとりひとりに金や体を与えたのだそうだ。

男が老女と知り合ったのは、老女の家にあった古い象牙の細工物を男の知り合いの外国人が譲り受けたのが縁だった。老女は、その後、外国人に骨董品のすべてを無償で与え、引き取りに行ったのが男だった。

「あなたも寝たの？　その人と」女は男をうかがいながら尋ねてみる。男は笑う。曖昧な顔をしている。曖昧な顔のまま首を振る。「老女だぜ。それに会ったときには、もう半分死にかけていた」

しかし、女に老女の元に何度か通っただろう男の姿がありありと見えるのは、男の曖昧な口調ではなく、口調の奥にある夢見るような響きのせいだ。

「よくわからないな。どうしたらああなれるのか。女っていうものがよくわからない。ミイラになってどうするつもりだったんだろう」

老女は男に尋ねたそうだ。〝楼蘭の美女〟はいくら金を出したら買えるのだろうと。そのミイラを手に入れて、自分がミイラになる研究をするためにはどんな人物を雇ったらいいのだろうと。そして老女は、男が仕事で中国に行くことになったとき、本当に厚い札束を用意して「これで〝楼蘭の美女〟を買ってきてほしい」と手をあわせたのだそうだ。

「あの女は本当にミイラになりたがっていたんだ。草の風呂に入ったのも、草を煎じて飲んでいたのも、草の生命力を信じていたからなんだ」

「死なない自分を夢見て？」

「君はどう思う？　女が老いていくとき、やっぱりミイラになりたいと思うのだろうか。肉体の自然現象に逆らって、ミイラになりさえすれば死なないと信じたりするのだろうか」

女は笑った。老いるという感覚がまだよくわからなかったからだ。当時の女はまだ十分若くも思わなかった。


〝楼蘭の美女〟になりたいかと聞かれてもピンとはこなかった。それに若いままで死にたいと

「ばあさんが妙なのは、死んだあとミイラになるのではなく、生きたままミイラになりたいというところなんだ。しわくちゃのばばあがミイラになってどうするつもりなのかね。〝楼蘭の美女〟は若くて美しかったから価値があるのに、ばあさんのミイラなんて、だれが見る。どうしてミイラになんかなりたかったのかね」

男はもう一度同じことをつぶやき、女を見た。いやだね、ああいうばあさんは。それでいて女には、男が老女にひかれていることが手にとるように見えるのだった。自分では理解できないものに関心が働き、いつしか相手に近づいては好奇心の深みにはまっている……そんな子どもじみた性癖が、男の中には確かにあるのだった。

女はふいにやさしい気分になって言った。

「わからないわ……でも私はミイラにはならない。ミイラのほうが、本当の死体よりも醜いもの」

女は歩いている。いつも自分が水草のように揺れているのを感じる。風や水の流れに乗って、体の重みがいつもよくわからないのだ。男の前にいるときもそうだった。夜の鼻先にあふれる木イチゴや、境内に咲く春のツツジや夏のクチナシの匂いははっきりと分かるのに、なぜか自分の匂いがいつもわからない。

女は昔から傘を差して日陰にいる病弱な自分が好きだった。いつも斜面の陰にいるシダ類のような植物が好きでもあった。名前の残らない事務的な翻訳の仕事を選んだのも、凹地の家を選んだのも、女の志向がそうさせたのかもしれなかった。水に閉ざされる日々に出会う前に、すでに自分の性癖を知って無意識に場所を選んでいる……雨が降り続いて水の中にいるとき、女は絶えず揺れ続けた自分の体が自然に垂直に鎮まるのを感じる。水の棺のような家に閉ざされて初めて、息を深くつくことができた。

通ってくる男の背後に、もうひとつの家があることも、女には苦にはならなかった。時に男と暮らしている自分を思ってみることはあっても、自分が本当はだれとも暮らせないだろうことも知っていた。女は、これまで人と一緒に暮らしたことがなかった。贅沢といえば、あり余る時間を持っているということだけ。そして一人で生きていけるだけのささやかな仕事があるということだけ。

女は目覚めると境内の緑を眺めながら朝食をとり、そしていつものように机に向かう。仕事机の上には仕分けされた書類が積み上げてある。封筒の表には貿易会社や商社、輸出入代理店の社名が書き込まれ、中には商品のカタログや書類、あるいは海外向けの機械の分厚いマニュアルが詰め込まれている。

根気と忍耐の必要な仕事に明け暮れながら、女はいつからか自分を、斜面にへばりつく植物のように感じるようになっている。この土地の斜面の植物は、低いくせに腰が座り、深く根を張っていた。斜面を滑り降りる子どもたちが、どんなに乱暴に植物の根を踏みつけても手でひねり上げても、傾いたまま再び根を張り、そのねじれた形のまま陽のほうへと顔を向けている。机から顔を上げて外を見るとき、女は自分の顔や体が、陰影の濃い斜面の一部に隠された、低い木の一本のように思えることがあるのだった。

晴れた日、女は凹地から出て斜面の道を上り、上に並ぶたくさんの家々の庭を眺めながら歩いた。どの家の庭も水はけがよさそうで、おそらく家々の庭や屋根を洗った水は、女の住む小さな凹地に流れ込むのだろう。その水を一身に引き受ける場所が女はどこよりも好きになっている。上の道から斜面を伝って落ち込んだ水が、自分の家の周りで薄い膜を張り、男と自分の夜を守ってくれるのが何よりも気にいっている。

だから女は、どんよりとした日の雨が降りだす前の一時を選んで、自分の住む凹地に水がどんなふうに流れ込むのか、その水の道筋を確かめるような思いで散歩に出る。

雨が降れば男は来た。凹地の上に男の車が止まる音も、男が靴をぶらさげて薄い水をかき分けてやってくる足音も聞こえなかったが、男が来ることだけは確かだった。そして普段は閉ざされている境内との間の寝室のガラス戸が、闇に向かって大きく開かれ、その闇の中に横たわる自分の髪の一本一本をかきわけるようにして、植物の匂いが満ちてくる。

女はいつしかねだるようになっていた。なぜ見知らぬ老女にひかれるのか、自分の心の動きがよくわからない。わからないまま女は、執拗に男からその老女の話を聞き出そうとする。開け放した闇の底に横たわったまま、女は低い声で言う。

「ねえ……あの人……ほら、あのおばあさんよ、どんな人？　どんな顔立ち？　どんな暮らしをしていたの？」

性愛の隙間の不安が埋められればそれでいいのかもしれなかった。女と男の夜にはいつしか、あの老女の話題が静かに滑り込むようになっていた。男は女のために、自然に語り部の役を引き受けるようになり、あるときは、老女の住んでいた場所を記憶をたどりたどり地図に描き、ここにこんな木が立っていて、ここに竹林があった、そうそう、門は立派な石造りでね、ところが庭には腐った布団が積み上げてある、その上にもペンペン草が生えていた。ペンペン草といえば床板の外れた廊下にも生えていて、あれは草の宮殿みたいな家だった、その家に住むばあさんは、言ってみれば草の巫女みたいなところがあった、と女に説明するのだった。

「昔は美しかったんだろうな。ほとんど裸で暮らしているくせに、足の裏なんか抜けるように白くてね。そう、こんな話を聞いたこともあった。そのばあさんは金持ちの娘でね。美貌の婚約者がいたんだそうだ。しかし魔が差したのか婚約者を捨てて、財産持ちの遊び人に体を与えた。それが死んだ旦那だったそうだ。この旦那が、ろくに家には帰って来ない。札束さえ妻に与えておけば自分は自由だと思っていたんだろう。何人もの女を囲い、その女たちのところを転々としていたそうだ。子どもができてしばらく旦那の遊びもおさまったが、病気で死ぬと遊びは前よりもひどくなった。自虐的な男だったんだろうと思うね。昼も夜もなく転々と女たちのところを渡り歩き、たまに帰ってくるとむさぼるようにばあさんを抱く。それでも飽き足らずにまた女たちのところを訪ね歩き、ついに愛人の一人の家で死んだそうだ」

しかしその自虐的な絶倫男は、借金だけは残さなかった。それどころか妻に広大な土地を残して死んだのだ。老女の奇矯が始まったのは、夫の死後間もなくだった。

「私はもともとアメーバーみたいなもの、巣食う虫は全部宿らせて、巣食う虫から養分をとるの」

老女は、訪ねてくる男たちにそう言ったそうだ。老女は、一度も夫の所業に恨みごとを言わなかったというが、「あれは夫も巣食う虫の一匹だったからだ」と男は言う。アメーバーのような体の中に夫という虫を遊ばせ、黙って養分を吸い取って澄ましていた、そう男は老女を評して言った。

女は老女の白い体を闇の中に浮かべてみる。少女のような体、廃屋の中でくねくねと動きながら男を翻弄する体、緑の草に囲まれて〝楼蘭の美女〟を夢見ている狂女……。ぽっかりと開いた目の中にぼうぼうとなびいている庭や廊下の真っ青な草。その老女の目の中で、生きて、生きて、生きて……どこまでも生きてやる、となびく草は歌う。

ときに女は老女の体を濃い緑色の溶液になぞらえてみることもあった。どろりとした緑色の液は、丸くなったり薄く伸びたりして男たちの体の上を行き来し、しかし決してどこにも垂れないのだ。

女は闇の中で目を開いて言う。

「みんな腐るのに不思議な話ね。腐らないものを夢見るなんて」

「そう……腐らないものなんてないのさ。あのばあさんは標本になりたがっていたが、いくら草を食べたって、草の汁に体を浸してみたってだめさ……ただかわいそう、そんな気はするけど」

「かわいそう?」

「あんなに年をとってからも執拗に夢見る女なんて、男にしたら、かわいそうで不気味なもんさ」

闇の中で男の声が途切れたとき、女は小さな息をついた。同じ東京の、ビルの高い十数階に、海外や別の場所にいる男を待って生きているもうひとりの女がいる。なびく草にも水の中の浮島にも縁がなく、ほとんど子どもと二人きりで未亡人のように生きているもうひとりの女がいる。学校と塾と、自分の部屋の玄関と、都心の雑踏を行き来して一日を終えるそんな一人の女がいる……。

「かわいそうだなんて……」女は強い口調でいう。そして穏やかな声でいい直す。

「夢を見ない女だっているわよ。絶対に夢を見ない女……ひとつの場所で最初から最後まで鈍感に生き延びてしまう女だっている。私にはわかるわ。そのおばあさんは、だれにも愛されなかったのよ。愛されなかったから、ミイラになりたいなんて考えたんだわ。夢を見ているわけじゃない。寂しくってたまらないから、観念の中で死なない自分を思い描いて、とうとうミイラにたどりついちゃっただけよ。草だらけの凄い家にしても、おばあさんにとっては、そこが楼蘭の神殿だったのよ」

雨季が過ぎて夏の熱射が凹地の上の道を照りつけるようになっていた。女は、机の上に仕事を広げ、その厚い書類の向こうに見える境内の濃い緑を見上げた。いつからかセミが減っている。一昨年よりも昨年、昨年よりも今年と少しずつ減っていくセミの声がまだ今年は聞こえなかった。

　蒸し蒸しする空気が凹地の底に淀んでいた。女は、柔らかい髪をかきあげ、汗ばんだ首筋を傾ける。髪で被われていた地肌に弱い冷房の風が当り、首筋の一か所がひんやりと冷やされる。そんなときだ。女の脳裏に男の唇の温度が甦る。夏でも男の唇はひんやりと乾いていた。闇の中を行き来する男の唇の温度が、ふいに女の鼻先に雨の匂いを運んでくる。

　女の部屋には、新しい今年のほおずきがぶらさがっている。逆さまに吊したたくさんのほおずきの枝は、下のほうの葉はすっかり黄ばみ、袋の赤さだけが古びた暗い天井に映えていた。昨年のほおずきも、一昨年のほおずきも、まだ天井に吊したままだ。年を経た植物はいつしか茎も袋も色あせて、中が透けて見えるほどに繊維が弱っている。虫がついて穴だらけになったほおずきの何本かはさすがに捨てたが、まだ大方が風に揺られ、屍のような姿をさらしていた。

　男はいつか「あの中に灯火を入れてみたらどうだろう」と言っていたが、美しい赤は脱色されてもう見る影もないのだ。捨ててしまえばすっきりするものを……つぶやきながら、束を抱えてゴミ置場に向かう自分の姿ももう何度か想像してみた。しかし、なぜか女は、古いほおずきのことを忘れたふりをしてみたいのだった。

　あるとき女は暗い天井を見上げながら傍らの男に言っていた。

「ねえ、本当にあの中に灯を入れてみましょうか」

「いいね」男は無邪気に笑った。小豆くらいの豆電球がいい、と男は言った。

「きっと、火の玉みたいに見えるわね」

女は目を閉じて、二人の体の上に点々と落ちてくる赤い炎を思ってみた。少しも熱くはないのだった。むしろ冷たいくらいの炎だった。もっともっとたくさん落ちてくればいい……赤いガラス玉のような炎はきっと芯から体を冷やしてくれるだろう。

その美しいとも、はかないともいえる幻を瞼《まぶた》に転がしながら女はつぶやく。

「ミイラになればもう、永遠に暑くも寒くもないわね。そんなふうに、あの人は生きたかったのかしらね。お金も男も何の役にも立たなかった……だから、一番安心できる自分になりたかったのかしら」

「……ただ生き続けたかっただけに決まってるさ。欲が深い、それだけさ」

女は黙って男の薄い耳を見ていた。ときどき、この耳も闇の中で見ると白い灯火のように見える。女はそんなことを思いながら眠りと闘う。まどろみながら言った。

「私は、ミイラよりも骨の風鈴がいい。腐ることはないけれど、いつかは粉々になって風に消える。ミイラよりもずっと簡単でいいような気がする」

夏の熱ぼったい風の中にいると、男との会話のいくつかが、ふっと女の脳裏に浮かんでくる。雨の夜の静かな会話は、いつも遠い幻のように思えた。昼の光の中で見る昨年のほおずきは、いつしか袋は萎《しな》びて縮み、ふっくらとした曲線を失っている。そんなほおずきの束を見上げながら、同時に女は目をそらす。私はきっと、昼のほおずきが恐ろしいのだ。あの中を見ることが、あの袋の中に黒く縮んでいるものを見ることが……薄い繊維に包まれたまま、黒く変色した実を見ることが恐ろしくて、だからいつまでもほおずきを捨てられないのだ。

テレビは連日のように水不足を訴えていた。東京にはもう何日も三十度を越す暑さが続いていた。そんな日照りの中を、女は町のあちこちを歩き回った。凹地からかなり離れた新興住宅地へも行ってみた。そのあたりには、驚いたことに夥《おびただ》しいセミが鳴いていた。湿った凹地にはセミの音が絶えているというのに、乾ききったアスファルトの上では、生命が氾濫しているのだ。その声を聞きながら女は、今年の夏は短いかもしれないと思う。短い夏を体全体で吸い取ろうとでもいうように、熱射のただ中でセミはひっきりなしに叫びを上げていた。

女はときに、夏の日差しの中で自分の体が陽炎のように溶け出すような、めまいとも立ちくらみともつかぬものを覚える。凹地を出て高台を歩くのは燃えている太陽を見るためではなく、雲を探すためなのだ。風と雨を運んでくる空の変化を、女は恋いながら歩いている。こんな天気のとき、男がなにをしているのか女は知らない。汗にまみれて東京の町を飛び歩いているのか、あるいは冷房のきいた事務所にもぐりこんで書類を書いたり、海外から届くファクス原稿に目を通したりしているのか、女は男の会社を訪ねていくことを何度も考えながら、しかしとうとう一度もそれを実行したことはなかった。

雨が続けば男は何夜も来る。女もまたいつしか出来上がった男との性愛の趣向を壊したくはないのだった。

畳の上を滑る自分の素足や、台所に冷えた茶を取りにゆくときの自分の体の泳ぐような足取りにしても、男と知り合う前には意識しなかった動きがある。体が男に向いているのか、体の周囲にまつわる闇に向いているのか判然としない。男の存在そのものが闇で、自分はその闇に抱かれているのかもしれないと思うこともあった。

八月も半ばのことだった。その日、女は凹地の底で、境内の白い砂地を眺めながら汗にまみれて仕事をしていた。何日も根をつめた翻訳の仕事に疲れてふと顔をあげたとき、もう空は夕立の気配に満ち、黒い雲が木々の隙間から見る間に広がっていくのが見えた。洗濯物を取り込み、女は急いで縁側に出る。その直後、白い砂地に大粒の雨が落ち、斜めの強い雨足は見る間に凹地全体をおおいこんだ。しぶきがいたるところで跳ね、斜面の木々も草も雨にあおられるように大きく揺れる。女はその様子を、飽きもせずに眺めた。瓦を打つ雨の音で凹地の上の音はかき消され、自分の体がただ雨の中でしんと冷えていくのが感じられた。

雨は強くなったり少し弱まったりしながら夜半まで降り続いた。天気予報は台風が近付いていることを告げている。真夜中、女は何度か耳を澄まし、縁側の向こうの闇を透かしみた。しかし男の気配はなかった。道はとうにかきけされ、薄い水が家の周りを洗っている。

「水の具合はいかがですか」男の陽気な待ち兼ねたような声が電話を通じて耳に届く気配もなかった。女は、闇の中でひとり横たわり、目を見開いていた。こんな日がいつかくるだろうことを、女はずっと前から知っていたように思う。男との間に、別れの前兆になる争いが起きるか、あるいは別の事情から男がこの家にやってこなくなる日がくるような予感が、女の中には男と知り合ったときからあったとも言えた。

女は男のいない闇の中で男との会話を思い出す。

「どんなふうに年をとるのか……」男は言った。

「だれが」

「君とおれさ」

「さあ……私はここにいて、あなたはきっと別の場所で年をとるわ。外国か日本かわからないけれど、でもここにいれば年をとらない」

するとと男は不思議そうに女の顔を見たのだ。女はその男の顔を撫で、笑いながら言った。

「ほらね……ここでは年をとらない。皺が全部のびて、若返っているもの。水の中ではきっと人は年をとらないのよ」

女は意地悪く続けた。

「……だから私たちは会わなくなったら、あなたはすぐに干涸びて、私はいつまでもここに同じ年のままでいるんだわ。そしてあなたは、絶対にもうここへは戻れないのよ」

女は、戯れともつかぬひそやかな会話を脳裏に思い浮かべながら、まだ降り続く雨を見ていた。時折凹地の底に青白い雷光が差し、にぶい轟きが空に響いたが、しかしそれは遠いままで凹地の真上には届かなかった。

このまま、乾いていくのかもしれない……女はそんなことを思いながら寝返りを打つ。男が来なくなったら、乾いていくのは自分かもしれない。水の中に住みながら乾いていくもの……水草の茎が腐って根を離れるときも、やはり枯れたというのだろうか。それとも別の言い方をするのだろうか。女は水の匂いが濃くなり、また雨足が強くなる音を聞きながらぼんやりとそんなことを思っていた。


同じ年の晦日の夜のこと、女は廊下越しに境内の賑やかさを眺めていた。たくさんの人がかがり火の前を行き来している。この凹地に人の気配が満ちるのは晦日と正月の何日かだけだ。境内の真ん中には薪が積まれ、炎が火の粉を巻き上げながら闇を赤々と染めている。セーターや厚いコートで防寒した子供たちが丸々とした影になって走り回り、声だけが暗がりに鋭く満ちていた。境内には露天商の店が並び、それらは都心の晦日を飾る華やぎに比べたらささやかでわびしいものだったが、店先に点る灯火は冷えた大地をゆく人を微笑させるに十分なごやかさを持っていた。タコ焼きや焼きとうもろこしの香ばしい匂いが、廊下に立つ女の鼻先にも漂ってくる。

女はざわめきにひかれるように、タンスから厚いソックスを取りだしコートを羽織って外に出た。最初はゆっくりと露天商の店の前を通ってみた。ハッカを詰めたおもちゃや、樹脂のお面、ガラスに囲われた鉄板の上でくるくると回っているフランクフルトソーセージの油の浮いた表面が、季節をすっかり取り払った不思議な風物として女の目に次々と飛び込んできた。

「ねえ、焼こうよ。僕たちも火を燃やそうよ」

子どもの声がして、女は振り返る。だれかが古い手紙の束か布を投げ込んだらしく、火の粉が垂直に舞い上がった。その炎を眺めながら、女はいきなりきびすを返していた。家に戻ると天井から吊したほおずきを外し、両腕一杯に抱え込んだ。次に廊下から庭へと走り出て、炎に向かって一直線に歩いていった。

熾火《おきび》の中では、紙や布や木々の枝が形をとどめぬ赤い灰になって燃え崩れている。女はその上に勢いよくほおずきの束を投げ、乾いた枝が見る間に赤い灰の中にまぎれこんでいくのを眺めていた。

男が女の前から姿を消してからすでに五か月がたっていた。雨の夜が来ると、女は男の姿が凹地の底に現れるのを待った。しかし、夏の終わりの激しい雨の夜にも、秋の細い雨が降る夜にも男は現れなかった。あの柔らかな声、女の体の深いところをくすぐる声が、電話の向こうからも失われていた。男は最後になにか言ったのではなかったか。女が忘れている言葉の中に、予兆を含む言葉はなかったか。女は男との会話を思いだし、解きほぐし、それらがもつれあってわけがわからなくなるまでぼんやりと男の声を反芻してみる。しかし、思い当る言葉などどこにもなかった。

最後の夜、いつものように男は、女の部屋で布団の上に横たわっていた。女の布団はいつも陽の匂いがした。その匂いを麦藁のような匂いだと言ったのは男だった。そんな男の声を聞きながら女は微笑する。微笑しながら女は、思い出したような口調で男に尋ねていた。

「ねえ……あのおばあさん」

すると男は最後まで聞かずに笑ったのだ。笑いながらいつもより柔らかい声で言った。

「老衰……ただの老衰。そう聞いている。少しずつ衰えて、ある日心臓がぱたりと止む。案外ふさわしい死に方だと思うね。草ばかり食ってたわりには長生きしたほうだろう」

「つまらないわねえ」女はつぶやく。ひとりで男を待ち、やってくる男の精気を吸い取って、草のお茶を飲み、草の風呂に入り草の枕に眠る老女の最期に老衰はもっとも似合わない死に方のように思えた。しかし、どんな死に方がふさわしいかと尋ねられると女にも答えが浮かばない。しかしミイラに執着し、草の汁に永遠の命を見た老女なら、別の死に方をしてもよかったはずだ。ある日、だれも訪れない廃屋に、干涸びた死体が転がっていたと、ばあさんは思い通りにミイラになって死んだのだと、女は嘘でもいいから男に言って欲しいような気分になったものだ。

女が男と老女の話をしたのはそれが最後だ。ほかにどんな話をしたのか女には思い出せない。きっと、いつものようにまどろんでいたのだ。

男が来なくなると、女は新しいカーテンをガラス窓にかけ、雨の日だけ戸を大きく開いて境内や林を打つ水のしぶきを眺めた。いつかこの家は土台から腐り果て傾き、老女の家のように廃屋になるだろう。そんな家に住み続ける自分を想像しては、そっと天井のほおずきを見上げたのだった。

いまならわかる気がする。男がなぜ天井一杯に吊られたほおずきに心を奪われたのか。なぜ、ほおずきを「あばらやのようなぼろ風鈴」だと言ったのか。男は、水に洗われる古い家で寡黙な日々を送る女に、自分の知っていた老女の哀れを重ねてみたのだ。そうとしか生きられない女の中にある孤独を、男はしばしば癒すためにこの家に通ってきたとも思えた。あるいは男は、女との老いることのない暮らしを、女が男の膚に触れるたびに言って聞かせた「ほら、ここにいると皺がなくなるでしょう」という無邪気な言葉を、ある時期、心から信じたのかもしれなかった。

「ああ、風もないのによく燃える……背中が熱いくらい」

女の傍らで子どもを連れた若い母親がその夫らしい男に微笑しながら言っていた。女はその澄んだ声の響きに一緒に微笑しながら、ほおずきの燃え尽きた跡を見ていた。若い母親が言うように風がない晦日だった。炎は一心に垂直に天をめざし、もう女が燃やしたほおずきの形はどこにもなかった。

女は熱い炎で前面を焼かれ、背面は冬の深夜の冷気に体を預けたまま、耳を澄ますように立っていた。炎の中でくるくるとほおずきの玉が舞っているようにも思えた。薪の形が崩れるとき、もっと大きななにかが崩れる音を聞くようでもあった。

年が経て、女は都心を歩いていた。女はいつしか男が住んだような高いビルの上に住むようになっていた。翻訳の仕事は増えもせず減りもせず、ただいつからか女は、ひとつの商社の仕事だけは断るようになっていた。それが男との縁だったせいもあるが、引き受けた仕事を通じて、再び海外に赴任したという男の名前や今の暮らしを不用意に聞きたくはないからでもあった。

都心に移ってから、女は一度も凹地のあたりに行ってみたことはなかった。行ってみようという気にもならないのが不思議だった。それでも雨の夜は、ひっきりなしに下の道路を通り過ぎる車の音に混じって、斜面を這う風の音や、耳許で鳴る林の木々の枝擦れの音が響くことがあった。そこに男の顔や声などがぼんやりと混じることはあっても、輪郭はすでに定かではなくなっている。女が男のことを思い出すのは、盆か夏の植木市が立つときだ。霧吹きで濡らしたほおずきは、青く赤くたっぷりと膨らんだ球体を枝から垂らし、だれとも知れぬ人に買われていく。しかしもう女は、ほおずきを見かけても買う気持ちは起こらなかったし、花屋の裏手に目をむける気分にもならなかった。むしろすぐに枯れてしまう生花ばかりを選んでは部屋に飾り、萎《しお》れると惜しげもなくゴミ箱に捨てた。

その日、女は長い時間をかけて仕上げた翻訳の原稿を相手先に届けてしまうと、手持ち無沙汰に町を歩いていた。

なぜGに行ってみる気になったのか、突然女の脳裏に、忘れかけていた老女のことが思いだされた。男に聞いていた場所はうろ覚えながら残っていた。男との間でただひとつ、まだ確めていないことと言えば、老女が住んだ家をまだこの目で見ていないことだった。あれほど何度も男にねだり、執拗に聞き出した老女の話を、女はとうに遠い幻のように感じるようになっている。それでいて幻をこの目で確かめたい気持ちが、いつも女の中から消えることはなかった。その思いは男と過ごした家を捨ててきた自分の、もう帰る場所のないあてどのない気分からくるのかもしれなかった。

男にしてももうあの家に戻る術はないはずだった。女の新しい住所にしても男は知らないはずだ。

女が捨ててきた水の家に、たまに帰国するはずの男が訪れたかどうかは定かではないし、女が一度もあの場所に戻らなかったように、男もまた二度とあの家を訪れなかったかもしれない。浮島のようにぽつんと建っていた家は、女が明け渡しを迫られてせわしなく出たあとに、マンションに建て替えられたはずだ。もうどこにも古い家の面影はないだろうし、あたりの斜面の様子も変わっているはずだ。その場所に未練も心残りも、残してきた人もいないくせに、なぜ帰る場所をなくしたような気持ちになるのか……同時に女は、水の家で男から繰り返し聞いたあの老女の家を、ひどく親しかった人の住み家のように懐かしんでいる自分の心の動きを、不思議にもおかしくも思うのだった。

女は男が何度か書いてみせた地図を脳裏になぞりながら私鉄の駅を降り、駅と垂直に交わった大きな通りを上っていった。その向こうにもう一本大きな通りが走っていて、その道路の奥がかつて老女の屋敷のあったあたりだった。

確かに男が言ったようにGにはブティックがひしめきあっていた。ファッション関係の店だけではなく、輸入雑貨店やアメリカのカントリー調の家具ばかりを集めたショールームや、葡萄棚で囲ったケーキ屋などが路地の奥から表通りにまで林立していて、国籍不明の町並みを作っている。若者の肩の大きく揺れる通りを、女は真っ直に国道に向かって歩いていた。女の住んでいた古い家がマンションに変わったように、おそらく老女のいた家も影も形もないに違いない。女は歩幅を緩め、やや上り坂になっている住宅街に立つ家々を右に左にと眺めながら歩いていった。

昔女が住んだ凹地のように、あたりには園芸業者の家が並んでいる。広々とした庭とも畑ともつかぬ土地に灯籠を立て、その灯籠のまわりには枝をたわめた松や、根元の部分を菰《こも》で包んだしなやかな垂れ桜の苗が植わっている。

やがて女は立ち止まった。うっそうとした森とも林ともつかぬ土地が目の前に広がっていたからだ。土地の半分は広い駐車場になり、暖かい光に洗われている。その周りには雑然と草が生え、草の茂みの端から濃い木々に被われた一角が広がっていた。

人気のない真昼の駐車場に立ち、女は残された大きな石の門と、目前の林の濃い緑を見上げた。おそらくはこの場所に老女の家は建っていたに違いなかった。かつては広大な庭があっただろう土地は、木々の枝は伸び放題に伸び、木の陰になった地面は暗く湿っている。飛ぶ鶏の姿も腐った畳の影も、綿のはみだした布団の端切れもなかったが、陽の光を断たれた林のすえた匂いは、確かに足元から立ち上ってくるのだ。女は目の中に揺れる青い影が、男の言っていた竹林であることを認めると、いつしかその暗い木立の奥へと足を踏み出していた。

濡れた草の鋭い先がストッキングの網目を通して膚を刺した。もう何年も刈られることがなかったのか草は太り、枯草の間から首をもたげ、尖った葉先が波打つように青々としている。風もないのに頭上で竹は揺れ、足元の草はところどころに露を含んで重たげに垂れていた。

女はふいに何者かに声をかけられたようにうなずいていた。ずっと自分が老女の声を聞いていたような気がした。男から話を聞いたときから、遠い地の底から染み出す老女の声を聞き続けていたような気がした。その懐かしい声は、男から届くのではなく、凹地の水や土を通して、たえず女のもとに届いていたのかもしれなかった。

すえた林の匂いは、密生した植物の放つ呼吸なのだろう。女はそのどこか淀んだような空気の中で、草が揺れ続けるのを見ていた。生きる……生きる……生きる……草は根の部分を少しも動かさずにゆるやかになびいていた。女は昔そこにあっただろうもっと広い草の宮殿を思い浮かべる。女が凹地の家で男とふたり、未来の見えないまま手足を広げていたように、老女はひとりこの場所で不滅の命を夢見ながら手足を広げていたのだ。

〃あなたはまだここにいるのね。ずっと先もここにいるつもりなのね〃女はつぶやく。

確かにそこには、老女が夢見た不滅の生の勢いがあるのだった。

女の脳裏には今もそこに横たわる老女の姿が浮かぶ。老女は土地一杯に足を広げ手を広げ、乳房を左右に大きく垂らしてのびやかに横たわっている。その暗く湿った体の中には、男の影などどこにもなく、ただ枯れることのない真っ青な草の液だけが、脈々と未来永劫にわたって流れ続けているのだった。

犬

五月の明るい光が注ぐバス停に、ずんぐりとしたバスが来る。かつては大型バスだったのに、いつのまにかマイクロバスになっていた。車体は真っ赤、腹に白い一本線が描かれている。下りの坂道をやってくるので、私はその日も、昔の丸形ポストが横になって転がってくるみたいだなと思いながらバスに乗った。

車内にはおばあさんが二人だけ。私が席を占めた最後尾から表情は見えないが、みじろぎもせずに座っていた。座席に沈みこんだ体から、花模様の散る布製の日除け帽だけが覗いていた。

バスは坂道とカーブの多い半島の道をゆっくりと進んだ。

しばらく走ると左手に海が見えてくる。なだらかな斜面を覆う雑木林の向こうには、真っ青な水平線。岩が白いしぶきを立てている海岸線は、林に遮られたりまたふいに現れたりする。空と海の境目は、水蒸気のせいか曖昧にかすんでいた。初夏というのに空気はすでに夏みたいに熱せられている。私が乗ったあとは乗降客はなく、バスは右に揺れ、左に揺れながら進んでいく。

駅前の終着点で、二人のおばあさんはのろのろと降りていった。私も後に続いてゆっくりと降りる。どちらも日除け帽の下の顔は浅黒かった。半島の光に焼かれ続けた土地の女の顔だった。

私がめざしていたのは町の中心部にあるホームセンター。当分は大丈夫と思っていたベランダの木製の机が、ぐらついていた。半島と東京の家を行き来するのは年に四、五回だが、訪れるたびに家のあちこちに傷みを発見する。滞在は十日から二週間、軽い傷みはその限られた時間に自分で修理することにしていた。大工や便利屋などに頼めば思いがけない額の日当を請求される。一度懲りてからは、ドアの金具の取り換えも、台所の棚板の取りつけも自己流でやった。バッグに入れた買い物メモには、L字型の補強金具、長さ九センチのねじ釘、穴埋め用のパテなど当面必要なものが書きこんであった。午後はのんびりと、それらの補修用具を使って傷んだものを修理する予定だった。

駅前の交差点を渡って、左手奥にある郊外型ホームセンターに向かって歩いているときだった。遠いところから複数の犬の鳴き声が届いてきた。悲鳴に似た声、野太い吠え声、きゃんきゃんと長く尾を引く声。どこから聞えてくるのか。あたりを見回すと、ちょうど私が通りすぎた駅前の交差点のかなたから、軽トラックが一台近づいてくる。鳴き声はそこから放たれているのだった。

ホームセンターに渡る信号が赤になり、軽トラックは私のすぐ右手に停車した。荷台には鉄製の檻が積み重ねられ、それぞれの狭い空間に十匹ほどの犬たちがひしめきあっていた。瞬間、心臓が強く波打つ。野犬狩りか？　森の多い半島では、歩いているとよく動物の影に出くわす。タヌキだったりイノシシだったり、イタチだったり形はさまざまだが、犬らしい影に出会うこともあるのだった。

檻のなかの犬は一様に後肢を踏ん張り、外に向かって吠えたてている。強く見開かれた目と口。どの犬も、狭い檻からなんとか逃れようともがいていた。なかに他を圧する大型のシェパードがいた。私は、その黒い犬のしきりにこちらをみつめる目から視線をそらすことができないでいた。狭い檻だからまっすぐに立つことができないシェパードは、中腰のまま格子にきつく鼻面を押し当て、薄汚れた赤い口を開いていた。大きな耳は神経を束ねたようにひくひくと動いている。ごわついた毛並みに放浪の長さが見えるが、すっきりとした鼻筋、切れ長の目、引き締まった体つきをしている。低くかがめた背中に、一ヶ所灰色の筋があるのも際立つ個性を感じさせた。よく見るとボロボロにすり切れているが茶色い革製の首輪をつけていた。

目を転じるとシェパードの奥には、片耳が垂れた痩せこけた柴犬がいた。長い毛がからみあい、全体が灰色の毛だまりと化した小型の白い西洋犬もいる。腰のところがきゅっと締まった白黒まだらの狩猟犬らしい一種もいた。どの犬も白目のところが赤く血走っている。迷い犬なのか飼い主に捨てられたのか。

私は噴き出す汗を拭おうにも、足がすくんだままだ。二メートルもない距離が淵のように思える。なによりも私をうろたえさせたのは、犬たちの目だった。間近にいるので何度も目が合ってしまう。そのつど向こうの感情が容赦なく貼りついてくる。まっすぐにこちらを眺めるシェパードの黒い目には、人間の言葉に近いなにかが強くちらつく。その感情の奔出に金縛りになったまま、私は熱気が立ち昇る初夏の道路から動けずにいた。

信号はなかなか青に変らない。じれったいような、そのまま信号が赤のままであってほしいような、落ち着かない気分を持て余していた。犬の吠え声の凄まじさにも拘《かかわ》らず、一帯は奇妙に静かだ。

その静けさが永遠に続きそうな気がしたとき、私は運転席の男がこちらを見ながらうっそりと笑うのに気づいたのだ。痩せて鋭い顔をした男だった。頬骨の下がかすかに凹み、薄い唇から黄ばんだ大きな前歯が二本見えていた。開いた窓から突き出た左肘は、黒々と陽に焼けている。強そうな骨の形もくっきりと見えた。男は磨かれた鋼鉄の固まりのように運転席に座り、私を無遠慮にみつめていた。

一瞬、後悔が込み上げて来る。最初に男と目が合ったとき、無意識とはいえ非難がましい視線を浴びせてしまったからだ。男の粘り気のある笑いは私の無礼な視線に対するお返しでもあったのだろう。嫌なやつかよ、俺は？　そんな目で見るなよ。俺が悪いわけではないのだ。そうだろ？　許せないものがあるとしても、それは俺ではない。それはそうだ。あなたが悪いわけではない。あなたを非難するのはお門違いだ。うなだれた私の顔から目を離し、かげろうが立つ道路、ひとけのない交差点、遠くに見えているドラッグストアの看板……男の視線は気だるげにそれらの地点をさまよい、やがて青に変った信号へと向けられる。顔にはすでに、路上のものへの関心を一切振り捨てた無表情が貼りついていた。

やがて軽トラックは勢いよく発車した。犬たちの動揺はさらに高まり、甲高い悲鳴が長く伸びる。雄叫びは路上にしみ出す見えない黒い血のよう。見送るうち軽トラックは半島の先、緑で覆われた丘陵のある町はずれへと消えていった。

その話を人にしたものかどうか、私は迷っていた。

あれからずいぶん時間がたっているのにまだ粘ったものがまとわりついている。見たくないものを見てしまった。その残像がことあるごとによみがえる。あの日だって私は、ホームセンターで当面必要な修理のための金具を選びながら、脳裏に響く犬の鳴き声をいつまでも消せずにいた。行く時に乗り合わせた二人のおばあさんの背中に見え隠れしていた日だまりのようなのどかさはかき消され、帰り道のバスの揺れはポジとネガを反転させたように重く感じられた。

半島は戦後の高度成長期前後、国内有数のリゾート地として知られるようになった。関西圏、中部圏を中心に、首都圏からも観光客がやってくる。凹凸のはっきりとした湾曲を描いて熊野灘までつづく海岸線は野趣に富み、海水浴客のほか波を目当てにやってくるサーファーも多い。さざえ、あわび、伊勢エビなど贅を尽くしたフランス料理を売り物にするホテルも何軒かあり、一泊十万円近くする宿泊代を惜しまない常連客も少なくなかった。そんな観光客のなかに、老いた犬、面倒を見きれなくなった犬を捨てていく人がいるのだろうか。彼らはたいてい、森に犬を捨てたあとは猛スピードで逃げ去るそうだ。

二十年近く半島に居を構える黒田夫妻は、そんな車をもう何台も見かけたという。いつだったか、森で迷い犬らしい影を見たと話したとき、黒田夫人は「それはおおかた、捨てられたペット」と嘆くような口調で言っていた。

年間、何十万匹もの犬猫が、「ガス室」で殺されていく。殺処分という言葉に漂う暗く生暖かい了解。私も了解者のひとりだ。後ろめたさはあってもこれまで見て見ぬふりをしてきた。救えないものがあることも知っている。のどかなリゾート地ならなおさら殺処分をためらう気分が働くだろう。売りは〝豊かな自然〟であり〝野生との共存〟なのだから。かといって野犬を野放しにしておくわけにもいかない。好きで処分をしているわけではないのだ。そうとわかりながら、殺風景なガス室に満ちる無数の犬の目が、私の夜を撫でていく。いくつもの甲高い声が尾をひく残響となり、周囲の森をいっそう濃くするようでもあった。

黒田夫妻は、私がこの半島で知りあった当時、犬を三匹飼っていた。真っ黒の雑種犬、薄いベージュ色の柴犬、しっぽだけがグレイの白い犬。黒田夫妻の住み処は、私の家がある反対側の岬で、ときどきホームパーティが開かれる。集まるのは気の合った移住者たちで、持ち寄りの料理をつついては、よもやま話を楽しむ。おおむね、半島に暮らす移住者はなにかを捨ててきたひとが多い。子を亡くした後、喪失感から脱け出すために新しい生き場所を求めてきた夫婦、定年までの年月を切り捨ててきたひと、病の予後におびえつつも半島での日々に活路を見いだそうとするひと。体内に見えない崩壊と廃墟を抱えた人々は、時間に追われない暮らしに徹しているように見えた。「そうそうに帰らねば」という差し迫った用もない。パーティは深夜に及ぶことが少なくなかった。

私が黒田さんの知遇を得たのは、東京から半島の家に通うようになって数年をへたころ、「一度会ってみませんか」と近所の山野辺さんに誘われてからだった。

「海辺の崖の上に住んでいるんです」

「崖ですか」

「そう、切り立った岩場の真上。成功していた事業を捨ててね、いまは悠々自適。崖の上だからなんともいえない風が吹くんです」

「へぇ、どんな家かしら」

「ね、ちょっとそそられるでしょう？」

　訪れてみた家は、想像よりはるかにインパクトがあった。繁茂した樹木に囲まれている私の家の周辺は視界が悪いが、黒田夫妻の家はどこにも死角がない。高台も高台、まるで空に浮かんでいるようだ。鉄骨で支えられた家の真下は広やかな湾で、海のほうに突き出した十畳ほどのベランダに立つと、私の家がある岬の突端がはるかかなたに見え隠れする。山野辺さんが言ったように、幾重にも渦をまく風が吹いていた。一定した方向からではない風は、下からあるいは横からと私の髪を奔放に乱した。大型のサッシ戸をはめ込んだベランダからは、養殖の筏に向かう漁船や海鳥の行き来が手に取るように見えるのだった。

　一方、こういう家ゆえの難儀もあるらしい。真下の湾に至るまでの崖全体が黒田夫妻の所有だが、下まで降りるのが厄介なのだ。道などはなからないので、綱や針金でつなぎ合わせた何本もの手製のはしごをおっかなびっくり降りねばならない。垂直に近い角度で立て渡されたはしごを見るだけで、この崖がいかに急傾斜であるかがよくわかる。

「ちょうど引き潮だし、僕ら、いまから下に地牡蠣を採りに行きますが、一緒に降りてみませんか？」

軽く誘われて「行きます」とは答えたが、何度も足元を確かめ、途中で息を継ぎ、そのつどぐらぐらする体に怯えながら降りねばならなかった。そんな私に比べると、黒田夫妻の足取りはためらいがなかった。どちらも片手に牡蠣を持ち帰るための青いポリバケツを持っているからあぶなっかしく見えたが、足運びはしごく安定していて、空いた片手だけではしごをさぐり一段ずつリズミカルに足を運ぶ。後続の山野辺夫妻のほうも、案外慣れた足取りだった。

黒田夫妻が三匹の犬を飼っているのを知ったのはこのときだった。はしごを降りる私たちのかたわらを茶、黒、白いものが一気に駆け降りていく。吠え声もなかったので私は背後から勢いよく足元を通り抜けていく三つの塊に仰天し、しばらくはしごにしがみついたままだった。

息を切らせてようやく降りきった湾には、夫妻の持ち物だというモーターボートが一艘、舫《もや》い綱《づな》につながれて揺れていた。犬たちは、とうに波打ち際でじゃれあっていた。岩場を駆け上がったり、岸辺の砂を掻いたり、かけっこらしい全力疾走を繰り返している。かと思うと、バケツに牡蠣を放りこむ私たちに近づき、「なにかお手伝いしましょうか」とでも言うような茶目っけのある目で見上げたりした。

なるほど足元の岩には地牡蠣がびっしりとひしめき、いくら採っても減ることはなかった。その荒々しい尖りのある貝のひしめきを犬たちは楽しんでいるように見えた。柔らかな足裏の肉球をどう傷つけずに動き回るのか、彼らは私が臆するような切り立った岩場も平気で登ったり降りたりした。

「鎖を外してやると、こいつら喜んでね。ボートにも自分たちから乗りたがります。お供のつもりなのか……」

走り回る犬を目で追いつつ、地牡蠣が山ほど入ったポリバケツを抱えた黒田さんは笑った。

以来、半島に滞在するたびに山野辺さん夫婦と一緒に黒田家を訪ねた。私が当初から黒田夫妻に親しみと安心を覚えたのは、鷹揚《おうよう》に他者を迎える気質のせいもあったが、二人に身を預けきっている三匹の犬の存在も大きかった。どんな事業をしていたのか黒田夫妻は詳しくは語らない。広げれば広げるほど人間関係がややこしくなる。それに金の動きもね、と黒田夫妻は口ごもり、不快なつきあいも嫉みももう遠いことだと言った。金や人間関係にまつわる厄介があったとしても、ひとに囲まれていた生活を捨ててくるのはどんな気分なのか。「寂しくないですか?」と聞かなくてもいいことを私は聞いてみたくなる。

「いや、もとからこういうところに住みたかったから、格好の買い物でしたよ」と黒田さんはおっとりと言った。「奥さんも?」と黒田夫人の顔を見ると、色白の頬に柔らかな微笑を浮かべ、歌うように言った。

「いいえ、ちっとも。だれもいないというのは外見だけで、案外ここはにぎやかなのよ。人家はなくても、ほら、海のものや山のものが……もともとひとはこういうところに暮らしていたと思えば、なにか先祖がえりの身軽さもあるでしょ。あなただって……」

そう私だって、都会の人間関係に倦《う》んでここに通うようになった。森の中の斜面に小さな家を建てたのも、一人きりになる時間が欲しかったからだ。隠遁《いんとん》まではいかなくても、風や鳥、気ままに増殖する野の花を見ているだけで澱《おり》のようなものが消えていく。長い年月、降り積もったものがすっかり浄化されるわけではないけれど、ぽつねんといる小屋の中で、いまだけは自由と言い聞かせることができた。

私の心に浮き沈みしたものをすくいとったかのように、黒田さんが、ベランダでくつろぐ犬たちを眺めながら言った。

「ここがいいのは、あいつらを自由にしてやれることかな。人家があれば、鎖を外すなんてこと、なかなかできないでしょう。たちまち苦情が来ますから。鎖を外してやると、近くの森を走り回ってね、時間が来ればちゃんと帰って来ます」

もともと黒田家の犬たちは森で衰弱していたのを保護して、飼い犬として登録したものだという。

そんな会話の中で私は真っ黒の雑種がメスの「キナコ」、薄い茶色の柴犬がオスの「ギル」、白い犬が「リンタロウ」という名前だと知った。森で出会ったときはどの犬も、怯えたように黒田夫妻を遠くから眺めていたそうだ。ことに柴犬の「ギル」には、手を焼いたらしい。

「よほどひどい目に遭ったんでしょう。足は血だらけ、耳にも首にも深い傷があった。想像するに、ギルは木につながれたまま捨てられたんじゃないでしょうか。首輪を必死にひきちぎったのか、傷もひどかったが、ずいぶんやせこけていてね、警戒心が強くて、こいつの保護はとうてい無理かもと最初は思いました」

「キナコ」と「リンタロウ」は森に通って餌を与えるうち自然になついたが、「ギル」だけは慣れさせるのに二ヶ月以上かかったそうだ。

「いまでもね、ひとを見ると後ずさることがある。人間を怖がっているんです。犬同士だとその気分がわかるのかなぁ、他の二匹は、あいつをかばうような気配を見せますから」

ベランダに並べられた三つの犬小屋から、ガラス戸越しに六つの目がこちらに向けられていた。「キナコ」の聡明そうな目、「リンタロウ」の穏やかな目。それに比べると「ギル」の目はどこか倦んだような気だるさを帯びていた。下から遠慮勝ちにひとを見上げるのも特徴だ。撫でようとすると一瞬びくっと背中が震える。そしてときに自分の警戒心を悲しむような沈んだ顔を見せた。

「どの犬も、もとは飼われていた。そういうことはすぐにわかるの」と黒田夫人は言った。

「慣れてみるとお手もできるし、いくつかの芸だって教えこまれていた。ほら、待てとか、来いとか、良しとか……棒を投げると取りに行って持ち帰るゲームもちゃんと覚えていた。びっくりしたのはリンタロウ。もう若くない犬だけど、こっちの言うことがよくわかるらしいの。気分まで読み取られていることがある。あ、これ以上話を続けるとややこしくなるなというとき、気配を察して、心配そうにじっとこちらを見ているから夫婦喧嘩にもならないわ」

ひとたび飼い主に親しめば、犬も猫も人の言葉や表情をよく解読する。飼い主がなにを考えているか、一瞬にして見透かす目だって持っている。私は夫と別れひとり暮らしを始めたとき、トイレまで一緒についてきて用が済むのを待ち、夜は布団の中にもぐりこんでくる猫にどれだけ慰められたかわからない。老いて体調が悪くなっても日常のリズムは互いの間を変ることなく流れ、最後は私のかたわらで眠るように死んだ。

「僕も犬猫を飼ったけれど、動物の情は篤《あつ》いですよ。篤いって字には下に馬がいるでしょう？だから、いつもあの字を見るたびに馬に支えられているひとの姿を思ってしまう。本当の意味は違うのかもしれませんがね……」

あるとき、持ち寄りの料理をつつきながら動物に関する他愛もない話をしていた私たちは、山野辺さんがしみじみとした口調で言った言葉にみな頷いたものだ。

「なるほど。たしかにひとは馬に支えられて生きてきたからなぁ。田を耕し稲を刈り、絶えず物を運ばねばならなかった農耕民族のわれらと馬の関係を、象徴する字かもしれない」

「農耕民族だけじゃないでしょう。狩猟民族だって馬にはずいぶんお世話になっているわよ」

「太平洋戦争中の軍馬だって……」

「そうそう、大陸に行ったきり帰らなかった。私、戦地に送り出された馬が貨車の踏み板から動かなくて困ったという話を読んだことがある。運命が分かっていたんでしょう」

「馬だけじゃなく、犬だって軍用犬として海を渡ったのよ。いくらお国のためっていったって、手放すとき、飼い主はどんな気持ちがしたかしら。一匹も日本には帰らなかったなんて」

「それを訴えもしないで、犬も馬も人間と一緒に生きているんだから、やっぱり篤いって字は、さっきの意味に取りたいなぁ」


半島は南に太平洋が広がっているが、背後はうっそうとした森に囲まれている。野生動物や鳥も多いから、私たちは人の噂をするように「どこそこで今年初の渡り鳥を見た」とか「子連れのイノシシが出没した」とか「この間、夜道でタヌキを轢きそうになりましたよ」とかよく動物を巡る話をした。

数年前の夜も、黒田家に集まってこんな話をしていた記憶があったので、野犬狩りの男と捕獲された犬たちを見た話を口にできなかったのかもしれない。と同時に、話せない理由はもうひとつあった。

私が半島を離れ東京の自宅に戻っていたころ、「リンタロウ」が夜の散歩（鎖を外して自由にしてやったとき）から戻らなくなったという話を聞いていたからだ。電話の向こうで山野辺さんは「もう十日も帰らないらしいんです。黒田さんは森のあちこちを探したそうですが……。犬は犬で覚悟して森に入ったんでしょう。もう老いぼれだったからどこかで……そういうことじゃないかと思いますな」

私は、電話口で報告を聞きながらため息をついた。

考えてみたら、私が「リンタロウ」たちに会ってから五年近い年月がたっている。最後の散歩が森のなかでの自分の始末だったとしても不思議はないのだ。猫もまた自分の死期を知ったとき、ひっそりと姿を消すという。それが動物の生理であるなら、追ったり探したりすることはむしろむごいのかもしれない。そう思いつつ私は、白い老犬が人目につかないところに身を横たえる光景を暗然と思い浮かべずにはいられなかった。

半島の地形は複雑だ。森が続くかと思うといきなり深い湾沿いの道に出たりする。切り立った崖のあちこちに容易に人が近づけない洞や亀裂が無数にあるのだった。そんなところに身を隠せば、どんなに声をからしてもみつけるのは難しいだろう。

いまも私たちは黒田家を訪れるたびに「リンタロウ」の小屋が空のままなのを黙って眺める。犬小屋を見れば「リンタロウ」の不在はいやでもわかるから、だれもがその名前を口にしない。そんな暗黙の納得と了解を、野犬狩りの話で乱したくはなかった。口に出した途端、黒田夫妻の顔は曇るだろう。

とはいえ、私の心にはかげろうの立つ道で目を合わせた黒いシェパードの姿が、棘のように刺さったままだった。檻に強く押しつけられていた鼻先と、言葉に近いものが点滅する黒い目。その犬の顔と目が、半島に滞在するたび私の脳裏をよぎるのだった。

*

そうだ。俺は言われたのだ。ただ一言「待て」と。森を貫く県道の一角、路肩に止めた車から降ろされたとき、声は頭上から響いた。見上げた飼い主の表情は闇にまぎれてわからなかったが、なぜだ？ と一瞬耳が動いた。こんなに闇が深い時刻、散歩に連れられてきたことはなかったし、リードをつけられ歩くいつもの道とはにおいも気配もたたずまいも違っていた。アスファルトの感触は似通っていたが、あたりにはかいだことのないにおいが濃密に漂っていた。飼い主の声が、いつものからかうような調子ではなかったことも俺を不安な気分にしていた。もう一度飼い主は鋭く短く「いいか、待てだぞ」と言った。

だから、待った。車が走り去った闇の中でいつ「よし、来い」という言葉が聞えるかと、長い時間待ち続けたのだ。それにしてもなんと深い闇だろう。ペットショップで見知らぬ男の腕に抱かれて以来、あちこちの路地をリードにつながれ歩いたものだが、どんなに遅い時刻であれこんな闇は俺が育った都会にはなかった。周囲はビルの光で明るみ、植え込みは等間隔できちんと手入れされていた。俺はあの街が好きだった。そして、たいていの人間が好きだった。たとえばペットショップの若い女性トリマー。彼女は一日に二度か三度、檻の戸を開き俺を床に出しては腹を撫でたり櫛で背中の毛をすいてくれた。とても気持ちがよかったので俺はそのつど彼女にじゃれつき、顔や鼻を舌で舐めた。ぎゅっと抱きしめられるのも好きだった。心地よさと安心のあまり、俺はその若い女の胸で何度かおしっこを漏らしたものだ。

もちろん俺は店で俺を選んでくれた飼い主のことも好きだった。彼がつけてくれた「アラン」という名も気に入っていた。俺は飼い主が俺の名前を呼びながら頭を撫でるたびに、お返しとして彼の顔や手を舐めた。すると彼は必ず愉快そうに笑った。俺は即座に会得したものだ。ひとが笑うのはなんてすばらしいんだろう。

俺の居場所は庭のある大きな家の軒先。前面にパイプ扉のついた立派な犬小屋のなかだった。冬は母屋の玄関扉の内側が寝室となった。床には暖かい毛布が敷かれ、男との朝晩の散歩が終わると、彼の妻は毎回「アラン、ご飯よ」と俺の名前を呼びつつ餌箱一杯の缶詰めやドライフーズをくれたものだ。てんこ盛りのずいぶん贅沢な食事だった。

毎日、変らない日常だったが、俺は幸福だった。庭先の小屋からは家の中にいる飼い主の姿がカーテン越しに見えたし、テレビの音や話し声もよく聞えた。笑い声、電話の音、俺の耳はそのつど、なにが話されているのか聞き取ろうとしてピンと立った。

俺は従順な犬だった。かれらと一緒にマーケットに買い物に行くとき、「待て」と言われればいつまでも車のなかで待つことができたし、河のそばの堤防で鎖を外されたときも「来い」という声ですぐに飼い主の足元に戻ることができた。本能のように俺は知っていた。飼い主の命令は絶対であり、一緒にいることが俺の幸福なのだと。

だから、テールランプが遠ざかっていったときも、俺は「待て」といわれた場所から動かなかった。なぜあのとき車を追わなかったのか。とんまなことに俺は信じていたのだ。きっとすぐに飼い主が戻り、笑いながら車のドアを開けてくれるだろうと。

置き去りにされたと気づいたのは、飼い主の車が消えてから三日ほどたってからだ。その間俺は、路肩から続く人気のない暗い森の、できるだけ道路に近い場所に低く身を潜めていた。空腹は耐えがたかったが、道路を行き交う車の音に耳を澄まし、それがなじんだエンジン音かどうかを聞き分けようとした。鼻にも全神経を集中した。しかし、俺を河の土手に連れていったり、家族で（といっても飼い主とその妻の二人きりだったが）海に行ったりしたときのエンジン音は聞えなかったし、かれら夫婦の体臭が近づいてくることもなかった。

なにがあったのか俺は何度も考えたものだ。置き去りにされる前の家の様子、あるいはかれらの会話……俺の名前がことさら頻繁に出ることもなかった。ただひとつだけ、飼い主がある日を境にやけに沈みがちになったことを除けば。

日々は過ぎていった。俺は森のなかでこれまで食べたことのないものを漁《あさ》らなければならなかった。湿った落ち葉の上を駆け抜ける野ネズミやトカゲ、時には蛇、鳥も食べた。車の窓から捨てられたパンの切れ端、油っぽい菓子の類をかぎあて、森に引きずりこんでむさぼるように食べたこともある。初めて野ネズミを口にしたときは、小動物の筋肉が舌の上で跳ね、口腔に生々しい血の味が広がる感触に身震いした。俺は俺が犬であることをこのときほどはっきりと感じたことはなかった。同時に、俺のなかに新しい神経細胞のようなものが生まれ、獰猛《どうもう》にうごめき始めているのが感じられた。それはおそらく、この森が俺の生きる場所になるのだという最初の認識だったのだろう。ペットショップと飼い主との散歩や遠出しか知らなかった俺にとって、ここの森は未知の空間だった。ヤマバトがいきなり木陰からばさばさ飛び立てば、驚きの余り唸ってしまう。これまでむやみに唸ったことなどないのに、本能の声が「唸れ、吠えろ」と体内でざわめいた。

何週間、何ヶ月かがたった。雨の日には崖下の洞や古い農機具小屋で眠った。その間も俺の耳はまだ道路を行く車の音に敏感に反応した。森で人を見かけたときも、飼い主かもしれないとそっと様子を窺った。

そのうちに俺にはわかってきた。置き去りにされたのは俺だけではないことが……。森には何匹もの犬がうろついていた。都会の路上ですれ違う、いずれもかつてはリードに引かれる存在であったかれら。俺たちは出会うたびに身を固くして観察しあい、同じ境遇だとわかると群れになって走り、ときには一緒に木の葉の上で眠った。わかっているのは、互いにこの先を生き延びねばならないということだった。新しい生をここで獲得せねばならなかった。俺を突き動かしていたのは貪欲に食物を探すこと、これまで無縁だった森に対する新しい感覚を会得することだった。

やがて、俺の耳とすべての感覚器官は道路を行き来する車のほうではなく、森の奥へ奥へと研ぎ澄まされるようになった。安全な場所を求めて走り、眠り、食欲を満たすため小動物をあさる。その孤独な繰り返しに耐えることだけが俺の生きる意味になった。

夜は深々《しんしん》としていた。樹間から見える人家の灯はどれも遠かった。というより俺はなるべく近づかないようにしていたのだ。すでに俺は、人間に近づけばすぐに大声を上げられること、かれらが森のあちこちに罠を仕掛けていることを知っていた。それなのに人家の光はいつも俺の胸奥《きょうおう》を暗くした。尾を垂れて樹間の光を眺めつつ、俺はよく思い出したものだ。かつて飼われていた家の門灯やガラス越しに見える室内の灯を。なんという遠い光景……。俺は自分がいた場所の遠さにいまさらながら頭がくらくらした。

森での徘徊にすっかり慣れたころ、俺は青白い月光の中にいた。暗い森がいつもよりしんとしていた。鼻先に薄い錆のようなにおいがよぎる。血のにおいだ。それも腐ったような、黴が生えたような古いにおい。どこからにおうのか俺は森の奥を透かし見る。地面がぼうと発光していた。その透き通るような地の上を、何千匹もの犬たちが音もなく行進していた。どいつもが足裏や首に血をにじませ、目は静かに遠くへと見開かれていた。大地は月光のなかで蠕動《ぜんどう》するように盛り上がる。その隆起と亀裂の間をどこまでもやつらの行進は続いていた。一心に歩く犬たちは、黒い地の裂け目から次々と現れ、また地の裂け目へと吸い込まれていくのだった。あたりにはこの世のものとは思われない青い光が降り注ぎ、やつらの背中はどれも銀色に底光りしていた。肉がそげ、眼球も溶けているらしいのに、犬は犬の形をして無言のまま道なき道を歩き続ける。

ひしめくほどの数なのに、やつらは一切の音を立てなかった。背中の銀色がときおり月光を反射してきらりと光るだけ。やがて俺は、犬が吸い込まれていく地の裂け目に、真っ青な水を見る。どこかの海峡。ひたと静まった現実感のない海だった。そうか、やつらは海を渡ろうとしているのか。魂だけになっても帰りたい場所はあるのだろう。しかし、あの海の先にいったいなにがある？　ぽっかりと開いた地の裂け目から、永遠に繰り返される奈落への行進。俺は身動きできぬまま、やつらの姿が消えていくまで樹木の陰で立ち尽くす。いつか俺もあのなかの一匹になるのだろうか。「待て」の言葉を背負ったまま、この生を終えるのだろうか。そう思うと、身もだえるような恐怖と孤独が込み上げてくる。

……いつの間にか夜は明けて、涼やかな空気が樹間に流れていた。何度目かの空腹が俺を獰猛な気分にしていた。餌をたっぷりと盛ったプラスチック・トレーの幻が、俺の唾液を濃くした。たぶん食い物への浅ましい思いが警戒心を薄めていたのだろう。目の前をよぎった野ネズミへと足を踏み出した途端、俺の目は強く見開かれ、血走る。草叢《くさむら》に隠された罠に挟まれた足の痛みに我を忘れる。俺はもがきながら首をめぐらせ、再度空を見た。雲はどこにもなく、晴れ渡った青空が突き抜けるように広がっていた。暗い森の腐葉土のにおいがきつくなっていた。同時に、俺は錆びついた血のにおいを嗅ぐ。月光のなかを行進していた犬たちの、あのどこまでも続く連なりと地の裂け目に開いていた暗く青い海峡。このまま、あの底なしの海峡に吸い込まれていくのか。

逃げねば……俺は必死でもがく。もがくたびに罠はきつく足の自由を奪っていった。

空腹と渇きにあえぎつつ、半日、痛みをこらえていると、斜めに差す真昼の光の向こうから枯れ葉を踏むひそやかな足音がした。ひとりの男が樹間から現れ、俺に気づくと間近に立ち、無言のままこちらを見下ろした。薄い皮膚で覆われた精悍な顔だった。

長い間、感情を殺して生きてきた人間の顔……。苦しみを自分の体を食べるように咀嚼《そしやく》してきた人間の顔だった。同時に俺は、この男からなにかを引き受けてしまった者の強い意志を感じ取る。この男なら、愚直に頑固に正確に自分の仕事をこなすだろう。俺は目をそらす。男の目のなかにも深々とした海峡が見えたからだ。恐ろしさのあまり、俺は思わず吠えようとした。なんとかこのしんとした水底みたいな目から逃れようとした。しかし、歯を剥き出した瞬間、俺はいきなり網をかぶせられ、あっけなく檻へと放り込まれたのだ。

車は森を離れ、次々と交差点を過ぎた。気がつくと、檻に入れられた俺の同類が何匹か、荷台でひきつったような咆哮、悲鳴を上げていた。その言葉を翻訳してもなんの役にも立たないだろう。しかし、咆哮をまき散らし、悲鳴を上げる気分は俺にもよくわかった。俺だって、できることなら檻を嚙みちぎりたかった。

しかし、俺は窮屈な箱のなかで鉄パイプに鼻面をおしつけ、じっと外を見ていた。この期に及んでも、目だけは探しているのだった。道のどこかに俺の飼い主がいて、いま運ばれていこうとしている俺に気づいてくれるのではないか、名前を呼んでくれるのではないか。俺は道ゆくひと、すれ違う車に目をこらす。いまこちらを見ている信号待ちの女は、飼い主の妻に少し似ている……いや違う。飼い主の妻が気づけばきっと名前を呼んでくれるだろう。

「アラン、いままでどこにいたの。こっちにおいで」

「アラン、アラン、来い」

声はどこにもなかった。檻から見える見知らぬ町はただよそよそしく広大だった。明るい昼の光のなかに看板の金具や壁のタイルがきらりと光る。なにもかもがギラギラして眩しく反射する。ひどくおぞましい。ああ、あれは地に吸い込まれていった犬の背中の光だ。のっぺらぼうの光だ。そう思ったとき、信号がまた青になり、車は勢いよく発車する。

取り戻しようもないもの、滑り落ちていったものが、俺の頭を締めつける。鼻面に、湿り気を帯びた光と風が通りすぎる。揺れる荷台の上で、俺は一瞬目を閉じる。なじんだ庭先でののどかな昼寝にも、こんな初夏の光がふり注いでいた。あの場所、あの光、飼い主の遠い声……俺は耳を立て、血走った目を見開いて思う。四肢を踏ん張って言い聞かせる。いまはこの車の振動と不快な狭さに少しだけ慣れるのだ。まだ間に合うかもしれないではないか。あののどかな光のほうにかけ出す自由がやってこないとも限らない。いまや、俺の生きる場所となった森が向こうから動いてやってくるかもしれない。いや、そんなことがあるはずがない。車の行き先はわかっている。怯えつつ、なおも俺は執拗に自分に言い聞かせる。思え、思うのだ。たとえこれが、この世の最後の移動だとしても、絶望に耐える力だけは捨ててはならないと。それでいて俺は、すでに月光のなかの犬たちの一匹となり、地の裂け目の奥にある終わりのない海峡を間近に見ているのだった。

＊

湾には闇が落ちていた。すでに十時を回り、風は鋭い冷気を帯びて大きなガラス窓に吹きつけていた。

私は今年最後のパーティに誘われ、黒田家の居間にいた。食卓には数時間かけて格闘した生牡蠣の殻が散らばり、なまぐさい潮のにおいが漂っていた。真冬というのに室内は、鍋から立ち昇る蒸気、大きな灯油ストーブのせいで汗ばむほど暖かい。

私たちは、テレビを消してしまった部屋の、どこかがらんとした穏やかな気配に身をゆだねていた。夜間照明に照らされたベランダの床はよく乾き、ここ一週間つづいた晴天の名残を見せている。

「今夜は牡蠣をメインに」と誘われて来たのが夕刻の五時前。湾に落ちる冬の夕陽を見つつ、地牡蠣を炭火で焼いて食べる趣向だった。部屋に入るとすでに黒田夫妻が下の湾でとった牡蠣が山ほど積み上げられ、ワインや日本酒、お茶のペットボトル、ジュースが並んでいる。私の今回の滞在に合わせて用意された宴だった。

時間はゆっくりと過ぎていく。私は、黒田夫妻が手すさびに作ったという素朴な焼き物の半端ではない姿形のよさを賞賛し、山野辺さんは今年のこのあたりのイノシシの被害について話していた。

「荒らされた農家がひきも切らないんです。どの畑もめちゃめちゃですよ。だから猟友会が何度かイノシシ退治をしたそうで」

「餌がないんだな。追われるものは必死だから」

「うちの崖にも出るわよ。この間も黒い影がよぎったから、思わず手に持っていたみかんを投げちゃった。当たらなかったけど、向こうはびっくりしたでしょうよ」

「イノシシにも遠慮はあるんでしょう。逃げてくれてよかったじゃないですか」

「子連れだとやっかいですよ。遠慮もなにもなく、闇雲に突進してくる」

「うろつかれるのは怖いし、迷惑千万ではあるけれど、ちょっと声をかけたくなることもある。ほら、罠が近くにあるときなんか、そっちはだめって危険を教えたくなる。言葉なんか通じないのに……」

「追い払うのは、どこか遠くに逃げてほしい心理が働いているのかもしれない。どこでもいい、逃がしたくなるね。やつらだってどん詰まりなんだろうから」

そんないつもの動物談義をしていたとき、黒田夫人がベランダを透かし見つつ「あら」と言った。「へんね、ギルしかいないわ。だれかキナコに気づいた?」

私たちは揃って首を振った。夕刻鎖を外した二匹の犬のうち、ベランダに戻っているのは

「ギル」だけだった。

「一緒に戻るはずなのに、どうしたんだろう」と黒田夫人がまた小さく言った。言いつつベランダに出て、床に寝そべっているギルを鎖につないだ。

それから私たちは、夜間照明に浮かぶベランダを会話の合間に何度も眺めずにはいられなかった。黒田夫妻が鎖を外したとき、二匹は勢いよく下の湾へと降りていったそうだ。湾で遊び、駆け上がって、家の玄関先に広がる森を一巡りしてくるのがお決まりの犬たちの散歩コース。時間が多少ずれることはあっても、おおむね九時には戻ってくる。その時間をもう大幅に超えていた。

口にはしなかったが、私たちは「リンタロウ」がいまも戻らないままだということを意識していた。似たようななりゆきが、「キナコ」にも起きているのではないか。あるいはどこかで罠にかかっているのかも……と私は、ベランダにある空っぽの「キナコ」と「リンタロウ」の小屋をつい交互に眺めてしまう。

「まあ、そのうちに帰るでしょう」

「そうよ、待ちましょう」

「でももう遅いし、あとは私たちだけで」

「いや、こうしてなにかを待つのもいいものです。僕ら、もう待つものなんかろくにないんだから」

「私も待ちたいわ。家に帰っても寝るだけだもの」

それぞれがそれぞれの気持ちを表明しつつ、そのだれもが、もう少し待って戻らなければ、「キナコ」がいそうな場所を一緒に探す気分になっていた。犬が飼い主の帰りを待つように、飼い主もまた犬の帰りを待つことにおいては同等なのだ。それが犬と飼い主の間に流れる盟約なのかもしれない。この盟約を黒田夫妻が長い間守りながら犬と一緒に暮らしてきたことが、かれらがときおり外へと耳を澄ますしぐさやベランダに投げる心配そうな視線から感じられた。待つものを抱えた見えない空気が、かすかな緊張を孕んでベランダと室内を流れていく。満腹になったあとのけだるさは、いつのまにか消えていた。

外では闇がいっそう濃くなっていた。崖の上の家だから湾を渡る風の気配もはっきりと聞える。そんななか、「あ」と黒田夫人が小さく声を上げ「帰ってきた」と腰を浮かせた。そのまま小走りにベランダに出て行く。黒い塊が夫人の足元をせわしなく動き回ったかと思うと、「おまえ、いままでなにしてたの」ひとつぽんと頭を叩かれ、すぐに鎖につながれた。

「ああ、戻ってきましたな」

「ええ、よかった」

「あの興奮ぶりだとどこかで野生動物に出くわし、安全になるまで隠れていたんだろう。臆病なギルならともかくキナコには珍しい」

「その野生動物、ひょっとしたら人間だったかもしれませんよ」

低い笑いが流れ、私たちはゆっくりと立ち上がる。犬が無事であったことの安堵が、どのひとの顔にも漂っていた。

「じゃ、また」

「ごちそうさまでした」

「次はイノシシ鍋をやりますか」

「追われるものを食うわけですか。いや、やめときましょう」

「そうそう、牡蠣程度にしときましょう」

代わる代わる挨拶をしつつ外に出ると、黒田家の玄関先の森は湾側に比べるとうそのように静かだ。大きな木々が天空でゆさゆさと揺れてはいるが、樹木が密生しているせいか風の音もほとんどなかった。

「車を回しますから、少しだけここにいてください」

山野辺さん夫妻が懐中電灯を揺らしながら少し離れた場所に停めた車へと去っていったあと、私はその深い森の奥を身をかがめて覗き込んだ。ひそと静まった樹間に、大きくて孤独に満ちたものが無数に潜んでいる気がしたからだ。いつか交差点で見たシェパードの、黒い目がじっとこちらを見ているようでもあった。あるいは、食物を探して森をさまようイノシシの影か。

やがてバックしてきた車のほの明るいテールランプが、崖上の路上と足元を照らした。車に乗るとき私はもう一度森の奥を振り返ってみたが、黒々とした大きな影はまだ、みじろぎもせず地表に腹ばっていた。

竹が走る

母に奇妙なものがとりついたのは、昨年の秋のことである。電話でときおり話はしていても、顔を合わせるのは一年に一度あるかないかだ。老いた猫を残して田舎に帰る気持ちの余裕がなかったこともあるが、意識的に私は、母が田舎で少しずつ老いていることから目をそらそうとしていた。

電話の向こうの声は、しわがれている。普段は高い声がものうげに沈んで、しきりに同じことを言う。

「竹が、いっぱいでね、切っても切っても押し寄せてくる。今に家もつぶれるし、野菜を枯らす。恐くて夜眠れんでね、朝起きると竹林に行って、込んだ竹を切るんだけど、もうどうしようもないの」

家の裏庭に二十坪ほどの竹林があって、夏になると地面が真っ青になった。幹に耳をつけると枝のこすれる音が、遠いせせらぎに似た音楽になって聞こえた。風がある日は、竹の節の中を、金属の触れ合う音、地底にいくつもしつらえられた水琴窟そっくりの音が響いてきて、その高低に体が揺すぶられる。田舎に帰ると、私は決まって竹林の音を聞きに裏庭に出る。聴診器を手に入れて幹に当ててみたこともあれば、集音器を使って録音を試みたこともあった。微妙な音の録音はうまくいかなかったが、テープにはザーザッと鳴る竹林の音だけは残っていた。その竹が、母の脳裏いっぱいに増殖しはじめているらしいのだ。

母は言う。竹のせいで新しくできた家も根こそぎつぶれるだろう。眠っている間もどんどん根がはびこって、思うだけで息が苦しくなる。夜眠れないから竹の音をじっと聞いているんだけど、胸がつかえたようになって体中が黒ずんでいくのがわかるほどだ。なんだって、あんなに竹がはびこったのか。私はね、毎年春になると竹の子をこれはいい竹の子、これは悪い竹の子と言いながら、ちゃんと切っていた。それほど気をつかってきたのに、竹は次々に押し寄せてもうどうにもならなくなった。竹が走ってくるんだよ。竹を切りにきておくれ。切らないと家がつぶれるから。竹を退治しなけりゃ。

竹が走るというのはどんな感じなのか。緑のかたまりが転がってくるのか、それともとがった凶器のようなものがきらきら光りながら刺すとでもいうのか。単純に、頭の中が竹で一杯になるという感じだけではなさそうだった。もっと暴力的なものが、母の心を満たしているらしかった。

弟が言うには、竹林の面積は昔と少しも変わらないそうだ。それが母の脳裏では日々肥大して、本当の面積がわからなくなっているのだという。夜ごと眠りの中で増殖する竹を殺すには、もう薬しかない。だから母は眠る前に強い薬を飲み、ただ眠る。しかし昼になると、また、増殖し膨張する竹の林が見えるらしいのである。

電話を切ったあと、私は足元に寝そべる猫をぼんやりと見ていた。めっきりと老いた猫が、自然に母に重なり、息がつまった感じになる。若かった母と猫の姿が、どちらも病んで、行き場をなくしている。動物には動物の静かな諦めがあるのだろうが、母の中には、年月と共にあがきが泡のように生まれてくるらしかった。

母の言葉が転がる車輪のように私の中を走り続ける。人ごとではないのだった。私にも十数年前、似たようなことがあったからだ。

当時、私は自分が住んでいる武蔵野が恐かった。風の音や家の外で樹木のこすれあう音、人気のない暗い道を行く自転車のブレーキのきしみなどが幾倍にも膨れ上がり、押し寄せたり引いたりした。音は、音というよりも、細胞の中に潜り込む侵略者に似ていた。眠れないので耳を澄ます。すると体中が浮き上がるようで、何度も電気をつけたり消したりする。自分の体の中でなにかが疾走して、風を巻き起こしていた。外部からやってくるものではなく、内部で生まれるものが、際限なく響く音になり、津波になった。ときにはそれはつむじ風のように頬を打ち、別の夜には生暖かいべっとりとした粘液質の膜になって眠りの中を広がっていった。強い圧迫感がありありと感じられた。

母の声を聞いていると、そのころの自分を思い出す。体の中を生暖かいものが疾走していく感じ……細胞の隅々に得体の知れぬものが繁殖して、絶えずざわざわとざわめく。走っていくものの正体は見えないが、押し流されていきそうな不安感だけはあるのだった。

いま、母の中では竹が走っている。家を包み、どこまでもどこまでも根を張って、土を押し上げ、あたりの生気を吸い取っている。

弟は電話の向こうで言った。「毎日、鉈《なた》や鎌を持って、庭をうろついている。かと思うと疲れきって、何日も飯も食わず眠っている。声をかけてもぴくりともしない。まるでサナギみたいでさ、手足をひとつところに揃えるような姿勢でうつらうつらしているんだ」

庭で体力を使い果たす半面、食べないので母の体重は四十キロを割ったらしい。小さな母の体が、老いてものを食べなくなった痩せた猫に重なっていく。しかし、考えてみたら、猫には妄想はないのだった。静かに眠り、起きると薄く目を開き、私の姿を捜してニャアと鳴く。夢を見ることはあっても身悶えたりはしない。ふいに身を起こすと、部屋の中を斜めにつっきりなんども床に対角線を描いてはそのつど高い声でニャア、ニャア、ニャアと鳴く。ひとしきり鳴いたあとは夢のことを忘れるらしく、また「家」にもぐりこんで朝まで体を丸めたままだ。ああ、夢を見ていたのか。それで急に部屋の中を歩き回りたくなったのだと、私は猫の不安定な歩行を横目で眺め、夢に興奮している猫をいつもよりも可愛らしいと思ったりする。しかし、母は違う。眠っているときだけではなく、起きているときにも夢が重ったるい沼地のように心を不安にしているのだ。

ずいぶん昔のことだが、同じようなことがあった。庭の片隅に、夏になると真っ白な花をつけるジンジャーの群落があった。誰も植えないのにあっという間に根づき、最初の花が咲いたとき母は、「鳥もたまにはいい種を運んでくるね」と喜んでいたものだ。ジンジャーの花は、夏の宵、息がつまるほどの甘いにおいを放ち、土地が肥えていたせいか見るまに株を増やした。最初の一株が翌年には一面の群れになり、いくらでも増え続けるのだ。そのころの母は、植物の旺盛な勢いを人一倍楽しんでいた。甘いにおいと可憐な花は、荒れた東の庭の風情《ふぜい》に似合い、ところ構わず植えられたグミ、レンギョウ、テッセンなどとからみあいながら、放恣な緑をしたたらせていた。

ところが間もなく、これも鳥が運んできたのか、ジンジャーの一角にミョウガの芽が混じり、瞬く間に侵食されたのである。甘い花のにおいは消え、あたりには太く猛々《たけだけ》しいミョウガの葉だけがなびくようになった。母が、ミョウガの森の中にうずくまり、手で土をかきわけかきわけジンジャーの根を捜すようになったのは、ミョウガの株がジンジャーの株をしのぐようになったころである。

母は繰り返し言った。

「妙だね。どうしてこんなことになったんだろう。ジンジャーの株が全部消えて、ミョウガが押し寄せてきた。このままでは庭が全部ミョウガだらけになる。今のうちに退治しないと、カボチャもスイカもウリもナスビも、全部ミョウガに食いあらされる」

母は同じ東の庭に小さな菜園を作っていた。園芸店で苗を買い、土をシャベルで膨らませて腐葉土や肥料を入れ、ほどよい間隔で苗を植える。菜園には、ピーマンがありブロッコリーがありナスがありトマトがあり、小松菜があり、キュウリがあった。いずれも太った、無農薬の野菜たちである。そうした野菜たちを、一緒に暮らす息子の家族と食べる、時には東京にいる私のところにも送ってくるのがささやかな楽しみなのである。その菜園が、ミョウガ一色になる恐怖と不安が母の心をいっぱいにしていた。ミョウガのあの半透明の花穂《かすい》が、肥大した怪物となって、母の脳をのべつまくなしに舐めるのである。

ミョウガ退治にとりつかれた母は、納屋にあった古い畳を菜園の縁に敷き詰めた。一種のバリケードのつもりだったのだろう。一方でミョウガの群落をにらむようにして、木々にからみついたヤブガラシを切った。ミョウガの林に伸びたヤブガラシのほうは切らずに見て見ぬふりをしていたが、それはヤブガラシの勢いにやがてミョウガが負けると見込んだからである。しかし母の思惑に反して、ミョウガはヤブガラシが巻きつこうがはびころうが一向に枯れなかった。そして、どういうわけか、菜園に押し寄せるまえに繁殖は止まったのである。

当時も母は、弱い薬を飲んでいたはずだ。眠れないので医者に通う。処方された小さな白い錠剤を半分に割り、食後には必ず口のなかで転がしていた。一錠を丸ごと飲むと、自分がどこにいるのかわからなくなる。だから半分しか飲まないのだ。朝、昼、晩、飲むたびにわけのわからなくなる自分を、母はどこかで怯えていた。

母の混乱は、古い家を壊し、新しい家を建てたことにも関係があるのかもしれない。新築することに決めたとき、母は弟に言ったそうだ。

「地震がくるかもしれない。先祖のたたりがあるかもしれない。家を壊すなんて、とんでもない。Aさんも M さんも亡くなったのは家を建て直したあとだった」

同じことを母は東京にいる私の耳元で言った。電話の向こうで家の霊、先祖の霊に殺されるかもしれない自分について語り、壊される寸前の家で大黒柱がきしむ音を聞いた人の話まで思いだしていた。自分だけではなく、息子にまで厄災がふりかかることを信じているような口調だった。

悪いほうへ悪いほうへと意識が働くのは、老いてからの癖である。父が早く死んでから、母は一人で私たちを育てた。私が上京し、ついで妹が家を出て、弟が家庭を持つと少しずつ踏ん張りがきかなくなったのか、その傾向は顕著になってしきりに不吉なことを口走る。それでも、新しい家ができたときは安堵を覚えたのか、しばらくは呑気なことを言っていた。「暖かくていい家だよ。床暖房もあって贅沢ね。どうしてあんなに長い間、隙間風の中で暮らすことができたんだろう。もうこたつもいらない」

床下を温水が流れるという居間で母はサナギのように身を丸め、なにもしないでただ眠る。朝も午後も夜もうつらうつらとして、食事もしないで床を転がり続けるのだ。

体が動かなくなると、心の中だけが活発になるのか、母は「このまま御飯を食べないと、きっと死ぬんだろうねえ」と言ったり、「何も食べないで死んだらつらいねえ」と言ったりする。食べられないのでもう死ぬと決めて、死ぬ自分のことを過剰に想像するらしいのである。

困惑した弟が、「このままじゃ、本当に餓死するかもしれない」と電話をかけてきたこともあったし、「こちらも食事が喉をとおらなくなった」と訴えたこともあった。母は食事をする弟たち家族の前に硬直したように座り、痩せほそった体と声で「ああ、いいねえ、食べられる人はいいねえ。私はもうなにも食べる気になれない。なにがそんなにおいしいのかね。舌も喉もなにも感じなくなったら、人間、生きていてもしようがないね」などと言うものだからすっかり食事をする気分が失せ、一家全員が鬱病になりかかっているというのである。

同じ年の暮れ、母を上京させた私は生気のない灰色の顔を見て狼狽した。骨と皮になった体は、人であふれる都会のどこに置いても頼りなげで、ひどくさびしそうに見える。母はゆっくりと歩いた。目の色がもう昔の母とは違っていた。大きくはないが澄んだ目をしていた母は、どちらかというと無邪気で子供っぽい性格だった。五十になっても六十になってもささいなことで笑っていたのが、七十歳になるころ、滅多に笑わなくなった。陰鬱な顔で一日中外を見ている。人に会うのをおっくうがり、過剰に自分を卑下する。料理ができない。洋裁ができない、手に職がない、自分は無能な人間であるというようなことをしきりに口にするようになっていた。もともと人の悪口を言うことのできないやさしい性格は、自虐行為にとって代わり、際限なく自分を責めるのである。

公立の病院勤めをしている弟が、いつだったか開業する気になったことがあるが、その時も母の不吉な気分は沼のようなところに向かって際限なく沈んでいった。医療用の機材やベッドなどの備品、それに土地、建物など必要な経費を計算すると億単位の金がかかる、そう聞いただけで母は取り乱し、日毎同じことを言うようになった。患者が来なかったらどうするの？　借金が返せなかったら？　もしもだよ、おまえが病気になったら、あとはどうしたらいいんだろうね？　土地を売ったたって億なんて金にはなりゃしない……第一土地を売ったら私はもう無一文だ。無一文でも行くところがあればいいが、私にはもう行くところがない。養老院はいやだよ。死ぬのはここと決めているんだから。それに、金もなくて養老院なんて、塩にまぶされたナメクジみたいじゃないの。日々、ありとあらゆる負の要素を並べるので、弟のほうがノイローゼ気味になり、ついに開業することを諦めてしまった。こんなふうじゃ、開業しても胃に穴があくだけで、きっと僕は長生きできないよと、弟は母の鬱が乗り移ったのか陰気な声で言った。

そうした日常の鬱屈を持て余したのか、あるとき弟は、二、三日でいい、母と遊んでやってくれないかと言ってきたのである。面倒は見なくてもいい。ただ一緒に遊ぶだけでいい、と弟は重ねて念を押した。気遣いや励ましはかえって悪いのだそうだ。励まさず、気遣わず、ただ呑気に一緒に遊ぶこと。環境と気分を変えないと、このまま全員が沈んでいく。小さな気晴らしでいいんだ。笑えるようになればそれがきっかけで、また元に戻ることだってあるんだからと弟はいくつかの回復例をあげた。そのいずれのケースも弟が病院で目のあたりにした人ばかりだそうだ。

母を上京させるのがまずおおごとだった。「私は行かないよ」と根が生えたように頑固なのだ。「あんなところ」とも言った。東京が嫌いなのだ。空気が悪い、人が悪い、せかせかしている、物が高い、町がくさい、階段が多い、細菌だらけだ、さまざまなことを並べたてて、梃《てこ》でも動こうとはしない。さらに母は言った。「あんたの猫だって、知らない人がきたら嫌がるだろうに」

老いた猫を見るのが嫌なのである。母は月に数度、暮らしの報告をする私の話の合間に、「猫は？」と尋ねる。それが私と母との電話での会話の習い性になっていて、いつからか私は一緒に暮らす猫の様子を詳しく報告するようになっていた。子供を産まなかった娘が、ただ猫だけを愛玩する不思議と気味の悪さを味わいながら、猫でもいい、娘と一緒に暮らすものがいることに安心もするらしい。そんなわけで母は、猫が好きでもないのに私の猫の変化だけは知っていて、もうろくに立てなくなっている体の調子もわかっている。その猫の様子を電話で聞くのはともかく、見るのはかなわないという母の気分が、それとなくこちらに伝わってくるのだ。

母が上京を決意したのは、弟から電話があってから三ヵ月近くたってからのことだった。弟や私の言うことなど頑として受けつけないのに、昔からかかりつけている主治医の言うことだけはよく聞いて、上京はその主治医が「このままじゃ骨がぼろぼろになるな。最初にまず、立てんようになる。いくら牛乳飲んだって、ジャコを食べたって毎日寝て暮らしていたんじゃ、骨だってきしみが来る。なんでもいい、どこでもいいから行ってみなさい」と母を叱ったからだという。

小さな白い顔が、ホームの人波の中で霞がかかったように浮かんでいた。目が一点を見ているが動く様子はなく、どこか遠いところを見ている視線である。枯れ尾花に似て、やや前屈みになった姿勢は、地面と体とが糸でひっぱられているかのようにぎごちない。それでも母は私の声を聞くとほっとしたように小さな笑いを見せた。いつもの口調で母は尋ねた。「猫は？」「元気よ」と私は笑う。たぶん聞くだろうと思った最初の質問が当っていたからだ。「すぐにどうということはないわよ。御飯もちゃんと食べるし、下半身だけよ、悪いのは」母は途端ににこにこした顔になる。そうかい、そうかい、元気かい、人も動物も元気なのが一番。元気で長生きなのが一番。

話していると会話が噛み合わなくなりそうで、私は黙って母の声を聞きながら、手にしている荷物に手を伸ばす。しかし、これも母の習い性なのだが、決して人に自分の荷物を持たせようとはしない。バッグを胸のところにしっかり抱えこんで、だれにも渡すまいとする。小さなバッグだった。軽いミノムシの皮の、母がもう何年も大切にしている祖母の形見の品である。

「薬も持ってきたから、夜も眠れる。どうせあんたは、遅くまで仕事をするんだから。気にしなくていいように。邪魔はしないよ」と母はまた、気弱に笑った。

ブラインドを上げたままの東の窓に、夜景が広がっていた。海側の窓の外はベランダで、朝真っ先に光が届く。仕事で徹夜に近い夜を過ごすこともある私は、その風景を案外気にいっていた。海面はたくさんのビルや倉庫の陰に隠れてどこにも見えないが、時に東京湾を行く船の汽笛の音が、低く届いたりする。大晦日の夜は、年の明ける十二時になると一斉に新年を祝う汽笛の音が響き、それは澄んだ冬空に谺《こだま》しあいながら、この部屋の窓辺にも届くのである。重々しいがどこか箍《たが》が外れたようなその音を聞きたいがために、私はもう何年も正月を東京で過ごすようになっていた。

「小さな部屋だね」と母は来るたびに言う。本や資料が積み上げられた壁や床を物珍しげに眺め、あとはもうすることがないのできまってベランダに出て、夜景を眺める。

「緑がないね」「東京タワーはどっちだった?」「ここは横浜に近いんだろ?」母は思いついたことをとりとめもなく喋ったり尋ねたりして「東京駅から三十分もかからなかった」とこれも判で押したように言う。

何度来ても、十分も電車に乗ればすぐに部屋のあるもよりの駅に着く、その距離に感心しているのである。そしてこれも、昔の家はどっちのほうだい、と決まって尋ねる。遠いのかい。そこはずいぶん、緑があったんだろう? 母は、私が昔住んでいた武蔵野の家を知らない。一度も訪ねてきたことがないからだが、男と暮らす娘に遠慮していたせいもある。ただ、私がその土地をどこよりも気にいっていたことを知っている母は、おりに触れて〝昔〟の土地の名前を口にする。国分寺、国立、恋ケ窪など、いずれも私が手紙に書いたり写真を撮って送った場所ばかりである。林や庭で遊ぶ子猫の写真を、何度か手紙に添えたこともあった。

　母はベランダから顔を外に向けたまま、なにか言っていた。しきりに下を覗いている。濃尾平野の平らな土地に住む母には、マンションのベランダから下を見るのが物珍しいらしかった。痩せた背中を見せたまま「周りの木が大きくなったみたいだね」とか、「前の道は、行き止まりだったよね」などと独り言を言っている。

　食事の支度をしながら、私はそんな母の様子をそれとなく盗み見ていた。やっぱり猫には触れなかった。何年か前に上京したとき、母はいきなり猫に触れ、驚いた猫に指を噛まれて以来近づかなくなった。どうやって向き合ったらいいのかわからない顔をして、しばらく猫をじっと眺め、困ったように笑い、目をそらすのである。

「猫、前より痩せたね」と母が言ったとき、私は「だって、おばあさんだから」と言いかけて言葉を飲み込んだ。考えてみたら、七十代半ばの母と、私の猫の年はそう違わないはずだ。あんがい猫のほうが老いているのかもしれなかった。たった十九年で、母を追い越してしまった猫は、いつものようにソファの下に身を横たえ、目だけで母と私を追っていた。

　その猫を本当は母には見せたくないのだ。母だけではなく、だれにも見せたくはなくなっている。若いころの猫の、しなやかで敏捷な姿を知っている私は、老いて足腰の弱った猫を人の視線にさらす気分になれない。ただ、二人でこの部屋にいて、人の目には触れぬように送ってやりたかった。老いた母が、老いた猫の様子を見て過敏になる、その心の動きを恐れてもいた。しかし猫のほうはどうなのか、私は猫と母をかわるがわる観察し、猫が私ではなく母のほうをしきりに見ているのを発見する。昔は人が訪れるとおずおずと傍らににじりよって、真っ先に相手の足先のにおいを嗅いだ。見知った人や好きな人のにおいだとそっと舌先で相手の足をなめ「いらっしゃい」という。嫌いなにおいだと、黙ってふっといなくなる。しかしもう、立ち上がって客人のにおいを嗅ぎに行く元気がないので、猫は横たわったまましきりに母を見るのである。

人の視線も猫の視線も同じなのだと気付くのはそんなときだ。友人の病を見舞って病院に行ったとき、同室の老人はしきりに私を見ていた。末期《まつご》の目が、相手を計るように床の中で敏捷に動いていていた。

その猫の、どこかすがるような、計るような目を避けて、私は食事が済むと母を外に連れ出した。近くには日本庭園のあるホテルがいくつか建っている。わざわざ東京タワーの見える道を選び、ゆっくりと歩く。冬の夜気が襟元を吹き過ぎていくが、田舎の風に吹かれ慣れている母は東京の寒さが苦にならないらしく、意外にしっかりした足取りで歩いている。もともと足の速い人である。老いた猫と顔を突き合わせているより、よほど解放されるのだろう。母の顔に、部屋の中にいたときとは違う華やぎが感じられた。どこがどう病んでいるのか、一緒に暮らしているわけではない私には変化や異常がすぐにはわからない。探るような気分になるのがいやだったので、私は思い浮かんだことを前を向いたまま言ってみる。

「昔、よく歩いたわよね、月のきれいな夜なんか」

「そう、カエルの声なんか聞きながら」

答えながら母は小さく笑った。父が死んでから、しばしば私たちは夜の田に行ったものだ。あてもなくただ野道を歩いた。水月《すいげつ》という言葉があることを教えてくれたのも母だった。田に映る月を水月という。「虚像のことでもあるらしいよ。水に映った月は手ですくおうと思ってもすくえないからね。嘘の風景だね」まだ高校生になったばかりの娘に向かって母は自分で自分を納得させるような口調で、口ごもりながら言った。その母のやや高い澄んだ声と、草を踏む歩幅の狭い足取りが思い出された。六月の田には、幾十もの月が重なりあって映っていた。水を張ったいくつもの面が幾何学的な稜線になって、地面から浮き上がっているように見えたものだ。

カエルの声、虫の音、田に水の流れこむ音などが野の道には満ちていて、私と母は、体がすっかり冷えるまで、歩き回って帰るのだ。明るいような薄闇の中を、黙って歩く私と母がいて、どこまで行っても母が喋らないので不安になったこともある。早足で、前につんのめるような勢いで、母はただ目のまえにある田の光だけを見ていた。

「あれは、なにをしていたのかしらね。ただ、黙って歩いて」

「木を見にいったこともあった」

「ああ、大きな樟《くす》の木」

私は町の一角にあった樹齢何百年という樟の木の太い幹を思いだした。それを月の光に誘われて見にいく。大きな樟の下には厚い闇が広がっていて、頭上から葉のこすれる音が雨粒のように降ってきた。耳を澄ましていると、体と闇との境目がなくなり、音の中に閉じこめられている気分になった。同時になぜか長い息を吐きたくなるのだ。似たような散歩を私と母は何度も繰り返した。黙って歩いていると、土地の生気が体にしみこんで、母の溜め息は減っていった。

「東京タワーもいいね」

「そう?」

「ツリーみたいに見える」

弟の家ではクリスマスになると、幼い子供たちのために、大きなツリーを立てる。弟が赤いサンタクロースの服を着て、ツリーに光を点す。そのツリーに似ていると母は言う。東京の建物はみんな電気を点したツリーみたいだと、自然な声で母は笑った。

ホテルで、コーヒーを飲む。青白い庭園灯が広い芝生を照らし出していた。「冬でもここの芝生は青いね」と母は妙に感心したように言った。母の家の庭にも、芝が植えられている。庭園灯もあるが、冬は芝が褐色に変わるので庭の光はわびしく見える。「あれは日本の芝じゃないね。なんという芝だろう」母はホテルの青々とした庭に目をやったまま首をかしげている。

次は、外国人の女たちの集団を見やり、大きなシャンデリアを見上げる。目の中に飛び込むもの全部が面白いらしく、視線が次々に動いていく。

「やめなさいよ、じろじろ見るの」

「だって、あなた」

母の顔が緩みきって、笑いだしそうになっている。「腰の位置が」と母は外国人の女たちの腰と、日本人のボーイたちの腰の位置がずいぶん違うのがおかしいと言う。並んで歩いているホテルのボーイと、背の高い外国人の女たちの腰の位置は確かにずいぶん差がある。そんなものを見て喜んでいる母の顔が、若いころの顔になっている。なにを見ても笑っていたころの顔である。くるくると表情の変わる母を、私はほとんど困惑して、黙って見るしかないのだった。

私たちはまた違う道を通り、部屋に戻る。母は相変わらず小さなバッグを握り締めている。来るときと少しも歩調が変わらない。「疲れない?」と尋ねると母はおもいがけず高い朗らかな声で、「まだ、あんたの猫のように老いぼれていないからね」と言った。

いていた。カリカリッと小さな音を立てて、母が闇の中で薬をかじる。私はそれを眠ったふりをして聞いている。頭の中を変なものが走り出さないように、母は闇の中でそっと自分の体をなだめているのだ。

ふいに、竹の話を聞きたくなった。体を動かすと母は薄く目を開き、「なんだ、起きていたの」と言った。

「竹のことだけど、相変わらず見る？　竹が走ってくるの」

「ああ、見るよ」と母は間を置かず答える。「どんどん増えて、それをどんどん切るの」

「切るとどうなるの？」

「そうだね。少しは楽になる」

「だけど、また増えるんでしょう？」

「増えるよ。いっぱい増える」

「裏の竹やぶ？　別のところでも増えるの」

「竹やぶも増えるけど、庭でも増えるよ」

「庭には竹はなかったじゃない」

「ある」と母は言った。大きな火鉢に植えた観音竹があってその根が先年、鉢を割ったのだぞうだ。以来、鉢から竹が走り出して、庭が竹でいっぱいになると母は言った。裏の庭も、南の庭も、もう竹でいっぱい。

「悪い竹だわね」と私は言った。

「そう、悪い竹。悪い竹ばかり」

毎年、母は春になると竹の子を掘るためにやぶに入る。竹林が込みあわないように間引きするのだ。母は素早く、竹と竹の間の距離を計り、去年伸びた竹の近くに顔を出した竹の子は容赦もなく切った。ほどよい距離のところにある竹の子は掘らなかった。悪い竹、いい竹、母はひとつひとつの竹の子をあからさまに差別する。これはいい竹、こっちは悪い竹、言いながら足先で若い竹の頭を蹴る仕草が、案外残酷だった。その行事を、昔の母は楽しみながらしていた。根が余分なところに張って、家のほうへと押し寄せないように。しかし今の母には、現実の竹と心の中の竹の量の折り合いがつかない。夢の中にも竹がはびこる息ぐるしさを想像して、私はなんだか恐ろしいような気分になる。

「でも、竹の子のにおいは好きよ、切ると濃くなるのよ、においが」母はどこかうっとりした口調で言う。「根に近いところの生皮は、生まれ立ての赤ん坊のオシッコのにおいに似ているしね。あんた知ってる？　生まれたばかりの赤ん坊のオシッコのにおいは濃いのよ。あれはいきなり出てきてびっくりするのか怒っているのか、とにかく生ぐさいにおいがする。あれに似

ている ね」そんなことも言う。

細い腰を据えて、母が竹を切る。見境もなく竹を切る。鉈を振りおろす母の姿がふと脳裏に浮かび上がる。目が据わって一心不乱になっているのが見えるようである。こんなやつ、こんなやつ、つぶしてしまえ。母の憎しみのこもった声もする。切り続ければどうなるのか……私は隣の母の顔を見たが、そのときはもう薬が効いたのか、軽い寝息をたてていた。

見ないほうがいいというのを「見る」と言い張って、母が猫を風呂に入れる私を見下ろしている。朝、母は言った。

「ゆうべ、猫が何度か枕元を行ったりきたりしたよ」

私が眠っているとき、母は目を覚ましたらしかった。

いつものように床のあちこちに、薄い体液の帯ができている。猫の四肢のほうも濡れていた。遠慮して言わないが、母の鼻先にもにおいは届いているはずである。私はもう猫の尿には慣れているが、飼わない人には耐えられないはずだ。

母は黙って猫を抱き上げる私の手元を見ていた。いつか自分もこうなるかもしれない。そう思われるのはたまらないから、母が気付かぬ間に洗おうと思っていたのが、つい母の言葉に強制されるような気分になって風呂場に走った。いつもより手早く湯から上げ、タオルにくるんで電気ストーブの前に横たえると、母は濡れた猫を前に、自分に言い聞かせるような声で言った。

「やっかいなものだねえ、年をとると」

私は黙っている。これ以上の話は禁物だった。慰めも励ましも、気遣いも厳禁。私はただ母が笑うような遊びをなんとか考えつかねばならないのである。しかし、母の意識は、濡れねずみになっている猫のほうに動いているらしく、少し離れたところからじっと猫を観察している。やさしいというのでもない。面白がっているふうでもない、同情の視線とも違う。つかみどころのない目である。

猫は、いつものようにのろのろと毛づくろいを始める。首を曲げ、後ろ足を上げ、股から腹、爪の間などを丁寧になめる。小さな頭を上下させ、ときどき舌を出し放しにしたまま、私と母の顔を交互に見上げる。それからまたせわしなく頭を上下させた。母は硬直したように動かない。湿り気のないそっけない声で言った。

「風呂に入れなくなったら、人間もおしまいだね。まだ猫はいい。抱けるから。抱いて風呂に入れるなんて、人間は人間にしてやれないからさ」

やっぱり老いた猫を見せたのがいけなかったのか。しかしそれは瞬間のことで、私の方を向いた母の目には、猫から気分をそらそうというような、無意識の力が働いている。母は壁の時計を眺め、窓の外の空を眺め、私の仕事机が片づいているのを確かめると、ゆっくりとバッグに手を伸ばし、唇に薄く紅を塗った。

冬の木々の間に、真っ青な空が広がっていた。国分寺の町から国立のほうに続く街道には、なじみのない店が増え、かつてあった園芸業者の林もいくつか消えていた。ツツジ、銀杏、黄楊《つげ》などの木が植えられていた畑の多くは住宅に変わり、土面を見せていた駐車場もマンションに変わっていた。私は記憶をたどって街道を歩き、ぬかるんだ路地に入り込む。目印は角のところにある大きな柳。柳が残っていなければそのまま通りすぎていたに違いない。

木造の家は、もうなかった。縁側のある、和室ばかりでできた古い家は、鉄筋の二階建て住宅に変わっている。ただ庭だけは、隣接した神社の境内に向いて残っていて、子供のものらしい洗濯物がひるがえっていた。私と母は神社の境内に入り、石段に座って家を眺めた。母が、どこに行こうかねと言ったとき、私の脳裏に浮かんだのはなぜか昔の家だった。母が一度も足を踏み入れたことのない場所。そして私がもう何年も忘れたふりをしていた土地が、あらかじめ決められていたもののように浮かんできたのだ。

「まだ桃の木があるわ。猫が好きだった木だけど、もう昔の家とは全然違う」

母は何も言わない。

「あのヒト、どうしている。元気にしているかね」男と別れたあと、母は執拗に男のその後を知りたがった。「仕事が好きなヒトなんだから、細かいことを言わないで、ほっといてやればよかったんだよ」と私を責めることもあれば、「おまえが両手に荷物を持っていても、すぐには気づかないヒトだった」どこで見ていたのか、冷静な口調で言う日もあった。また「ああ、悔しいね。女が男と別れてせいせいしているのは許せるけど、男が女と別れてせいせいしていたら、あんまり悔しいじゃないか」そんなことをとげとげした口調で言ったこともある。

いつごろからだろう、母は私に、別れた男のことを何も聞かなくなった。娘が別れてしまった男に、自分もまた心を許したことがある、それが嫌で話題を避けているようでもあった。

私と男がその家に住んだのは、わずか五年だ。しかし東京で住んだどの家よりも、心の中に残っていた。庭の桃の木に上って降りられなくなった猫の甲高い声が甦り、家の暗がりでうごめいていたトカゲや野ねずみの瀕死の姿が浮かび上がってくる。いずれも猫が持ち込む動物たちだった。一匹が二匹になり、持ち込まれる動物の種類も増えてくると、それに従って猫の体も大きくなっていった。仕事から帰ると真っ暗な部屋の中で、血だらけになった鳩がもがき苦しんでいたこともあった。

あたりは杉の林だ。家は神社と地続きになっているので、どこからが庭でどこからが境内なのか判然としない。夏には杉の木々がかぶさるような影を作り、焼けた泥土の熱をなだめてくれた。今はどんぐりがいたるところに落ちている。母と私はそれを拾い、手のひらに転がしながら、無言のまま家を見ていた。

風の中に、猫を抱く私が立っていた。上の空で、夜の境内を歩く私がいた。頭上からたえまなく木々のざわめきが聞こえ、体の中を疾走していく。暖かいのは猫を抱いている腕と胸の部分だけで、下半身は冷えている。その冷えた体を風の中に浮かべて、私が見ているのは、男が出ていった家のほのかな明かりである。あのころはただ風の中にいるのが気持ちよかった。あたりを歩けばどこにいても、風と木々のざわめきがあった。外を歩いていさえすれば、体の中に生まれる不安と恐れがかき消されていった。しんとした空白を私は歩いていた。うまくいかなかった男との暮らしを後悔しているのではなかった。生きている実感のようなものが、ぽつんと点った光の中からやってくるのが不思議だった。

そのころのことを思うと、前後の脈絡もなく無数の風景が見えてくる。四季が鮮やかに変わり、陽炎のように揺れる家と桃の木。家の周りを歩く猫、縁側で眠る私と猫、走り過ぎる雨の中に、泥まみれで立ちすくむ猫、嵐の日、境内の木々の上から落ちてくるセキレイの雛たち。どの光景も、ゆらゆらとゆらめき、明るい夢のようだ。右に左に揺れる藻のような家や木々、畳のにおい、親しかった男の肌の感触などが、鮮やかな糸で織られたタピストリーとなってひるがえる。

その光景を心の中に転がしながら、私は、頭上の木々の音に誘われるように「私も頭の中を、竹林に似たものが走ったことがあるわよ」と言いそうになった。杉の緑、こすれあう樹木の音、風や電線が震える気配が増殖して、脳裏いっぱいに広がり、どこまでもどこまでも果てしないように思われた日々。

あのころ、払っても払っても増えていった緑のしたたりはいったい何だったのだろう。押し寄せるといった感じで心を占領した緑の洪水。

「なにが足りないのかわからない。これ以上どうすればいい？」

男が言い、私はとり返しがつかない言葉だとわかりながら、言い返す。

「これ以上なんかないのよ。これでおしまい。ひとりなら十分のことも、二人だといつも全部が足りなくなる。こんな暮らしは最低だと思う」

「最低とはどういう意味だ」

「顔を合わせると、疲れるという意味よ。食事の時間、旅行の計画、買い物の約束、なに一つ嚙みあったことなんかなかった」

言いながら、私は宙に浮いていた。男と別れる自分の姿が、どうしてもしっくりと思い浮かばないのだ。男と互いにいい募ったあと、私は、きまって緑の中に出ていく。濃い闇の奥へと歩き出さずにはいられなかった。なにをどうしたいのか、どうして欲しいのか……崩れてゆくのは男のせいではなく、足りないものへ過剰に敏感になっていく自分のせいではないだろうか。別れてもきっと私は、〝足りないもの〟につきまとわれるに違いない。

ただ大きなものに揉まれ、突き上げられ、足元をすくわれていた頼りなさだけが記憶の隅に残っている。そんな時だ。母の心の中を竹が走るように、私の中にも緑が走り抜けていった。

一人になってから、私は猫だけを待っていた。猫が林の中から帰ってくると、ひび割れた世界の扉がきっちりと閉まり、深い安堵におおわれた。今もそうだ。気が付くと猫を抱いている。もうどこにもでかけることのない老いた猫は、いつも私のかたわらにいて、暖かい。

母は、何を抱くのか。抱くものがあればいいとは思うが、私には母が抱くものが何なのかわからない。押し寄せてくる竹の中で、迷子になりながら子供のように泣いている母を見たくはないから、抱くものがなければだれかに抱かれればいいのだと、理不尽なことを思ったりする。

風が出ていた。枯れ葉が音たてて境内を走っていく。唐突に言葉が転び出ていた。

「竹は切ったらいいのよ。気が済むまで切って、丸裸にしたらいいのよ」

どんな意味で聞いたのか、母は曖昧に笑っていた。笑いながら言った。

「いろんなことを考えてはいけないんだ、そんな気がする」

いろんなことってなんだろう。そこには娘の未来も含まれるのか、私は黙って母の横顔を見る。白い瓜ざね顔である。若い時はよく笑った顔にはもう、私に読み取れる表情はない。猫が私を見るときのあの静かな目を、母はしていた。

帰りは、国立の駅まで歩いた。林があったと思ったところはもう姿形が変わっていて、以前は何があったのか分からない。造園業者、園芸業者の畑だけは点々と残っていて、母は自分の庭の木々を呼ぶように、「あれは、ヒバ、あれはアスナロ、これはモクレン、ああ向こうのはキブシだ」などとひとつひとつ指さしてみせた。自分の知っている樹木や植物をみつけたことで、顔が明るくなっている。昔、野の道を歩いたときのように、私と母は立ち止まって洒落た白い家を眺め、寝そべる犬をからかい、植え込みのサザンカや椿の種類について話しながら、駅へと向かう。竹の話はもうしなかった。

幻があってもいいのだと、私はかたわらを歩く母の息を感じながら思う。たぶんこの先も、母の中で竹は走り続けるに違いない。声があり顔があり、手足がある生暖かい亡霊のような竹たち。失われた昔の家や風の音や人々の顔、長い年月触れた土や植物の感触が一緒になって、母は竹の幻の中でこちらとあちらを行き来する奇妙な生き物になっている。切っても切っても増えていくのは、母が、増殖するものをどこかで懐かしんでいるのだと、私は思おうとしていた。

母が東京にいたのは四日間である。弟から電話はなかったし、私もまた弟に電話をしなかった。「どう?」「大丈夫よ」「薬は?」「ちゃんと飲んでいるわよ」というような、母を肴にした会話を交わしたくはなかったこともあるが、母といる時間が思いがけず楽しかったせいもあった。

浅草と銀座に行った。浅草では、雷門の近くにある扇子や草履の店ばかり見て回った。銀座では路地裏にある老舗の呉服屋のウインドーをいくつも冷やかして歩いた。若いころ着物を着た母は、今でも華やいだ布や小物を見るのが好きだ。部屋に戻ると夕食を作り、食後はゆっくりと歩いてホテルの庭を見にいった。それだけのことを母は楽しみ、最後の夜、上京してから一番たくさん御飯を食べた。

同じ夜、私はふと猫の鳴き声を聞いたような気がして目が覚めた。猫のためにつけ放しにしてある電気ストーブの前で、母が小さく背を丸めていた。オレンジ色の光の中で、母の手がゆっくりと動いていた。掌のくぼみに頭をすりつけるようにして、猫はしきりに母に向かって伸び上がっている。その猫に向かって、母は歌うようにくり返している。「そう、いい子、いい子。元気が一番。長生きが一番。どんなになってもたくさん食べて、頑張って、頑張って、おまえも百歳まで生きるんだ」

自分に向かって言っている言葉のようだった。寝起きのかすれた低い声が、何度も私の耳元を過ぎていく。「お家はここ。おとなしくネンネして、元気で長生きしなさいよ。二人で仲良くするんだよ」

母の足元には、猫がストーブまで這っていったときの、光る体液の跡があった。動物の排泄のにおいがいつものように床の隅々から立ち上がってくる。しかし私は、雑巾を取りにいく気分にはなれなかった。くぐもった声のリズムが単調であるぶんだけ、本当に母が起きているのか、半分眠りながら猫に話しかけているのかよくわからなかったからだ。

同時に私は、うずくまっている母の、猫を撫でる痩せた指をいつまでも見ていたい衝動にかられてもいた。母が猫の体にこんなふうに親しげに触れるのは、それが初めてではなかっただろうか。闇の中でおそるおそる動物の背や腹を撫でる母は、骨ばった背中を小さく丸めている。その姿勢から、昔大きなカマドに薪をくべていた母の姿を思いだした。じきに母は振り返る。きっと振り返るに違いない。そしてひと仕事終えた時の弾んだ声で、家族のだれかの名前を呼ぶ。父を呼ぶ時もあった。幼い私や妹や弟のこともあった。それが食事の前の若いころの母の習い性でもあった。顔が炎で赤らんで、そういうときの母は、笑いをふくんだ穏やかな顔をしていた。しかし今の母は、とうとう私を振り返らなかったし、呼ばなかった。

床を四つ這いになって、のろのろと寝床にもぐりこんだ母は、枕元に置いた小さなバッグから薬を出し、口の中でかりかりと砕いた。やがて、しんとした沈黙がくる。母は布団の中で手足を縮め、眠る前の息をつく。

もうすぐ母は、私の知らない竹林に行くだろう。真っ青な竹の中で、鉈や鎌をふるって竹を切る女になる。私は布団の中でじっとしている。思いきり母を抱きたいのだが、金縛りになったまま動けない。

バラの彷徨

開け放した部屋の窓から、湿気をたっぷりと含んだ風が入ってくる。今年の梅雨はだらだらと続き、七月も半ばだというのにまだ雨は降り続いていた。

姉が死んだのは、厚い雨雲がひととき晴れた夜明けのことで、その日の新聞には、九州地方を襲った豪雨が小さな村の三分の一を呑み込んだというニュースが報じられていた。

姉が、なぜ東京湾の端にある運河沿いの赤茶けた建物を選んだのか、だれにも分からない。夏だというのに彼女は、学生時代に好んで着ていた濃灰色の長袖のワンピースを身につけ、しかも裸足だった。いったい姉はどこに靴を脱ぎ捨てたのだろう。それとも裸足のまま鼻歌でも歌いながら、数キロ離れた運河まで歩いていったのだろうか。それはいかにも姉らしい姿だったが、死姿はとても鼻歌を歌っていたようには見えなかった。

姉が残した十五階建てマンションの一室に引っ越してきて今日で半月になるが、いまでも原色の夢をみる。雨に濡れたザクロの夢、赤い水たまりの夢。現場を見たわけではないのに、繰り返し同じ夢を見た。気がつくと私は姉のベッドの上で膝をかかえて、なぜ彼女は死んだのだろうと考えている。

姉が残したものは居心地の良い部屋だけではなかった。高価な双眼鏡や多額な残金の記帳された預金通帳、それにたくさんの奇妙な写真。写真のおおかたは引き破られ、無造作に屑籠のなかに突っ込んであった。それがどんなに奇妙なアングルのものであれ、私にはすぐにわかった。写されていたのはすべて姉だった。


夏の日差しは雲の中に隠されたまま七月が過ぎ、八月に入った。私は仕事帰り、当てもなく町を歩いた。どこへ行ってもビルの屋上ばかりが気になり、部屋に戻っては姉の残した荷物を広げる。季節ごとに区分けして整理された衣類や、使い込まれた化粧品類、領収書の束やビデオテープ、買いだめしたらしい山のような毛糸、そのすべてに姉の生活の匂いがした。

ある日私は本箱の片隅に、古びた赤いアルバムをみつけた。それは子供時代を写した記念のアルバムだった。渓流で遊ぶ姉がいて、柿の木に上っている私がいる。別のページにはとうに死んだ父母が笑っていた。人手に渡った家はがっしりとしていて、今でもおそらく町の中心に建っているだろう。町長をしていた父が汚職事件に巻き込まれ、その責任をとって自殺したあと、私達は町を出たのだ。間もなく母は祖母の家で病死し、私と姉は二十歳になるとそれぞれ東京で就職した。不思議なことにアルバムには、父の死後写した私達家族の写真は一枚もなく、祖母の家にいた数年間も空白になっている。まるで私達の昔の全てが、父の死以前に凝縮されているかのようだ。とはいえ、子供の姉と私はどの写真をみても幸福そうで屈託がない。町を流れる川といい、熟れた柿の赤さといい、口をいっぱいに開いて笑っている私達の傍らにあるもの全部が、なんだか遠い遠いかなたに置き忘れられた風景みたいだった。

東京にきてから六年、滅多に子供時代を思い出すこともなく、姉と田舎のことについて話し合ったこともない。むしろ私達は田舎の話題を避けていたが、澄んだ光をたたえた写真の何枚かが、ふいに私の心を揺さぶった。ここには仲のよかった姉がいて、無防備な笑いがあった。どんなふうに子供時代を生きていたのか、細部は記憶の中に埋もれているが、一枚一枚の写真には東京の時間とは違う時間が流れているように思われた。

そして父――光の中にいる父。人の好さだけが取柄だった彼は、小さな町にやってきた東京の土地開発会社との関係が抜きさしならないものになったのを知ったとき、なんのためらいもなく身辺を整理して私達の前から消えてしまった。

長い間、私はアルバムを眺め床に両手をついていた。どれだけ眺めてみても姉の死をうかがわせるものは写ってはいない。そこにはたくさんの時間の襞がきらきらと輝きながら浮かび上がっているだけだった。

突然私は、悲しみとは異質の、冷ややかな自問の中に投げ込まれる。私は姉を、よく知っていたとはいえないのではないか。しかし、私はすぐにその問いを打ち消す。東京で一緒に暮らしたことはなかったが、私はたくさんの姉を知っていた。商社で出会った男と同棲していた姉、男と別れたばかりのころの姉。五年勤めた商社を辞めてきた日のさばさばした声。「切ったよ、あっさり切ってやった」と男の子のような短い髪型で、待ち合わせの喫茶店にあらわれた姉。「男の代わりに金魚を飼うことにしたわ」と笑っていた姉。どの姉も屈託がなく陽気で美しかった。私の仕事をみつけてくれたのも彼女だった。今でも私は同じトレースの仕事をしている。

最後に姉に会ったのは五月の終わりだった。彼女は真紅のドレスを着て「どう、仕事うまくいってる? いい加減に結婚したら?」と私をからかい、小さく笑ってから「ゴメン」と付け加えた。

「いいのよ。もう平気なんだから」

私は答えながら、別れて間もない恋人の顔を思い出したりしていた。まだその時はひとりがどういうものか少しもわかってはいなかったから「今にこたえるわよ」と言った姉の言葉を笑って聞くことさえできた。姉の言ったことが身にしみてわかったのは間もなくだった。私は、別れた恋人の電話番号を何度も思い浮かべ、受話器に手を伸ばしていた。けれどももう、なにもかもが終わっていた。つまらない諍《いさか》いや嫉妬、行き違いや誤解、むきだしの感情や自己嫌悪などに翻弄されていた日々は終わり、久しぶりに訪れた孤独の息苦しさだけに慣れればよかったのだ。けれどもそれは、なかなか難しいことでもあった。私は、恋人に出会う前の日々をしきりに思い出そうとした。ひとりで映画を見たときはどうだったか、ガラス張りの喫茶店で、退屈せずに何時間も過ごすにはどうしたらよかったか、いったいどんなふうに、これまで何十回もの日曜日をやり過ごしてきたか、など。

さらに私は、私にしかできないことを思い出していた。特技＝葬式を出すこと。父の死や母の死、二年前の祖母の死、それらの死は私に一つのことを教えてくれた。葬式を出された人はもうどこにもいないのだということ。その不在は電話も手紙も通じない絶対的な不在であること。特に最後まで面倒を見てくれた気丈な祖母の顔が蘇る時、晴れ渡った秋の空の下を、火葬場へと向かった霊柩車の揺れを思い出し、私はなんとなく納得する。祖母はもういない。どこにもいないのだ。そんな諦めが心の奥にコトリと音立てて落ちると、泣きたい気分を不思議に忘れることができた。仕事でひどいミスをして上司に怒鳴りつけられた日には上司の葬式を出し、駅の階段で理由もなく私を突き落とそうとした男がいればその男の葬式を出し、つまり私は、いやなことがおこるたびに葬式を出すことで、カタをつけてきた。今度もそうだった。恋人を忘れるために恋人であった男の葬式を何度も何度も出す。するとほんの一時にせよ、彼は本当にもういないのだと思うことができた。

そんなふうに私が、別れた恋人の葬式を毎日出していたころ、仮想のなかの死ではなく姉は死んだ。


一九八八年・八月某日。真夜中。

まだこの部屋に慣れることはできない。白くてがらんとした空間に、かすかな芳香剤の匂いがする。製図板の上に明るいライトがついているだけで、部屋の隅は闇に沈んでいる。

私は跳び上がる。静けさを破るように電話が鳴り響いたのだ。もう何日も真夜中になると電話がかかってくる。真夜中の電話はなにも言わない。

「もしもし、どなたですか、どなた?」

何度たずねてみても答えはない。受話器の向こうに人がいるのかいないのか、まるで気配の感じられない不思議な電話。姉の声を待っているのか、それとも私を警戒しているのか。

「姉は死んだんです。もう、いないんです。聞いてるの?」

私の声は闇の中に消えるだけで、相手の息遣いさえ伝わって来ない。

「なんとか言いなさいよ。誰なの?」

不安と苛立ちのせいで手のひらが汗ばんでいる。耐え切れずに私は乱暴に受話器を降ろし、息をつく。

いったいこんな夜が何日続くのだろう。毎夜十二時になると決まって部屋の静けさを破る電話の音は、私を苛立たせ怯えさせた。よくあるタイプの電話とはどこか微妙に違うのだ。どこがどう違うのかはうまくいえないが、しいていえば、こわばっている気配がありありとわかる無言。こちらの声がそっくりそのまま跳ねかえってくるような沈黙だった。この世界のあちこちには、無差別にダイヤルを回すことに暗い喜びを覚える人が数えられないほどいるだろうが、なぜ、よりによって死んでしまった人の電話番号を選んだりしたのだろう。

電話が切れてしまったあとの部屋は壁全体が汗ばんでいるような気がして、私はしばらく不快な気持ちで白い電話機を眺めていた。それからノロノロと製図台の前に座る。仕事から帰ると決まって製図台の面に並んだものを眺めずにはいられない。それは姉を写した奇妙な写真だった。何日もかかってつなぎ合わせた写真には、姉のさまざまな体の部分が写っていた。乳房や背中、尻、陰毛の光る腹部、シーツに伸びた腰から下のラインなど、いずれも素人離れしたアングルで撮影され大きく引き伸ばされていたが、こんなものが姉にとってどんな意味があったのか、私にはさっぱりわからない。

私の知っていた姉は、一度の同棲生活のあとずっとひとりで暮らしていた。その頃の姉は、一匹の真紅の金魚に夢中だった。尾びれが水母《くらげ》のように透き通り、腹には黒いいくつかの斑点があった。あの金魚はどうしたのだろう。私は部屋を見回し、台所の片隅でうっすらと埃をかぶっている空の水槽をみつける。底には白砂が入ったままだ。姉が金魚をなんと呼んでいたか私は思い出そうとする。何度か聞いたはずなのに（ティキ？　それともテス？　だったか）ちっとも思い出せない。姉はその金魚がどんなに高価なものであったかを恋人の話をするときのように話してくれたことがあるが、結局私は、姉の飼っていた金魚の名前を思いだせないまま水槽のなかの白砂を手に掬う。すると、青い水を反射した姉の横顔や声が甦ってくる。

「この金魚、よく食べるの。それにね、電気を消しても尾びれが光って夜光虫みたい」

粒子が細かいわりには重みのある白砂を手に掬いながら、私は眠る姉のいる部屋を想像する。壁も天井も白一色のどこかよそよそしい感じのする人工的な部屋に、真紅の金魚はどんなに似合ったことだろう。商社を辞めたあと、たった一週間で名もない広告会社の仕事をみつけてきた姉は、〝いつかきちんとした会社でいい仕事をする〟ために信じられないほどたくさんの習い事をしていた。英会話、簿記、秘書講座、経済セミナーなど、手帳には数か月ごとに新しいスケジュールが書き込まれては消えていった。それらが本当に役に立ったのかどうか、私にはわからない。なぜなら姉は小さな広告会社からついに抜け出せなかったのだから。が、ともかく、疲れた姉の目に一匹の金魚がどんなふうに見えたかを考えると、私の胸は奇妙に締めつけられる。

部屋の外の通路を、帰宅したらしい人が通り過ぎ、同じ階のどこかで鉄のドアが閉まる音がする。見知らぬ人の住む部屋のかすかな音を聞きながら、都市の鈍い響きが這い上がってくるのを感じる。電気を消した部屋の闇は、闇というには仄白く、さまざまな光が明滅している。カーテンを透かして入ってくる窓の外の明かり、あるいは壁に取りつけられたガス警報器の赤いランプ、ベッドの足元でまたたくデジタル時計の青い光、オーディオ装置の上に置かれたガラスのオブジェの輝きなどを眠れないままに眺め、その無言の息づきを感じる。いったい私はここでなにをしているのだろう、そんな淡い、悲しみに似たものがどこからかやってきて、眠れない体を揺すぶり続ける。ふと私は、誰でもいい、とりとめもなく喋れる人が欲しいと思う。姉の骨の重さや、今、私がトレースしている集合住宅用の貯水タンク（それは水をタンク内で瞬時に清浄する機能をそなえたものだそうだ）について、あるいは姉の金魚についてでもいい、いつか行きたいと夢見ている温泉についてだっていい、なんだっていいのだ。今だったら百万年前の自分についてだって喋ることができそうだし、他人の虫歯の数だって正確にいい当てることができるような気がする。

こんな時どうすればいいのか、母は言った。

「食べなさい。いやになるほど食べると、たいていのことは我慢できるようになるものだよ」

人に言うだけではなく母はそれを実行した。父が死んだ日だって母はカニみその缶詰をあけ、泣きながら食べていた。悲しい時は、うんとおいしいものを食べなくてはいけない、そう母は言った。だから私は憂鬱な日の冷蔵庫が好きだ。多かれ少なかれ、冷蔵庫の中には私を元気にする食べ物があった。今も私は缶詰のアスパラガスを開け、チーズをかじる。アスパラガスやチーズが母の言った〝うんとおいしいもの〟かどうかは別にして、少なくとも冷蔵庫の中の青い光や、その中に横たわっている食べ物は私の胃袋を活発にし、尖った神経をなだめてくれる。床にぺたりと座りこんで、開け放した冷蔵庫の冷気を浴びていると汗ばんだ体がひんやりとしてきて、その青い光の向こうに見知らぬ次元が広がっているような気もしてくる。私は、父の死後、真夜中になると母が、こうして冷蔵庫の前に座り込んでいたのを思い出す。あんなによく食べた母なのに、どうして生き延びることができなかったのだろう。食べてさえいればたいていのことは乗り切れると信じていた母なのに、彼女の楽天は理不尽にも彼女を裏切ったのだった。

私は冷蔵庫の扉を閉め、再びベッドにもぐりこむ。高層ビルのベランダのあちこちでエアコンが唸っている。湿気と熱で膨らんだ夜の空気を吸いながら、傍らの白い電話機を見詰める。いま電話がかかったら、私の声はたぶんさっきよりも少し優しくなっているだろう。そしてたずねるだろう。どうしてあなたは眠らないのか、と。眠るための方法を教えてあげたっていい。

私はほんの少し、だれかと話したい気分だから。

ここへきて間もなく一か月になろうとする日曜日の午後、チャイムが鳴り、ドアの外には知らない若者が立っていた。彼は大小様々な植物を満載した運搬車を前に、響き渡るような大声をあげた。

「グリーンサービスです。お預かりした植木を届けにきました」

たぶん私は間のぬけた顔をしていたことだろう。

「植木？　植木って……」

「ここ三輪さんの部屋でしょ。ほら、一か月ほど前、しばらく植木を預かって欲しいって電話をくれたじゃありませんか。それとも、もういらなくなっちゃったんですか」

若者は、ドアから顔をだしている私を姉だと思っているらしかった。汗ばんだジーンズのポケットから伝票を引っ張り出そうとしている彼に、私はさりげなく言った。

「ごめんなさい。姉はもういないんです。死んだんです」

彼は手を止め、まじまじと私を眺めた。陽に焼けた顔から笑いが消える。黒い目の奥の一瞬のゆらめきがおさまると、彼は目のやり場に困ったのか再び表札を確かめた。短い沈黙の後、彼は言った。

「知らなかったものだから、てっきり……」

こんなとき、なんと答えたらいいのだろう。私はまだ姉の死を冷静に的確に第三者に伝えることに慣れていなかったし、姉がどんな人と友達であり知り合いであったか、ほとんど知らないのだ。そんな私の途方にくれた表情を、彼は無言でみつめていた。きっと彼は一か月前、このドアのところで見た最後の姉の顔を思い出していたのだろう。そして一か月の間には随分いろんなことがあるものだと考えたことだろう。もし私が彼の立場ならきっと同じことを思うに違いない。私達はしばらく黙ったまま、運搬車に積まれたたくさんの植物を前に向き合っていた。

その若者、孝雄が言うには、姉は死ぬ数日前、「グリーンサービス」にこう電話をしたそうだ。「鉢を預かって欲しいの。しばらく部屋を留守にするのよ」まるで旅行にでも出かけるような口調だった。そして姉はこう言った。「一か月くらいしたら来てみて」

「それ、冗談なんでしょ」

「冗談で何か月も契約する人がいると思う？　植物のレンタルだって、これだけ鉢数があればそう安くはないんだよ」

孝雄と私は、いくつもの鉢を部屋に運び込みながらいつの間にかそんなことを話していた。似通った年齢であることが私達を気安い気分にさせたのか、彼の人なつこい目が私を安心させたのか、全部鉢を運び終わった時、私達は友達のような口調で喋っていた。

姉が「グリーンサービス」のレンタルシステムを使うようになったのはつい最近のことで、彼女は最初の契約の日、半年分を前払いしていた。「できるだけたくさん届けてほしいの、部屋が密林になるくらいね」そう姉は言ったという。確かに植物の鉢の数は部屋を密林にするのに充分だった。肉厚のつやつやしたゴムの木、緑と白の斑を散らしたポトスの葉、天井から繊細な茎を垂らしているウエディングベールなど。それらが幾鉢も重なり合いひしめきあいながら、部屋を緑色に染めていた。鉢の中には名前も知らないものがたくさんあり、いったいどうやって手入れをしたらいいのか見当もつかなかった。

私にはいまだに姉が植物に興味があったとは信じられない。その証拠に姉は密林の中でたった数日しか過ごさなかったのだから。部屋の雰囲気を一変させてしまった息詰まるような緑の滴《したた》りを見上げながら、私は何度も「どうかしてるわよ」と呟いていた。私だったら死の数日前にこれほどの植物を眺める気分になんてなれないだろう。けれども、彼女ならそんな気まぐれをなんのためらいもなくやってのけることができたかもしれない。姉はそういう人だった。別れた恋人の子供を妊娠しているとわかった時も、彼女はその日のうちに入院を決め、翌日の夕方にはもう鼻歌を唄っていた。長い間私は、姉には哀しみや後悔が欠落していると思っていたものだ。

いつも彼女は急いでいた。立ち止まる暇なんてないとでもいいたげに、小刻みに区分けされた時間をバッグにつめこんで大股で歩き、そんな自分をだれよりも愛していた。同棲していた男と別れた後、姉はそれまで住んでいたアパートを出てこのマンションの一部屋を買ったが、その時の決断の速さにしても、貯金をはたいた潔さにしても、私にはとうてい真似のできないことだった。たえず「動」の中に身を置き、野心で輝く目をしていた姉を、私はいつも眩しい思いで見ていたものだ。

けれども私はたった一度、姉が疲れた顔でこう呟いたのを覚えている。私達が最後に会った五月、食事のあと、ワイングラスの面を指でなぞりながら姉は言った。「毎晩、少しずつ体が沈んでいくような気がする。まるで沈没寸前の島みたいな気分なのよ」そして姉は「ねえ」と口ごもりながら私を見た。「あなたなら少しずつ沈むのと、一晩で沈むのとどちらを選ぶ?」

どう答えたのか私は覚えていない。それほど姉の問いはさりげなかったし、軽い冗談のように聞こえた。

青い植物に囲まれて私が思い出すのは、姉の「ねえ」という口調だ。「ねえ、子供ができたのよ。でも、もう終わったわ」「ねえ」のあとには必ず、気づかないほどの小さな沈黙があった。ためらうような、小さな空白が。

「あのう、きみ」

孝雄の声と差し出された伝票に私は我に帰る。彼は受け取りの印鑑を待っていた。玄関の棚をまさぐる私に孝雄がいう。「もし植物が弱ったら、水をたっぷりやって陽に当て気持ちのいい音楽を聞かせるといいよ。たいていよくなる。性格にもよるけどね」そう言いながら彼は姉の印鑑を伝票に押すと、もう一度私を見下ろしてつけ加えた。「きみも少し陽を浴びたほうがいい。きっと元気になれるよ」

私は笑う。そうだ、彼の言うように私には太陽が不足していた。ずっと姉の部屋に閉じこもっている。夏の盛りだというのにどこにも行かず、行きたいところもなく、なんの予定もなく、夜毎、青い冷蔵庫の光の前に座り込んでいるなんて、まったくゾッとするような夏だ。

「どうしてもうまくいかなかったら電話をくれればいい。ぴったりの肥料をもってきてあげるよ。息子を出せって言えば通じるから」

そう言って孝雄が帰って行った後、私にだってきっと肥料が必要なのだ、と思う。笑いながら食べる料理や（ここ一か月、食べたものといったら、思い出すのもいやな惨めなものだった）後味のいい冗談や二十六歳の女にふさわしいセックスや、あるいは眠りが。けれども今の私にはそれらをどうやって手にいれたらいいのかわからない。

もう私は若くはない。そんな気がする。世界は希望や願望から少しずつずれていき、思いもかけない方向へと動いているような気がする。私は出したくはない人の葬式まで引き受け、なんとか自分がずりおちていくのを食い止めようとしているが、所詮それは空しい努力なのかもしれない。

私は私の中の夏が盛りを過ぎかけているのを感じる。きらきらしていた夏がいつの間にか通り過ぎ、腐ったスイカや果肉にびっしりとたかっている蟻や蛆の存在を感じる。強い日差しを跳ね返して繁っていた草が、秋の風を受けて悶えているのを感じる。反面、私は意識の中の風景を打ち消そうとした。たった二十六年しか生きていないのだ。何ほどのことがあろうか。私はまだ数回しか人の葬式を出していないし、人が死んだのを経験したのもわずかだ、とるに足らない人生じゃないか、と。それに私の二十六歳という年齢にどんなことが似合っていて、どんなことが似合っていないのかもわからないし、二十九歳で死んでしまった姉の死が、はたして姉にふさわしかったのかどうか、裸足でビルの屋上から飛び降りた死に方が姉に似合っていたかどうかも、だれにもわかりはしない。

時折、私は、田舎の川の水の匂いや夕暮れの野の青さや、野を隔てて叫び合う素朴な人々のことを思い出すが、だからといってそこに暮らしていたら今より平穏であったかどうかということさえわかりはしないのだ。

ある夜、私は音を消したテレビをぼんやりと眺めながら、再び降り始めた雨の匂いを嗅いでいた。湿った風がビルの壁面を這い上がり、かすかに渦巻きながら部屋の中に入ってくる。窓ガラスの向こうは激しい通り雨で曇っていた。大粒の水滴は瞬く間にガラスを伝い、ベランダに水たまりをつくる。八月のよどんだ空気をかきまぜる夜の通り雨を、私はしばらく茫然と眺めていた。しぶきの向こうにたくさんの光がにじみながらまたたいている。窓や車のライトの放つ美しさと不思議ななつかしさに揺すぶられながら、私は姉の双眼鏡を手にしていた。そのどっしりした重みは、ほどよく両手の中に収まり、二〇倍五〇ミリのレンズは濡れた街の隅々を映し出す。遠くには、天に向かって泳ぎ出す三角の魚のような東京タワーのイルミネーションがあり、黒い襞の重なりに似たたくさんのビルと屋根と、しぶきを跳ね返す道の蛇行が見えた。さらに私は、間近にあるビルやマンションのオレンジ色の光を、レンズ越しに一つまた一つと眺めていく。

窓の中には様々な光景があふれていた。深夜というのに煌々と天井灯を点した事務所で机に向かって仕事をしている人、台所に立って洗い物をしている女、音もなく道を横切る猫、あるいは、途方にくれたようにタクシーを待っている男、狭いアパートの部屋一杯を占めたトレーニングマシーンを、黙々と操っている若者など、いずれも見られていることなんて少しも気付かないまま明かりにさらされ、無防備な表情を見せていた。明晰なレンズの向こうには顔も声も知らない他人の静かな時間が満ちていて、切り取られたような静けさと生の気配とが、雨の膜を通して心に沁み込んでくる。次々と目の中をよぎっていく夥しい数の人々や生活の匂いを、私は息を殺して見詰めていた。

どれほどの時間、レンズ越しの世界を眺めていただろう、少しずつまばらになっていく光から双眼鏡を離した時、通り雨はすっかり上がり、街の隅々には、生まれたての動物が放つ金色の尿に似た匂いが漂っていた。

双眼鏡を離した目にはいつもと同じのっぺらぼうの街が広がり、低い轟きが聞こえてくる。つい先ほど、ほんの目と鼻の先にあった光景のすべてが消え去り、それぞれの窓は白やベージュのカーテンで閉ざされていた。それでも私の脳裏には、笑いながら集う人々や、食器のきらめき、がらんとした事務所で働く人の背中の形が残っていた。昔見た映画の忘れがたいシーンのように、それは淡い光芒を帯びていつまでも闇の中を漂う。

下から吹く涼しい風を感じながら、私は思う。姉もまた、夜の街を眺めながら、たくさんの窓の中にいくつかの光芒を見いだしていたのかもしれない。ふと微笑まずにはいられなくなるような光景に出会ったり、見知らぬ人の放つ気配をそっと引き寄せ、なんとなく元気になれることだってあっただろう。それとも姉は私が見たものとはまったく違うものに引き寄せられていたのだろうか。

たとえば子供のころ、土木関係に詳しかった父の部屋でみつけた殺伐とした水路の写真。暗くよどんだ水をたたえた穴の中には、ただ霧がゆっくりと流れているだけで人の姿はない。〝暗渠〟と呼ばれる川を、姉は声を詰まらせて「すき」と囁《ささや》き、いつまでも眺めていた。その暗いトンネルの写真はやがて飽きられ、忘れ去られてしまったが、大人になった私の記憶の底から、ある日だしぬけに、理由もなくあらわれることがあった。そんな遠い、得体のしれぬ記憶に似たものが、姉の覗くレンズの中にひしめき、満ちあふれたのだろうか。

もちろんそれらの想像は、何ひとつ根拠のない私の勝手な物思いにすぎない。姉は、一度も夜の街を双眼鏡を使って眺めたこともなければ、覗き見など思いつきもしなかったかもしれない。姉が眺めたのは真っ青な空を飛ぶ白い鳥かもしれないし、陽にきらめく若葉の枝や、日曜日ののどかな歩行者天国だったかもしれないのだ。あるいは姉は、双眼鏡があることさえ忘れていたかもしれない。

私は双眼鏡を製図台の端におき、もう何日も広げたままにしてある、つぎあわせた姉の体の写真を眺めた。スタジオでストロボをありったけたいたような、しろじろとした姉の体は、耳であれ唇であれ指先であれ、そのどれもがオブジェのようで、同時にひどくなまなましい肉のかけらだった。

今では、私にはわかる。姉は、この写真そっくりに、無名の女として消えてしまった。印画紙に焼きつけられた耳や指先、陰毛や性器、ほんのわずか歯を覗かせている唇や弓型の眉、いずれも顔を失った女の部分だけが、どこのだれともつかぬ形で残されているだけだ。

十二時。今夜も同じ時間に電話のベルが鳴る。この時間になると突然息を吹き返し、部屋の空気を震わせる電話を、私はなぜか嫌いではなくなっている。いつものようなひそやかな沈黙と向き合って声をひそめる。

「もしもし、どうして何も言わないの？　何度も言ったはずよ。姉はもういないの。何千回かけても同じことだわ。あなたのしていることは無駄なのよ」

私は耳を澄ます。沈黙の応対が続くばかりで相手は気配を消したままだ。

「それとも、話したいことがあっても話せないの？　私はもう眠らなきゃならないし、あなたが誰なのか見当もつかないわ。もう、かけないで」

受話器を耳から離そうとした時だった。私は初めて電話の主らしい人物の声を聞いた。それは声というには余りにも弱々しい呻《うめ》きであり、喘《あえ》ぎだった。かすれた息は私の耳元を掠め、何か言いたげに途切れてそのまま受話器の中の闇へと吸い込まれていった。

分厚く垂れ込めた雲の晴れ間をめざして、私は川べりの道を歩いている。トレースの終わった図面を会社に届け、新しい仕事を受け取ってくる。ここ数年、変わることのない日常のリズム。変わったことといえば、昔住んでいた中央線沿いのアパートに比べて姉の部屋のほうがずっと会社に近いため、徒歩で行き来できるようになったことだ。いつも川べりの道を歩きながら同じことを思う。近い将来、この世からトレースの仕事はなくなり、コンピューターや性能のいいコピー機が私の仕事をすべて完璧にやってのけるだろう。とうにそれは始まっており、私の名前は抹消される寸前にあるのかもしれない。首になったら私はこの川に、使い古した製図板を潔く流し、新しい仕事を探そう。私の目や耳や指先が役に立つ仕事を。

そんなことを考えながら橋を渡ると、いつものように「〇〇畜産」と看板を掲げた肉の解体屋の店先がみえてくる。白い脂身や赤い肉が、白衣を着た人の手で瞬く間によりわけられ、ステンレスの台上に積み上げられていく。暮れかけた橋のたもとに立って私はその光景を眺める。かつては息をし、自在に動き回っていた動物が、無表情な手つきで無表情な肉の切れはしにされていくのをみるのは不思議な気分だった。蛍光灯の光がタイルの床を青白く照らし出しているのがガラス越しに見える。何か話しながら、耳や鼻や足を切り落としたり、骨を無造作にポリバケツに放り込んだり、白い肉の山と赤い肉の山を作っていく人々のいる部屋は、ＳＦ映画のシーンのようにひどく非現実的で奇妙な静けさに満ちていた。毎夜、私が見る遠い窓のように、なつかしく、どことなく寂しい。

窓やガラス戸の中の明るい光景が、反射的に姉のしろじろとした体を想起させるようになってからずいぶんたったような気がする。いつも私は夕暮れに浮かび上がる窓を見ては息を呑み、ストロボの光にさらされる姉の体の断片を思い浮かべずにはいられなかった。

溜め息をつきながら私は橋を渡り、大きなマンションの最上階にある部屋へと帰ってくるが、植物の茂った部屋の青さもまた、遠い窓の中の光景のようにしんとしていた。

いつの間にか八月が終わろうとしていた。私は湿っぽい夏から、できる限り這い上がろうとして陽気な音楽をかけ、むやみに部屋の中を歩き回り、灰色の空を眺め、納期を記したカレンダーを前にして、配線やパイプが絡み合った複雑な図面と格闘する。

真夜中、夢うつつに電話のベルが鳴るのを何度も聞いたが、私はベッドにもぐりこんだままだった。汗ばんだ自分の体が、ひどく頼りない薄い皮革へとなめされていく夢を見ていたように思う。

老人に会ったのは九月の最初の日だった。部屋を出ようとした途端、私は彼と鼻をつきあわせそうになった。彼は黙ったまま、まじまじと私を見詰め、奇妙にかすれた溜め息をついた。体の外に洩れでる息を聞いて、私にはすぐにわかった。真夜中の電話の主は彼に違いない、と。

何日もつながらない電話に腹をたてたか業をにやしたか、とうとうその正体を現したというわけだ。半ば警戒し、半ば好奇心をそそられている私の表情にはお構いなく、老人は仕立てのよさそうなレインコートのポケットから一冊の真新しいノートとペンを取り出すと、素早い手つきでこう書いた。

『びっくりさせてすみません。私は口がきけないのです。あなたのお姉さんのことでお話があるのです。よかったら一緒に歩いてくれませんか。歩きながら話したいのです。お構いなく、口はきけなくても歩きながら書くのには慣れていますから』

痩せた老人はひどく生真面目にノートを差し出し、私がそれを読み終え、頷くまで辛抱強く待っていた。

日差しは隠れているのに気怠い蒸し暑さが街をおおっていた。老人は時々空をふりあおぎながら都心の公園へと歩き続け、それが癖なのか、何度も足を止めて深呼吸をした。そして公園に着くまでの間、いつ書いたのか、例のノートを二度、遠慮勝ちに突き出して見せた。乱れのないくろぐろとした文字が、真夜中の電話の非礼と、今日の突然の訪問を丁寧に詫びていた。

さらに彼は、二年前、病気で声帯を切り取ってしまったのだと付け加えた。

『よくある話ですが、病気は今も進行し続けています。今、私のダーク・マターはここにあります』

彼はさりげなく胃か肝臓のあたりを指差すと、公園のベンチに腰をおろし、眩しげに私を見上げた。声を失った老人は手ぶりで私を隣にさし招き、真昼の午後の公園に目を細めた。

黒く濡れた砂利は人が歩くたびに心地良くきしみ、あちこちに鳩が群れて地面をつついている。よく手入れされた花壇にはダリアやサルビアなど、夏の花が咲き乱れていた。四方を高いビルで囲まれている公園の中はひっそりとして、澄んだ空気が流れている。たぶんビルにぶつかって公園へとなだれこんでくるのだろう、ひんやりとした風が絶えず動いていた。

私達はしばらく黙って、花壇の花を取り囲む高い欅やポプラの樹の揺れや、まばらに生えている雑草のそよぎをみつめていた。やがて老人は思い出したようにノートを取り出し、素早くペンを走らせた。簡潔で無駄のない文章と読みやすい正確な文字は、長年、彼がノートとペンを使いこなしてきたことを物語っていた。

十分も過ぎた頃、私はこの老人が独り暮らしであること、幸い困らないだけの貯えがあること、あといくばくかしか生きられないだろうということ、姉とは半年前に知り合ったものの、一度も会う機会がなかったことなどを知ることができた。

『私はいまだに、彼女の本当の名前を知らないのです』老人は一瞬ためらうようにペンを止めたが、続けて書いた。『私が知っているのは声だけです』声という部分にひときわ力をこめ、彼はページをめくった。そして再びすごい勢いで文字を書き連ねていった。『昔の話になりますが』という書き出しで彼が語ったのは、次のような話だった。

『声帯を切り取る羽目になった私は、貯えをおろしてしばしば海辺のホテルに逗留し、退屈で長い日々を過ごしました。そのホテルは近年、リゾートを楽しむ人々にもてはやされるようになった古びた建物ですが、商用や休暇で長年使い慣れていた私にとっては、居心地のよい唯一の場所でした。晴れた日には鋭い岬の岩に波が砕けるのがよく見え、曇った日や雨の日には、一日中漁港に停泊している釣り船を心ゆくまで眺めることができるんです。

もう時間がないと思うとどんな風景も心にしみ、とりわけ私が気に入っていたのは、天井の高いロビーの椅子に座り、行き交う人々の騒《ざわ》めきを聞くことでした。ことに夏、そのホテルは賑わい、原色のサンドレスを着た女や、ものおじしない若者たちで一杯になります。私は飽かず人々の声の反響に耳を傾けていました。もちろん私は話すことができませんから、必要な時は紙とペンを使いましたが、夏の日差しと海とに気を取られている人々にとって、私との会話など、まどろっこしいものだったに違いありません。私は生気あふれる夏のただ中にありながら孤独でした。第一、一方が自由に喋ることができるのにもう一方がまったく喋ることができないのは苛立たしいものです。それでも私は一日に何度も部屋からロビーへ降りてきて、コーヒーを飲みながら人々のお喋りを聞かずにはいられませんでした。

やがて夏が終わり、ホテルはひっそりとする。私にはもう何もすることがなく、何もしないでいい自分を楽しもうとする。しかしそれは無理な話です。部屋で音楽を聞き、ぼんやりと海を眺め、朝焼けや夕焼けを追っていても、不意にやってくる死の恐怖から逃れることはできないんですからね。それは今夜くるかもしれないし、明日の朝かもしれない。いずれにしても、病巣から広がる痛みや、不快な感覚を想像するだけでぞっとしたものです。まだしも人々の無意味な饒舌の中に紛れこんでいたほうがマシだった。〝あなたの水着とってもよく似合うわよ〟〝あら、やだ、ずいぶん太ったのよ、ダイエットしたんだけど、体質かしら〟というような女同士の会話にしても、若者たちの間で交わされるきわどいジョークにしても、私を充分面白がらせたし苦笑させましたからね。日がな沈黙の中にいると、どんなにつまらない意味のない会話でも奇妙になつかしく思えたし、どんなに長くロビーに座っていても飽きなかった。それは不思議な体験でした。妻を亡くしてから、私は独り暮らしに慣れ、むしろ無駄なお喋りが嫌いになっていたのに、どうしたわけだろう。饒舌さへの嫌悪だけではなく、女そのものにさえ興味が持てなかったというのに、秋になって華やいだ生気が消えてしまうと、奇妙に寂しく物足りなくなったんです。

部屋に戻ると、私は舌の奥からおずおずと言葉にならない呻きを上げ、自分の醜さに愕然としました。そして声を失って初めてたくさん喋りたいことがあったのに気付き、生きている人間は、意味のあることより無意味なことを喋り続けるものだということを知ったのです。

去年の、秋の午後のことです。私はいつものように、海の見えるロビーでコーヒーを飲んでいました。そしてたまたま、家族連れの男と知り合い、男の無意味なお喋りをきく羽目になりました。男は口うるさい妻と、こまっしゃくれた子供を相手に辟易していたらしく、私が話せないと知ったあとも一向に気にするふうもなく、『男同士の気易さ』でとりとめもなく話し続けました。そして私は、その見知らぬ男から、東京にあるという会員制の小さなクラブの存在を教えられたのです。よくある話です。多少小銭があって退屈している男や、何が自分に必要なのか少しも理解していない愚かな男のためのうさばらしの場所。私は目の前の男がその話を始めたとき、正直いってげんなりとし、半分も聞いていませんでした。今さら私がそんなクラブに行ったとしても、なんの役にも立たないとわかっていましたからね。でも男は、無関心げな私に構わず、手近なメモ用紙にそそくさと走り書きをすると、妻と子供の待っている玄関へと去っていきました。

それ以来男には会わないし、どこの誰だったとも知れない。私は東京の自宅に戻ってからしばらく、男と会ったことも男が話していたことも忘れていました。メモを思い出したのは今年の正月のことです。もう長い間、だれとも話していなかったし、陽気な声も聞いていない。ダーク・マターは喉の奥から内臓へと領域を広げ、きしみ声をあげている。もはや私にはなすすべもなく、ただじっと待つしかありませんでした。味のない食べ物、耳を素通りしていく音楽、とうの昔に終わってしまった自分の人生、もう決して始まりはなく取り戻すこともできない時間。慣れ親しんだ海辺のホテルへもう一度行けるかどうかもわからない。私はあがきながら、やがてやってくるだろう痛みと苦悶の日々に怯える。その日はもう間もなく手の届くところにじっと私を待ち受けているのがよく分かる。

ある日、私はとうとう決心しました。行くべきところはわかっていました。会員制クラブの事務所で登録を済ませ、金を払い、自分の望みを率直に述べ女を選ぶ。私はたくさんの女の写真の中から一人の女を選びました。それがあなたのお姉さんだった。それから私は、毎夜、見知らぬ女のところへ自由に電話できる権利と、彼女の無邪気なお喋りを聞く権利を得たのです』

それだけの話を老人は長い時間をかけて書き終え、私が読んでしまうまでみじろぎもせず、真剣な表情で待っていた。

正直言って私は、目の前の老人はどうかしている、きっと頭がおかしいに違いないと考えていた。老人は姉とどこかの女とを混同しているか、死を前にして湧き上がる妄想をとりとめもなく書き綴っているだけに違いないのだ。

「きっと、人違いだと思います。あなたは姉ではない女の人のことを話しているのよ。会ったこともない女が姉だとどうしてわかるんです」

そっけなくノートを返す私を、彼は穏やかに見詰めながら微笑した。そして余白にこう書いた。

『麻布企画、金魚、トレーサー』

私は思わず彼の顔と目の前に広げられたノートを見比べる。「麻布企画」は姉の勤めていた広告会社の名前に違いないし、金魚は、水母に似た尾をもつ真紅の魚のことだろう。おまけに老人は私の仕事まで知っているのだ。

『全部あなたのお姉さんが私に話してくれたことです。金魚が死んだ日のことも、彼女がどんなふうに都会に出てきたか、あなたがどんな人なのかも彼女が話してくれました』

私は老人から目をそらした。こんな話を聞くには、真昼の公園は静かすぎたし、おびただしいビルの壁面は白く清潔すぎた。ビルの窓には、灰色の雲とわずかに差している光の帯がまだらになって映っていた。胸一杯息を吸い込むと、淀んだ排気ガスの匂いに混じってひやりとした新しい季節の匂いが感じられる。もうすぐ秋だ、と、私は黒い砂利から蒸発する長雨の名残や、風にあおられて漂う鳩の羽毛を眺めていた。

『私は彼女の名前を知りませんが、彼女はそこではローズ・サハラと呼ばれていました』

「ローズ・サハラ？　それが姉の別名？」

　老人は頷いた。

『美しい名です。クラブに用意された彼女の写真は、正直に言うとありふれた目立たないものでした。でも彼女につけられた名前に心ひかれて、私はためらうことなく彼女を選んでいました。ローズ・サハラがどんな花か知っていますか？』

「ええ」私は呟く。「砂漠の砂でできた褐色の花だわ」

『そうです。とても奇妙な花です。まるで砂漠の化石のような。なぜ彼女が週のうち何回かを無名の女として過ごすようになったか私にはわからないし、そんなことはどうでもいいのです。ただ私は、毎夜彼女のお喋りを聞き、そのお喋りに慰められたということをあなたに伝えたかった。こんなふうに唐突にあなたに会いにくるのはひょっとして迷惑かもしれないと、ずいぶん迷いました。でも私には他に方法がなかったのです。あなたからお姉さんが亡くなったと聞いた時、私はからかわれているのだと思い、何度も電話で確かめたかった。でも、私は喋れないし、私と彼女の関係をどう話したらいいのかも分からなかった。今でも私は、どう話せばあなたに通じるか、迷っています。ただ、誤解をしないで欲しいのですが、本当に私は彼女に会う機会もなく、彼女が何者であったのか知らないのです。でも、私は彼女のとりとめもない話を聞きながら、いつも旅をしていました。私ができなかったこと、とうに忘れていた様々な感情、喜びや悲しみや失意やはかない希望、あるいは彼女が思いつくままに語る子供時代の風景の中を、私はあたかも自分の旅のように歩きました。彼女は声を通して私にたくさんのものを与えてくれたんです。毎夜、十二時になると、私は彼女の声に耳を澄まし、彼女の息遣いを間近に感じ、もうすぐ自分がこの世界から消えるだろうことを忘れることができたし、時には彼女の話に笑っていることさえありました。もちろん彼女には、私が笑ったかどうかなんてわからなかったでしょうがね』

老人は、一気にそこまで書いて私にノートを差し出した。目を上げた時、彼は遠い街の高みをうつろっていく雲や、雲のきざはしに引っ掛かっている光の帯を追っていた。痩せこけた頬には、疲労だけではない影が粘っこく漂い、瞼の窪みには彼の年月が沈殿物のような染みをつくっていた。確かに彼はもう、光の帯の中に舞い戻ることはないだろうし、海辺のホテルで平穏な夏のバカンスを楽しむこともないだろう。来年の今日、公園のベンチに腰を降ろして、夏の終わりから秋にかけての微妙な風や匂いを嗅ぐこともないに違いない。私はかつては上品であっただろう彼の長い指先と、白髪を見ながら尋ねた。

「姉はなぜ死んだのかご存じですか。あなたになにか言っていませんでしたか」

ゆっくりと老人は首をふった。かすかな呻きが喉をきしませたが、彼がノートに書いたのは

「なにも」という大きな字だった。ノートの一ページ分を使って書きなぐられた文字は、怒りと失意と途方にくれているらしい彼の感情を、そのまま表わしているように見えた。

夜、私は老人から受け取った幾本かのテープを聞く。姉には黙って録音し、何度も聞いたというテープには、見知らぬ男に語り掛けるひそやかな女の声と、笑いと溜め息と沈黙がつまっていた。

「こんばんは、ローズ・サハラよ。お元気？　今日は晴れてるから窓を開けて話しているの。前にも言ったかしら。ここは十五階建てのマンションで、とても見晴らしがいいの。右手には教会があって左手には寺があるわ。おかしな構図でしょ」

「こんばんは、ローズ・サハラよ。声が変なのは泣いたからなの。今日、仕事から帰ったら金魚が死んでいたのよ。理由なんて分からないわ。あなたならこんな時どうするかしら。私って、生き物を飼ってうまくいったためしがないのよ。いつも思う、飼わなきゃいいのにって。子供の頃、私達は田舎の町に住んでいて、川べりの道にはたくさんの生き物がいたから、トンボをつかまえたり、トカゲをガラス瓶に入れたりして遊んだわ。とても無邪気で残酷な時代。だれにだってあるでしょ。そしてある日、気がつくのよね。生き物のすべてが殻を破って大きくなるわけじゃないってことや、いつかはいなくなるってことにね」

姉の独白は小さな沈黙や、言葉を探しているらしい空白をまじえていつまでも続く。時に姉は甲高い声で笑い、別のテープでは投げやりにこう言う。

「今日、クラブの仕事で変な人に会ったわ。彼は何時間もかけて私の写真を撮っていったわ。耳や足やお腹や唇やなんかをね。彼はこう言ったわ。世の中にはいろんなものを集めたがる人がいるけど僕は女の体の部分しか好きになれないって。これまでに何人もの女の体を写し、日曜日、それをばらばらにして並べては、一日中眺めているんですって。それから私達、写したばかりのビデオを見たの。臍や耳や唇ばかり一時間もね。そのあと別のビデオも見たわ。一面の波、波ばかり。時間とともに少しずつ色を変えていく波を、なにもしないで男の人と二人きりで眺めるのはとても変なものよ。彼は知らない女と、黙って、そんな類のビデオを見ている時が一番幸福なんですって。でも私、その男の人と別れた後、なぜか、彼を変人だとは思えなくなっていたわ。世界は狂っているわね。そしてだれもそのことに気付いちゃいない」

そうだ。世界は狂っているのかもしれない。私は姉の明るすぎる声、響き過ぎる笑い、を聞きながら思う。女の声を金で買う死にかけた老人、光る波のビデオに心をとらわれている男、耳や唇や性器の写真を売る女、夜毎、他人の部屋を双眼鏡で覗きながら一人きりの夜に慣れていく女、みんな静かに狂い始めているのかもしれない。

「ねえ、あなたはどんな人？　私はあなたを知らない。でも知りたいの。喋れないのはどんな気分？　私はあなたの何なの？　愛人でもなく恋人でもなく、会ったこともないあなたに私はどんな話をすればいいの？　ごめんなさい。まだ切らないでね、悪気があって言ったんじゃないのよ」

私は姉の、私に向かって話す時よりはるかになまなましい声を消す。老人に向かって独白を続ける彼女の声は、妹である私さえ知らないリズムと波動をもち、ひどく遠いところからひたひたと打ち寄せてくる。地球の裏側から何年もかけて漂ってくる漂流物のような疲れと、痛々しさのこもった声、思わず抱きしめたくなる声。そんな姉の声が白い部屋に流れては消えていく。しかしテープを何度聞いてみたところで、彼女が死を選んだ理由が明確に語られているわけではなかった。

私は明かりを消した部屋でベッドに腹這いになり、今日見た公園の砂利の黒くくっきりとした起伏や、鳩の胸の羽毛の軽さや、雲の隙間から差していた金色の薄い光のことを思っていた。もちろん老人の痩せた影や、彼が書き連ねた文字や、その文字以上にたくさん残っていたノートの白い余白のことも。あの老人は死ぬ前に、ノートの余白を埋めてしまうだけの会話を誰かと交わすことができるのだろうか。

そしてローズ・サハラ——姉のもう一つの名前。私はいつだったか、この結晶について姉と話したことがある。会話のきっかけはもう思い出せないが、姉は、褐色の砂のバラを知っているかと尋ね、私は知らないと答えた。すると姉は砂漠を移動する砂丘について話し始めた。

「砂丘の下には必ず地下水が流れているのよ。そのバラは、地下水に含まれている水酸化鉄が固まってできた砂色の結晶なの。砂丘が動いていった後、広い砂の世界にひっそりと残されていくのね」

砂丘は、刻々と風に運ばれて砂漠をさまよう。砂嵐が起これば砂丘は大きく移動するが、風の穏やかな地方ではゆっくりと位置を変える。その、目には見えない移動の年月の間に、砂に沁み出した成分が熱に固められて結晶になるのだという。かつてあった砂丘が視界から消えた後、まるで砂丘の落とし子のように褐色の石の花が点々と残されるのだ、と姉は言った。

あの時、なぜ姉が砂漠の花について話し始めたのか、私は考えもしなかった。本で読んだか、どこかでその結晶を見たかしたのだろうが、いつものように姉の話は無関係な別の話題へと移っていき、私はすぐに褐色の砂のバラのことを忘れてしまった。忙しい、忙しいと口癖のように言っていた姉は、たまに会うと一人でたくさんのことを喋り、話題のどれもが均一な軽さで統一されていた。が、今思うと、姉のさりげない話のすべてには、どこか過剰な熱っぽさがあったかもしれない。暗渠を「すき」と囁いた時の息をつまらせた声音をなぜか覚えているように、無秩序に話し続ける姉の表情もまた私の脳裏に焼きついている。

深夜。老人からの電話が鳴り響くのを聞く。もう私は怯えたりはしない。彼はただ人の声を聞きたいだけなのだ。公園の出口で別れるとき、彼はためらいがちに尋ねた。

『もし、迷惑ではなかったら、電話をしても構いませんか。もちろん、出るのも出ないのも、あなたの自由ですが』

私はそっと受話器を取り上げる。コードの先の闇に独り暮らしの老人の、丸めた背中、決して幸福とは言えない孤独な姿が浮かび上がる。喉の奥から内臓にいたるまで、ぽっかりと開いた穴をかかえている老人の、その穴の部分に向かって私は言う。

「こんばんは。お元気?」

闇の向こうはひっそりと静かだ。私は老人がほんのわずかにしろ幸福な気分になれるような話題を探す。

「今、レコードを聞いていたの。バッハよ。聞こえるでしょ。少し、音を大きくするわ。姉のレコードだけど、私もこの曲が好きよ。いつも同じところで草原一杯に揺れている薄《すすき》の穂が思い浮かぶの。銀色の穂と風、ほら、ここ。ヴァイオリンがピアニッシモに変わっていくところ……こんな話でも構わないかしら……この曲が好きなのは、きっと、田舎の秋を思い出すからだと思うわ……壮大な夕焼けをイメージする部分もあるのよ」

ぎごちなく思いつくかぎりの話をしているうちに、私は自分自身でさえ忘れていた遠い時間のほうへと運ばれていく。

かつて私が、田舎の透明な光の中に立っていた頃、出来事のすべてがいとおしく、謎めいていた。一瞬一瞬が、痛みや驚きや新鮮な輝きに満ち、いつまでもその時間が続くものと思い込んでいた。今の私にはとてもよく分かる。輝きはいつか消えるだろうし、若さは老いに変わる。日常は消滅していく出来事であふれ、薄汚れていく。

途切れがちに私は老人に話し続け、受話器を取った時と同じ沈黙に向かって「さようなら」を言う。彼は返事のかわりに、かすかに呻く。

老人の部屋がどんな部屋で、彼がどんな服を着て、どんな姿勢をしているのか、私には見当もつかない。しかし、受話器の向こうに姉の声が届いていた時のように、私の声の残像が静かに漂っているのが感じられた。

私の声……それはどんなふうに彼の耳に届くのだろう。自分の声やとりとめのない会話を反芻しながら、私は日々動いていく砂丘に取り残される砂の結晶のことを思っている。細く複雑な回線を通して、確実に耳底に残る声の結晶……そうであればいい。

こうして私は老人が死ぬまで、彼の短い旅につきあうことになったのだ。

オゾン層が少しずつ破壊されているらしい地球のあちこちでは、天候不順がもたらす災害が立て続けに起きていた。砂漠地帯での豪雨、熱帯雨林の枯死、赤潮の発生、今日の新聞にはインドでの熱射がもう半月以上続いていると伝えている。狂った天候は私の住む街にも舞い下り、雨を降らせ続けている。晴れ間は時折、信じられないほど美しく軽やかな光で製図板の上を照らし出すが、長くは続かない。夏はとうに姿を消し、肌寒くじめついた空気が九月の第一週をおおいこんでいた。

雨傘とレインコートで身を固め、トレースした図面を濡らさないための筒を抱えて、私はかわりばえしない道を歩き、空を見上げる。川は増水しヘドロの泡が波紋を描いている。きっと干潮の時間なのだろう。泡は、暗くよどんだ川面を浮き沈みしながら、河口のほうへと流れていく。赤い花のついたビーチ・サンダルが片方、流れに乗っていくのをぼんやりと眺めていた私の耳に、鋭い警笛が響き渡り、一台のトラックが傍らに停まった。横腹に太いゴチック体で「グリーンサービス」と書かれた、いやに派手な緑色の車だった。荷台には、巨大なゴムの樹とベンジャミンが滴《しずく》を撒き散らし、ゆさゆさと揺れている。車の窓から顔を覗かせているのは孝雄だった。

「やあ」

彼はどこをどう走ってきたのか、荷台に積まれた木々と同じように、髪から滴を滴らせていた。

「この間はどうも」

答えながら私は長い間、部屋の植物の存在を忘れていたことに気付く。長雨と曇り空のせいで、植物の多くが黄ばみ、生気を失っていた。おまけに植物をぼんやりと眺めはしても、こまめに水をやったり、日光に当ててやったり、肥料を与えた記憶も一度としてないのだ。「密林の具合はどう？」孝雄がそう尋ねた時、私はどう答えたらいいのかわからなかった。

「お手上げだわ」

彼は肩をすくめた。「そんなことだろうと思った。あんたの顔をみれば、植物がどうなってるか聞かなくたって分かるよ」平然と言うと、彼はトラックのドアを開き私を促した。

「さあ、乗って。僕としては、ひどい目にあってる植物を黙って放っておくわけにはいかないからね」

フロントガラスを透して見る町はどこもかしこもが淡い灰色に煙っている。孝雄はハンドルを切りながら、この一週間、私を橋のたもとで毎日、同じ時間に見かけたという。

「ちょうど配達の時間なんだ。いつもあの橋を通る頃、あんたがあそこに立っていた。声をかけたいんだけど、かけられない。かけてしまったら、何かがばらばらになりそうな不安な感じ、そんなふうに見えたよ」

彼の濡れた髪や洗いざらしのTシャツやジーンズが、ハンドルを切るたびに軽快な影や襞を描く。孝雄の周りには明るい野放図さが漂い、それは私が今年一度も味わうことのなかった真夏の匂いに似ていた。

「ずっと姉のことを考えていたのよ。夏の間中」

「そういうタイプなの？」

「何のこと？」

「人間のタイプさ。いろんなタイプの人間がいるだろ。なんでもすぐ忘れられるタイプだとか、たった一つのことを、いつまでも忘れることのできないタイプだとかね」

いったい私はどちらのタイプにあてはまるのだろう。忘れてしまいたいことと、忘れられないことが私の中でたくさん同居している。

「そんなこと、場合によるわよ」

「それはそうだ」

あっさりと頷く孝雄の日焼けした横顔には、どんなことでも肯定してしまえる磊落《らいらく》さが浮かんでいた。彼はきっと、百二十歳まで呑気に生きてしまうタイプに違いない。親しい友達がある日突然、判然としない理由で死んだとしても、彼なら過剰な悲しみや無責任な憶測なしに、過不足なく友達の死を受け止め、「なぜ」と問うより「そうだったのか」と意味もなく呟いて、その友達のためにちょっとしたばかげたことをやってのけるような気がする。逆立ちをしてビールを飲むとか、どこまでもまっすぐ車を走らせるとか、そんな類のことを。

部屋に着いたとき、孝雄は一瞬棒立ちになり、咎《とが》めるような目で私を見た。

「なんだってこんなになるまで放っておいたの。ひどいもんだ」

人間だったら、酸素吸入、心臓マッサージ、強心剤を必要とする末期的段階だと彼は言い、あっけにとられる私を前に、植物をつぎつぎと抱え下ろす。下ろされた鉢の中は乾ききった土が露出し、触れただけで葉は脆《もろ》く床に散った。水気を失った黄色い葉や、茶色に枯れた茎を手早く無言で摘み取っていく孝雄の顔は、もう磊落でも呑気でもなく、救急患者を前にした医者のように真剣だった。彼は言った。「特別病棟、Cランクだね。こんなにひどくなった鉢植えの植物をみるといつも思う。〃生えて伸びて咲いている幸福、やっぱり一人がよろしい〃だれの言葉かは知らないけど、植物の本質に迫った名言だと思うよ」

彼は付け加えた。

「別にあんたのせいばかりじゃないけどね。今年は泳ぎにいけなくて苛々している〃特別病棟Cランク〃の女の子と、女の子が枯らした植物の当たり年だったから。みんな買ったばかりの水着とお天気に気をとられているらしい。僕はもちろん、枯れかけた植物よりハイレグの水着のほうが好きだけど」

私は思わず笑う。笑ったのは久しぶりだったから、顔が不自然に歪んでいるような気がして、うつむいたまま、こんもりと床に集められた冷たい植物の葉を手のひらに掬う。弾力のない繊維の肌触りは、取り返しのつかない後悔のように私の心を満たす。

孝雄は、ウエディングベールの枯れた白い花を撫でながらそっと言った。

「今のは冗談さ。なんとなくばかげたことを言ってみたくなっただけのことなんだ」

「気にしないわ。私、今はどんな冗談でも平気よ」

「じゃ、言うけど、よかったら特別病棟へ植物を見においでよ。橋のほとりより、少しはましだと思うよ」

滴に濡れた樹と枯れかけた植物が緑色の車に揺られて消えてしまうまで、私はベランダに立っていた。煙った街を、太い白抜きの文字を描いたグリーンの車は歌でも唄っているような陽気さで消えていく。

植物のなくなった部屋はがらんとして頼りない。葉や茎が放っていた微妙な匂いや色が根こそぎ失われてしまうと、露出した白い壁の広さが私を落ち着かなくさせた。姉のものと私のものが同居している部屋は、いまだに他人の部屋のようだ。

いつになったら私は姉のものを平気で整理できるようになるのだろう。植物で隠されていた骨壺を目立たないところへ動かしながら、小さな壺の中でかさりと動く骨の音を聞く。一瞬どきりとして立ち止まったまま、私は窓の外へと目をやる。なんだか取り残されたような気分だった。どこへ置いてもそぐわない骨壺をかかえたまま、私は窓辺に頬杖をつく。このまま手を滑らせたら、壺は地上で粉々に砕けるだろう。次第に汗ばんでいく手のひらに力をこめながら、向き合っているマンションの灯を数える。実際私は、息を整えていたほんの短い間に、骨壺が落下し、粉々に砕けるシーンを何度も見たように思う。風の抵抗を受けてゆっくりと落ちていく紙屑のような骨。乾いた粉が気流に乗ってどこまでも運ばれ、たぶんそれは陽を浴びてキラキラ輝きながら、塵《ちり》の中に紛れ込んでいくだろう。地球のどのあたりまで漂っていくのか、私は対面の窓の明かりを眺めながら、姉の見えない足がひんやりとした砂の層に辿り着くのを想像する。そうであればいい。

開かれた窓の外は、車や人声や夕暮れの電車の響きなどが渦巻いているが、姉の骨は壺の中の闇に沈んだまま、しんと静かだ。

蘇生していくものを見ているのは不思議な気分だった。私は〝特別病棟〟と孝雄が名付けた「グリーンサービス」の温室の中で、暖かい光と噴霧される新鮮な水、調合された薬品や肥料の入ったバケツの間を歩いていた。濡れたタイルの床には天井からのライトが明るく照り映え、植物の種類によって光を調節するのだろう、ガラス貼りの部屋のあちこちに白いブラインドがかけられていた。その隙間から差してくる光が半袖のポロシャツを着た私の腕に縞模様を描き、光の当った部分の皮膚が心地良く暖まってくる。

温室の隅々が植物の細胞の匂いで満たされ、たえず流れているらしい水の音がする。私の植物はたっぷりと水苔を与えられ、弱った芽を摘み取られて蘇生しつつあった。黄色や淡い緑の肥料の玉が根元にいくつもばらまかれている。リン酸、カリ、アンモニアとラベルを貼られたガラスの容器に青い葉の影が映っていた。孝雄は鉢の位置を素早く変えたり、腐葉土の入った袋を破りながら言った。

「僕の大学時代の友達に、葉の周波数を研究している奴がいるんだ。知ってるかな、危険を感じると周波数も変わるし匂いも濃くなるってこと。ひょっとしたら、育てている人間の気分だって、空気を伝って届いているのかもしれない。葉の周波数が作り出す音楽もあるんだそうだ。見えない波のようなものらしいけど……。彼らはそうやって、何億年という日々を、お互いに助け合って生きてきたんだって。音楽を作り出したり、危険を伝えあったり、遺伝子を守ったりしながらね。言葉を持たないのに、なぜそんなことができるんだろう。街路樹だって切り倒されるとき、ものすごく匂うだろ？　僕たちは〝樹液のいい匂いがするなあ〟と思いながら通り過ぎてしまうけど、あれだって他の樹への信号かもしれない。周波数の測定器の針もひどくぶれるんだそうだ。枯れていく植物の放つ信号は、数キロ先の植物に伝わるという研究報告もある」

私は、心地良く汗ばんでいく皮膚に青々とした影を感じながら、孝雄の声を聞いていた。人間の心はいったい何キロ先まで届くのだろう。体温や声や息遣いまで間近に感じながらも、姉の心は私には届かなかったし、もし届いていたとしても、姉のために何ひとつ役には立てなかったような気がする。天井から吹き出るかすかな風に、震えそよいでいる葉を見上げながら、私は耳をそばだてる。蘇生に向かう仲間同士、何かを伝えあっているに違いないが、もちろん聞き取ることはできない。しかし私の植物は少なくともこの〝病棟〟の中では満ちたりているように見えた。

「どう？　橋のほとりでぼーっと立っているよりはいいだろ？」

「そうね。もちろん」

私は孝雄に向かって微笑む。蘇っていく緑と、明るく暖かな光と水の匂いが、私を少し幸福な気分にさせていた。それに手慣れた様子で動き回る孝雄の健康的な姿や、伸び上がって鉢を覗き込む真剣な眼差しが、ここ数週間忘れていた人間の生気を思い出させる。ステンレスの台の上でばらばらにされていく肉の塊を見ているよりずっといい。何億年か生き延びてきたものの声なき声を身体中に感じながら、私は温室の隅々を歩き回り、知らない植物の名前を覚え、それぞれの葉の香りを嗅ぐ。

やがて孝雄は、長靴をきしませ振り返った。

「ねえ、よかったら晩飯、一緒に食わないか。気のきいた店があるんだよ」

病院に見舞いにいった人間はたいてい病室を出た途端に空腹になるものだ、と孝雄はいやに強調して言った。私は空腹という言葉を久しぶりに聞いたように思う。毎日、冷蔵庫を覗きはしても、空腹を覚えて食事をしているのではなく、ただ機械的に詰め込んでいるだけだし、食べた後、満ち足りた思いもない。しかも、会話と言えば決まり切った仕事の打合せか、老人との真夜中の電話だけ。不意に私は空腹のかたまりにうちのめされ、めまいさえ感じる。

「いいわ。いく」と私は答える。

「そうこなくちゃね」彼は素早く長靴を脱ぎながら私を見上げた。

「腹が減っている女の子は、どこか毛皮のストゥールみたいに見えるからすぐわかる」孝雄はこれまで何人もの空腹の女の子を拾ったような口ぶりで言った。

「じゃ、あなたは、夏になるたびに色も種類も違う毛皮のストゥールにくるまって寝るわけ?」

「まさかね」彼は肩をすくめ、私は笑う。

その時私は考えるともなく思っていた。老人が言ったことは正しかったのかもしれない。人は他愛のないことや何気ない冗談や大して意味もないことを喋りながら生きていくものだ。喋りながら、笑ったり怒ったり時には憤慨したり泣いたりしながら、何かを乗り越えていくものだ。それが人間にできる唯一の信号なのかもしれない、と。

束ねられた秋の花や、吊るされた観葉植物の鉢が雑然と並んだ「グリーンサービス」の店舗を出て振り返ると、ずっと奥にある〝特別病棟〟の光が青白く浮き上がっていた。四角い惑星みたいだ。そこには、言葉を持っていないかもしれない生物が、言葉以外の方法で何らかの信号を放っているように見えた。大きな一枚ガラスで囲まれた空間一杯に、ひしめきあっている電波のようなものを感じた時、目の前に緑色の車が止まり、私は久しぶりに夜の町の真ん中を、等身大の自分になって運ばれていった。

九月の終わりだった。老人からの電話はふっつりと途切れた。

昨夜、私は待った。朝まで製図台に凭《もた》れて、老人との間にあった回路が通じるのを待ったのだ。しかし、電話は一度も鳴らなかった。私にはわかる。彼に何かが起こったのだ。どこに住んでいるのかもわからず、しかも一度きり、数時間しか会うことのなかった老人と私は、いろんなことを話したような気がする。姉のこと、私の仕事のこと、日ごと回復していく植物のこと、孝雄とのごく自然ななりゆきのことなど、喋るのは私だけだというのに、電話の向こうで彼が相槌をうち、笑い、咳払いをするのを感じ取ることができた。私達は、ひょっとしたら姉と彼が話した以上に多くのことを話し合ったかもしれない。沈黙の中に声が吸い込まれていく居心地の悪さにも慣れ、私は親しい友達と夜眠る前の会話をするように、老人に対して自然に話せるようになっていた。それなのに彼はダーク・マターに呑み込まれつつあるのか、すでに呑み込まれてしまったかのどちらかなのだ。

夏の通り過ぎた街を、また雨が濡らしている。孝雄が運び込んだ新しい植物の鉢が揺れる窓辺で、私は孝雄とともにデジタル時計の青い光を見ていた。十一時五十分……十二時五分……電話は鳴らなかった。十二時三十分……私は不意に見慣れた対岸のまばらな窓の明かりのひとつから、おびただしい鳩の群れが一斉に飛び立ち、夜の空に銀色の放物線を描くのを見たように思う。一瞬闇が割れ、羽毛の白さだけが残される。ひんやりとした真夜中の空気をかきまぜて、白いものはいつまでも漂い、私は息を詰めて孝雄に凭れていた。

「彼は死んだのよ」私は呟く。

私にははっきりとわかるのだ。もう彼は私の住むこの大地にはいないということが。そう思わせる何かが、夜の大気のどこからか、心の深みへ届いてくる。

「ほんとうに?」孝雄の遠慮勝ちな声に私は頷く。

「たぶんね。そう感じる……」

ほぼ一か月の間、私は毎日老人のかすかな息遣いを聞き、声にならない彼の呻きを聞いてきた。ベルがいつも通り十二時に鳴った一昨夜、私たちが交わした会話はこれまでになく短かった。私はバッハをかけ、スピーカーの前にあぐらをかき、見えない電波の向こうにいる老人の気配をまさぐりながら、姉のことではなく孝雄のことについて話していた。それが真夜中の老人との会話にふさわしいかどうかわからなかったが、私は孝雄のことしか思い浮かばなかった。荘重なバッハの音楽に乗せて、孝雄の乾いた髪の感触や、彼にはサラダの野菜に泳ぎ出すほどソースをかける癖がある、といった話をするのは滑稽だったが、途中で私は老人の電話がとうに切れていることに気付いたのだ。

「最後に話したのはあなたのことだったわ」

孝雄は無言で私の指を握った。

「まだ、最後と決まったわけじゃないだろ。電話のない特別病棟に入院したのかもしれないし」

「そうね」

孝雄の言葉に頷きながらも私は、老人が二度とこの部屋の電話を鳴らすことはないだろう、と思う。現れたときの唐突さや、彼と歩いた短い午後の時間が、ひどく遠い出来事のように思われる。何枚かの田舎の写真が黄ばんだ光を帯びて遠くに取り残されているように、老人と会った日の記憶は穏やかな夢のようなものに変わっていくだろう。

ベランダの窓を開きながら、私は閉ざされているたくさんの窓を見下ろす。みんな知らない人ばかりのこの大きな都会にぽっかりと浮かんでいる窓。近くにありながら出会うことは稀なのに、なぜ私は老人と出会い孝雄に出会ったのだろう。そのことを不思議に思いながら振り返る。

「あなた、砂でできたバラがあること、知ってる?」

「なに、それ」孝雄はけげんそうに首をかしげる。

「砂丘が移動していった後、砂漠に残される結晶よ」

「知らないな。どんなふうに育てるの?」

孝雄はとんちんかんなことを言い、私は笑う。

「いいの、知らなくても」

私達はそれから、姉のレコード・ケースからダンス曲を引っ張り出し、抱き合ってフロアを回った。両手を広げて胸を合わせ、お互いの体の起伏に触れ、息の匂いを嗅ぎ、いつまでも踊り続け、腹這いになって秋の雨の音を聞いた。空腹になれば冷蔵庫の中のチーズと缶詰を開けて一緒に食べながら、私はこれまでだれにも話したことのなかった父の死について喋っていた。

「何もかもが変わってしまうことってあるのね。母はよく言ってたわ。土地開発会社さえあの町に来なかったら、ってね。今でも私、その会社の名前をはっきりと覚えているけれど、お人好しの父はたぶん、最後まで何が何だかわからなかったでしょうね。父はそういう人だったから。祖母の家に行ったとき、私達の持ち物といったらひどいものだったわ。母は〝いつかいいこともある〟と言っていたけど、どうかしらね。私にはわからないわ」

「僕は思うんだけど」孝雄は、言った。

「いいことがあるかどうかなんて、だれにもわからないよ。あとから、ああ、あれだったんだ、って気付く程度さ。でも、この夏、僕にはひとつ、いいことがあった。橋のほとりで、拾い物をしたこと」

「毛皮のストゥール？」

「そう」

私はとうに老人のことを忘れ、彼の低い声を間近に感じ、陽に焼けた頬をみつめた。孝雄と話していると、無彩色だった時間が豊かな色に染め分けられ、ひとつの色に束ねられていく。やがて私は、体の中に、暖かくて息苦しいものがあふれ、孝雄の体へと流れ込んでいくのを感じながら、毛皮の襟巻きのように彼にしがみついていた。

夜明け。

雨の上がったベランダが、青味を帯びて明るんでくる。夜の間にたっぷりと養分を吸い上げた植物の葉の先に、小さな滴が光っていた。音楽を止めた部屋で私達は抱き合ったまま眠ったが、青い光が私を目覚めさせ、孝雄の体をむずむずさせたらしい。起き上がってどちらからともなく微笑みながら、ベランダの向こうの空を見た。素晴らしいお天気になりそうな気配だった。あれほど垂れ込めていた雲は地平線のあたりに集められ、未明の群青の空は透き通るようだった。私は突然、孝雄に向かって叫んでいた。

「どうしても行きたいところがあるのよ。夜明けまでに間に合うかしら」

もうすぐ午前五時だ。

「あと十五分もすれば太陽が昇る」と孝雄は眠そうな声で言い、「いったいどこへ行こうっていうの」とたずねる。その間に、私はタンスからウインドブレーカーを引っ張り出していた。

「いいから、一緒にきて」

あっけにとられる孝雄を車に押し込み、私はこれまで忘れたことのない住所を言う。

空の色は刻々と変わり、派手な緑色の車は目覚め始めた街を突っ切って東へと走った。誰も通らない寂しい横断歩道にさしかかる度に、孝雄は信号無視すれすれの離れ業をやってのけ、悪戯っぽい目で笑いかけた。車は海の方角をめざして走り続け、間もなく目の前に倉庫街が見えてきた。雨に打たれた茶色の染みがあちこちについている壁や、錆だらけの階段を両側に見ながら、車は私の言った住所を捜しながら、のろのろと進む。やがて私は、大きな倉庫の陰に隠れるように建つ赤茶けた古いビルをみつける。

「あれよ」

階段には油と錆がこびりつき、靴の音が甲高く響き渡る。四階から五階へ、五階から六階へと人気のない踊り場を駆け上がり、最上階の重い鉄の扉を押し開けると、不意に視界が開け、強烈なオレンジ色の空と海が飛び込んできた。

「ああ」私は息を呑み、青と赤と静かな波頭の色に染め分けられた視界一杯の風景を見下ろす。ぼろぼろになっている屋上の低い手摺りに凭れた時、太陽の円の縁が水平線に姿をあらわし、あたりを金色に彩っていった。と同時に、海の彼方から太く低い汽笛が響き、錆びた鉄の手摺りを震わせた。

私と孝雄はその圧倒的な朝の光景に目を奪われたまま、両手を伸ばして手摺りを握り締めていた。雨上がりの匂いというより、背後の都市の吐き出す様々な匂いが混じりあった風が下から吹き上げ、私達の頭上で海からの風とぶつかっていた。

「すげえや」孝雄は目を細めて眩しい太陽の光を受けている。東京湾のずっと先まで波は穏やかだというのに、彼の声はともすれば引きちぎられそうに聞こえた。私は吹き上げてくる風に負けまいとして大声で言う。

「姉はここで死んだのよ、このビルの手摺りから飛び降りたの。夜明け前だったわ」

孝雄はびっくりした表情のまま、下を見下ろす。降り続いた雨のせいで路上はどこもかもが濡れていた。ところどころに水たまりが光り、滑らかな水の面にはオレンジからピンクへと変わっていく空が映っていた。部屋を出てくるとき、空一面を被っていた群青の光はすっかり消え、黄金色の朝が始まろうとしていた。

「ずっとここへくる勇気がなかったのよ。でもなぜか急に来てみたくなったの。ひとりじゃ、とても来ることはできなかったと思うわ」

孝雄の肌が、腕にさりげなく押しつけられるのを感じながら、私は前を向いたままだった。どこまでも展《ひら》かれた水平線に目を預けて、私はあとをどう続けたらいいのかわからなかった。あとを続けたら、涙があふれそうだった。傍らで孝雄が言葉を探し、「朝の光って案外暖かいものなんだな」と呟いているのを聞きながら、私は手摺りに頬杖をつき、背後の都市の胎動が少しずつ大きくなっていくのを感じる。光の部分が広がっていくにつれて、鈍い轟きも高まっていく。

そう、ほんとうにここにいると暖かい。半分顔を出した太陽の光はなおも強まり、U字型に湾曲している両岸の建物を輝かせ、肌を心地良くひりひりとさせる。姉は雨季の晴れ間の朝、明るんでくる光のどのあたりにまで手を差し伸ばしたのだろう。この強烈で圧倒的な光は姉には届かなかったのだろうか。もう少しだけ手を先に伸ばしていれば届いたかもしれなかったのに。沈んでいく体が温められて膨らみ、浮き上がることだってできたかもしれないのに。

私は孝雄と並んで立ち、目を閉じて両手をおもいきり太陽のほうへと突き出す。手摺りのずっと向こう、展かれている水平線のずっとずっと向こうの未知の空間にまで届くように、全身を深々と巨大な太陽の光に浸す。その私の両腕を支えるようにして、孝雄は言った。

「仕方のないことはいっぱいあると思うよ。たぶんこれからだってあるさ。そう思わない？」

「そうね。でも、平気になるためにはずいぶん時間がかかると思うわ」

「そんなことはわかってるさ。こう思えばいいよ。同じことは決して起こらないし、今日より明日のほうが絶対すごいって。それに早道だってあるしね」

「早道って？」

「よく食べることさ。うまい朝飯を食べさせる店を知ってる。なんなら平気になるまで、毎日、朝飯を付き合ったっていいよ」

「あなたって、ワン・パターンなのね」

思わず噴き出しながら、私は昇りきった太陽に目を細める。そして、ウインドブレーカーをまくりあげたままの両腕に、体毛が光りながらそよぐのを穏やかな気持ちで眺め、ここに二匹の動物がいると感じる。

手摺りの向こうへ突き出した腕が汗ばんできたころ、私達は土曜日の晴れ渡った街のほうへと降りていった。

かかしの旅

（手紙1）

先生、ぼくを捜さないでください。絶対に捜さないでください。ゆうべK公園で、イタヤとラーが、先生に声をかけられたと言っていた。先生は、もう一人別の中学の先生と一緒に、公園にたむろしている男子の顔を一人一人ながめ、ぼくの写真を見せながら「○○中学の生徒だけど、どこにいるか知らないか」と聞いていたそうですね。驚いた。ほんとうに驚いた。家出してもう十日以上になる。その間、ぼくはだれもぼくのことなんか捜していないと思っていた。学校の授業はたぶん、今日もいつもと変わらず進み、教室ではノートをめくる音や、黒板にチョークが打ちつけられる音が響き、だけどそれを想像すると胸のあたりが痛くなるので、ぼくはここに来てから教室のことは思い出さないようにしていました。

それが先生の名前を聞いた途端、教室や廊下のざわめきを思い出し、ついでに校庭の白い反射まで脳裏に浮かんできた。先生は、K公園にいた茶髪《チャパツ》のマックにも声をかけ、こう言ったそうですね。「もし、この子を知っていたら、学校には無理して来なくていい。ただ、居場所だけを電話しろと伝言してくれ。お母さんも先生も、夜も寝ないで捜している」って。

マックは公園で知り合った友達ですが、ぼくにこう言った。

「学校なんか戻りたくねえもんな。先公が捜しに来たなんて、ぞっとするぜ。だから、お前のことなんか知らねえし、顔も見たことねえって言っといた」

その話を聞いてほっとした。昨夜公園に行っていたら、先生に簡単にみつかっていただろう。だってぼくは、家出したときと同じ紺色のセーターを着ているし、遠くからだって、姿勢で「伊藤卓朗」とわかるに決まっているからだ。家出したばかりのころはみつかったらどうしよう、連れ戻されたらどうしようと夜も眠れなかったのが、このごろではどこでも眠れる。だけど先生の顔を見たらまたきっと、眠れなくなるに決まっているんだ。

家出したのは、生きなきゃいけないと思ったからです。ヤスオのように死ぬわけにはいかなかった。ヤスオのことは少し忘れかけていたのに、今でも思いだすと涙が出てくる。

そう、ヤスオが死んだのは、体育館のバスケットボールのゴールの鉄柱。どうしてあんなところで首を吊っていたのかわからない。ただぼくはだいぶ前から、ヤスオが喋らなくなっていたこと、彼の体が石でも抱いているように少し前に傾いて、なんだか老人のように見えたことを知ってる。最後に見たヤスオは、今年二月の金曜日の朝、校庭をゆっくりと校舎に向かって歩いてくるところだった。うつむいてときどき立ち止まり、後ろに戻ろうかどうしようか迷いながら、のろのろと前に進んでいた。ぼくはたまたま教室から、暖かい光の差している校庭を眺めていて、なんだかぞっとした。ヤスオはどうしてあんなにひどい前屈みの姿勢で歩くんだろう。いつから背中を丸めて学校に来るようになったんだろうと思うとたまらなかった。

先生、昨年の秋、ヤスオのノートがなくなって、みんなで捜したことがあるのを覚えているでしょう。教室のごみ箱も、みんなの机のなかも全部捜したけどどこにもなくて、みつかったのは一階の男子便所の中だった。ノートをほうりこんでから水洗の水を何度も流したのか、紙はぐちゃぐちゃ、それにヤスオがいつも聞いていたカセットテープが、やはり水のなかにぷかりと浮かんでいた。テープはひっぱりだしてあったので絡み合い、人間の頭髪のかたまりみたいに見えて、一瞬心臓が止まりそうになった。

あれからだ。ヤスオは喋らなくなった。だからぼくたちのクラスには喋らない中学生が二人になったというわけです。一人はぼく、もう一人はヤスオ。ヤスオが喋らなくなってから、ぼくはよくヤスオを盗み見るようになった。それまではヤスオと親しく話したこともないし、どちらかというとぜんぜん関係ないといった感じのクラスメートだった。だけど、ヤスオのイジメが始まってから、自分の分身みたいに思えてきたんです。

ぼくがいじめられるのはいいんだ。いじめられる理由がわかるから。ぼくは少し足が不自由だし、小学校のときから言葉がよく出てこないから。不愉快な存在なんだろうな、となんとなく周りの反応がわかっていた。だけどヤスオは違う。一学期のときから成績もよかったし、女の子に人気もあった。それが二学期になってがらりと様子が変わってしまった。理由はバスケだ。ヤスオは大して体は大きくなかったけど、すばしこくて身軽だった。そのヤスオが区の中学バスケ大会でミスをして（たいしたことじゃなかった。みんなそう言っていたのに）クラブの先輩にいじめられるようになってから、同じ学年のバスケの連中が途端にヤスオを無視するようになったんだ。

「おまえは厄病神《やくびょうがみ》なんだよ。もうクラブに来るな」

「ヤスオがいると、なんか部室くさいんだよな」

最初はヤスオも笑っていたのに、「くさい」だの「厄病神」だの「のろヤス」だのと言われているうちに、しょっちゅう試合でミスをするようになって、そのうちにレギュラーから外されてしまった。すごくメゲているのが余所目《よそめ》からもわかった。女の子はもう応援に行かなくなってしまったし、クラスの中でもなんとなく浮き上がった存在になって、それと同時にイジメはだんだんひどくなっていったんです。

あるとき、ある時間を境にして、なにもかも風景が変わってしまうことってあるんだな。ふと気がつくと昨日の仲間がいなくなり、孤島みたいなところに取り残されている。叫びながら孤島から向こうに渡ろうとしても、もうどこにも道はない。どうしてこんなことになったのか、周りにも本人にもわからないってことがこの世にはあるんだ。

先生、知っていますか。イジメは伝染するんです。カビが一か所から少しずつ周りに広がるように、一人一人に伝染していく。とくに男子がひどかった。金井なんか、朝来るたびに真っ先にヤスオの机をけとばして横倒しにして、登校したヤスオがそれを黙って元の位置に直すのをニヤニヤ笑って見ていた。だれも金井に注意なんかしなかった。金井はバスケの部員で、ヤスオをだれよりも馬鹿にしていたから。それに体が大きいからみんな何も言えなかったんだ。担任の先生だって、朝の教室でヤスオの机が横倒しにされたり、鞄やノートがなくなったりすることを知らなかったはずだ。そう、ぼくたち、授業がはじまるころにはもう自分の席について、ヤスオのことは忘れたふりをしていたし、真面目な顔でノートを開いたりしていたから先生のところにまで届くわけがなかったんだ。

ヤスオはきっと、学校に来るのが怖くて怖くてたまらなかったと思う。だって、全存在を否定されることは恐ろしいことだから。それをじっとヤスオは我慢して、体全体で自分を庇おうとして、恐怖と闘って石を抱くような姿勢になってしまった。でもとうとう、闘いきれなくなって、大好きだったバスケのゴールの鉄柱からぶらさがったんだ。

ぼくはいまでも、最後に見たヤスオの姿を忘れられない。光がいっぱい差す校庭を、厚ぼったいコートに体を埋めるようにして、ノロノロと歩いていた。背中を丸めて、視線は地面に落としたまま、すごく寒そうに歩いていた。震えていたような気もする。でもその日、ヤスオはきっちりと授業を受け、下校した。そして学校にだれもいなくなった夜、黙って体育館に入り、そこを「終わりの場所」に選んだんです。

ぼくはとうとう、ヤスオがいじめられていたことを担任にも校長にも警察の人にも伝えられなかった。クラス全員が黙っていた。金井は少し青い顔をしていたけど、自分には関係ないといった顔で平静を装っていた。

それを見たときぼくは、ヤスオの悔しさが自分の体に流れこんだようで、頭ががんがんしてきた。だれかが、きちんと話すべきだと思った。ノートがトイレに流されていたことや、彼が老人みたいに背中を丸めて登校してきたこと、金井が毎朝机を横倒しにしていたこと、バスケの連中に「くさい」と言われていたことなんかを。でも、ヤスオはきっとわかっていたんだろうな。だれも自分を助けてくれないことを。だから、とうとう「さよなら」でケリをつけることにしたんだ。

先生、ぼくはヤスオのようにまだ「さよなら」を言えるものがない。ゴールが見えない。だから生きなくてはならないと思ったんです。いじめられるのには慣れたけど、それで死ぬわけにはいかないんだ。

こんなことを担任でもない先生に話すのは、先生がいつもぼくに声をかけてくれたからです。保健センターから学校に派遣されたカウンセラーっていうのかな。授業の合間や放課後、先生はいろんな生徒の相談にのったり、不登校の生徒の家を訪ねたりしていた。一人でいる生徒がいれば話しかけたりしていたでしょう。ぼくもよく一人でいたから、何度か先生に呼び止められた。

「おい伊藤、いつでも困ったことがあれば来いよ」

ぼくはたいていその声を無視していた。相談することなんかなかったし、だいたい話すことが得意じゃないから。ヤスオもそうだった。だれにも相談できずに、たぶん先生に声をかけられても、何も言えなかったと思う。だからだろうか。ヤスオが死んだとき先生は、「悔しい。オレは悔しい」と声をあげて泣いた。「なにも言わずに死ぬな」とも言った。校長も担任も黙っていたのに、先生だけが大声をあげて、「バカヤロー」と泣いていた。ぼくはあんな泣きかたをする男を見たのは初めてだった。そのときです。だれかに自分のことやヤスオのことを話すとするなら、先生しかないし、先生になら話してもいいと思ったんだ。先生なら、ぼくがなぜ家出をしたか、学校を捨てる気になったかわかってくれるような気がして。

だから先生、ぼくを捜さないでください。お願いします。もう少しここにいさせてください。

せめて中学を卒業するまで。
また手紙を書きます。

山下ヨシアキ先生

三年二組　伊藤卓朗

（手紙2）

お母さん。なにを書いたらいいのかわからないけど、ぼくは元気です。家にはもう戻らないつもりです。そのほうがぼくのためにもお母さんのためにも、お父さんのためにもいいと思うから。手紙を書こうと思ったのは、やっぱり「ごめんなさい」くらい言っておくべきなんだろうなと思ったからです。

ぼくが家にいるころ、無言電話がよくかかってきたけど、あれはもうなくなったでしょうか？

夜中になると必ず鳴る電話に、お母さんは怒りまくっていた。「だれがこんなことするんだろう」と言って、「あれはぜったいに女だ」とお父さんを疑っていたこともあった。仕方がないよね、お父さんには、本当に「女」がいたんだから。出張が嘘だったこともあるし、日曜日の午後、マージャンだと言って出かけたまま帰らなかったこともあった。だから無言電話をお母さんは「女の人」からのものだと信じていたけど、あれは違うんだ。ぼくにははっきりわかっていた。三年四組の松岡や山田のしわざだ。なぜわかったかというと、ある日電話を取ったとき、背後にゲーセンの音が入っていたから。金をたかるために松岡や山田がぼくを脅すつもりだったんだ。

ぼくは、二年のとき何度か二人に金を脅しとられたことがある。足が悪いこと、喋らないのがムナクソ悪いと、二人は下校途中、ぼくをゲーセンに連れ込んでトイレで金をひったくっていった。ぼくだけじゃない。やられたのは他にも何人かいる。でもだれも本当のことは言えなくて、黙って二人に金を渡していた。

金を取られた日、ぼくはゲーセンのトイレで気持ち悪くなってゲーゲー吐いた。足が悪いことも、人前では言葉が出てこないのも、自分が悪いからなんだけど、そういう存在が不快だっていうことをぼくは改めて知ったんだ。ぼくは人をいらいらさせる。ムカムカさせる。いじめたい気分にさせる変な人間なんだって。そう思うとたまらなかった。松岡と山田は言った。

「お前みたいな奴がうろうろしていると、世の中、汚くってしょうがねえ。人間じゃねえんだよ。喋れないくせに毎日学校なんかに来るな。目障りなんだよ」

お母さん。ぼくはときどき考えることがある。どこから見ても人間なのに、受け入れられない存在はあるんだろうか。ひょっとしたらお母さんも、ぼくがいなければいいと思うことがあるのかもしれない。だって、お母さんは、ぼくの足が悪いのを自分のせいだと思っているし、人前で言葉がうまく出てこないことも、自分の育て方が悪かったと思っている。もちろんぼくは、子供のころの事故のことを覚えていないし、事故が起きた原因を知ったのもずっとあとのことだ。でもマンションのベランダから勝手に下を覗いて落ちたのはぼくが悪いんだし、足の骨がめちゃくちゃになったのも、お母さんのせいじゃない。小学校のころからいじめられるようになったのも、お母さんに責任があるわけじゃないんだ。だって足が悪くてもいじめられない子はいっぱいいるし、元気に笑ったり、喋ったりする子はたくさんいるんだから。きっとぼくには、人の目をそむけさせるものがある。自分ではわからないけど、いじめたくなるなにかがあるんだ。

お母さん。突然喋れなくなったぼくを連れて、精神科の医者のセラピーに通うようになったのは、あれはぼくのためではなく、自分のためではなかったんですか。ぼくに「ごめんね、ごめんね」と言い続けているうちに、心の中にどうしようもないものが生まれて、お母さんのほうまでセラピーを受けなきゃならない羽目になってしまった。ぼくは、ぼろぼろに疲れていくお母さんを見ているのがいやでいやでたまらなかった。「足が悪いのはだれのせいでもない。今は喋れなくたっていいじゃないの。いつかきっと人前でも普通に喋れるときが来るよ」と平気で笑っていてほしかった。ことあるごとにぼくに「ごめんね」と言っているお母さんは最低だった。

ぼくだって、どうして急に人前で（とくに学校で）言葉が出なくなったのかわからない。わからないからじっと我慢しているのに、簡単に謝られると、「そうだ、全部お母さんが悪い」と言いそうになってしまう。「クソババァ」と以前お母さんを殴ったのも、謝るのをやめてほしかったからだ。最近では絶対にぼくを叱らない。ぼくに殴られるのがいやだということもあるかもしれないけど、もうぼくのことを諦めているからだという気がする。

お母さんはいつも考えているんだ。「足の悪い息子じゃなかったらどんなにいいだろう」「学校でハキハキと物の言える子供だったら、こんなに苦しまなくてもいいのに」って。ぼくはきっと、お母さんにとってよくわからなくて恐ろしい息子なんだろうな。ぼくといるのは、きっと哀しいことなんだ。

ぼくは家出してからよく、子供のころのことを思い出す。まだ小学校に通うまえのこと。夜いろんな本を読んでくれただろ。「日本昔話」とか「ロビンソン・クルーソー」、「十五少年漂流記」も覚えている。ぼくが「こぶとりじいさん」の話が好きだとわかると、お母さんは口の中に飴玉や梅干しの種を入れて、こぶとりじいさんの真似をしながら読んでくれた。あのころはぼくも普通だった。一緒に声を合わせて読みながら、笑ったこともあった。世界が風船みたいにふくらんで、自分もいつかすごく大きなところへ行けるんだと信じていた。それが小学校に入ったら、風船は少しずつ萎《しぼ》んでいった。

先生から教室でぜんぜん喋らないと聞いたお母さんは、すごく怒った。頬をぶたれたこともあるし、なぜ喋らなくなったのか言いなさいと何時間も台所のテーブルに座らされたこともあった。でもぼくは理由を説明できなかった。空気が入るとか、息が詰まったようになるとか、喋ろうとしてもちゃんと声が出ないとかいろんなことを言ったけど、結局信じてもらえなくて、医者に行って初めて心の病気だとわかったんだ。なにもかもがうまくいっていたのに、どうしてこんなことになったんだろう。ぼくはよく教室で、お母さんと本を読んだときの自分の声を思い出そうとした。声を出して本を読むのはすごく楽しかったから、楽しいことだけを考えていればきっといつか喋れるようになると思ったんだ。でも、だめだった。お母さんはヒステリックになり、ぼくにうがいをさせたり、「あいうえお」を馬鹿みたいに繰り返す発声練習をさせたりするようになった。

あのころだよね、お父さんが家の中で怒鳴るようになったのは。全部ぼくのせいだ。セラピーで、ぼくのことだけじゃなくて、お父さんのことまで話さなくちゃならなくなったのも、お母さんの心がすごく傷ついているからだと思う。

家出をしたのは、お母さんに「ごめんね」と言わせたくないからです。セラピーにも、もう通わないでください。お母さんは言っていた。セラピーの先生にいろんなことを話すと少し気が楽になるけど、なにもかもがよくなるってわけじゃないねって。

ぼくは学校では喋れないけど、ここにいると自然に友達と喋れる。どこにいるかは言えないけれど、茶髪のマックや、やはり学校に行っていないラーやイタヤ（本名は知らない）がすごく親切にしてくれる。

ラーもイタヤもマックも、学校から逃げ出してきたんだそうです。ラーは小柄な男の子で、学校では「コビト」、家では「このクズ」と呼ばれていたんだそうです。家を出るとき玄関に火のついた新聞紙を投げ込んできたけど、ぜんぜん燃えなかったと笑っていた。イタヤは金持ちの息子で、マンションで一人暮らしをしている。家にいると暴力を振るうので、父親に「一人で暮らせ」と追い出されたんだそうです。親から捨てられたんだから、もう親は関係ないと、マンションにぼくを泊めてくれたり、飯を作ってくれる。兄弟ってこんな感じかなと、イタヤの前にいるとすごくほっとする。

マックは一番年上で高校生。ロックに狂って高校を中退、ライブハウスにいりびたっている。母親は夜働いているから、ここにも泊めてもらう。へんな言い方だけど、ぼくはいま上等の生活をしていると思う。友達がいて、そいつらとちゃんと喋ることができる。あんなに黒板が怖かったのに、あんなに学校の門が恐ろしかったのに、いまぼくの心は静かです。だからお母さん、ぼくを捜さないで下さい。ちゃんと寝て下さい。

ぼくはいつか、不快じゃない存在になりたい。絶対にならなくちゃいけないんだ。

卓朗

（手紙3）

宮本あやかさん。ぼくのことを覚えているでしょうか。二年の一学期の終わり、ぼくは君に助けられました。三学期になって間もなく、君は家の事情で大阪に行ってしまったから会うことはなくなったけど、忘れたことはありません。

今ぼくは、家ではないところにいます。学校にも行っていない。かっこよく言うと放浪っていうのかな。家出中。

時間がたくさんあるのでこれまでのことをいろいろ考えてしまう。そしてふと、宮本さんにお礼を言い忘れていたことを思い出しました。あのときはありがとう。それを言いたくて手紙を書こうと思ったのだけど、考えてみたらぼくは大阪の君の住所を知らない。だからこの手紙は届くわけがないけど、自分の気持ちにだけはケジメというか、けりをつけておきたいので書くことにします。

中学生活の始まりは悲惨でした。だいたいどんな日常が待っているか予想はついたけど、小学校のときと同じ、みんなに無視されるか、なにかしら教室で「事件」が待っていた。まず英語の授業のとき、教科書を読むよう指名されたとき、大山といったっけな、あの先生。いきなりぼくを見てどなったんだ。「なんだその姿勢は。ちゃんと立てんのか。かかしみたいに斜めになるんじゃない。まっすぐ背中を立てて読め」みんな笑った。以来ぼくは「かかし」と呼ばれるようになったわけだけど、呼ばれ続けているとね、だんだん自分が人間じゃないもの、本当にかかしになったような気分になっていくんだ。

ぼくは気をつけていても体が右に傾いてしまう。悪いほうの左足を庇うと、自然にそうなってしまうんだ。あとで大山は、ぼくの足が悪いことを知って「道理で妙な姿勢だと思った」と言ったけど、いきなりどなったことをとうとう謝らなかった。それに大山は、ぼくが喋れないことを校長から聞いていて、それを確かめるためにわざと指名したんだ。もちろんぼくだって、どうして学校にいると、金魚みたいに口をぱくぱくさせて空気を飲みこんでしまうのかよくわからない。医者は、心の問題からくる緘黙《かんもく》症（難しい字だから、いまだにうまく書けない）だと言ったけど、恐怖や緊張や哀しみがたくさんあると、そういうことがあるんだそうです。

ぼくが喋れなくなったのは、小学校の三年生のころです。家では普通に喋れるのに、学校に行ったとたん、声が出なくなってしまう。体の大きい田所という男の子に、しょっちゅう突き飛ばされているうちに学校に行くのがいやになったということもあるけど、もう一つ、体育の授業がたまらなかった。鉄棒、飛び箱、徒競走、サッカー、全部ぼくは無様だった。水泳だけはなんとかゆっくり泳ぐことができたけど、水から上がるときみんなの視線が体に刺さってくるようで、好きにはなれなかった。コンプレックスっていうのかな。ぼくは自分がみんなとすごく違う、ヘンなんだってことを小学校の体育の時間で知ったような気がする。

そのころからだった。運動場を見るたびにムカムカした。今日は体育の授業があるんだと思うだけで胸が苦しくなって体が震えてくる。そのうちに黒板も机も教室全体が怖くて怖くてたまらなくなった。でも、勉強が嫌いなわけじゃないんだ。理科は得意だったし算数も好きだった。でも勉強ができるということは、その人の人格には関係ないんだね。いい点数を取ると生意気だっていじめられたこともあるんだから。

つまりぼくは、友達にとってはいてもいなくても関係ない存在だった。「かかし」はそこに立っていればいいんだからね。声を出しちゃいけないんだ。

中学校に入ってからも「かかし」は「かかし」のままだった。勉強だけは一生懸命したけど、だれも認めてくれなかったし、先生も「このまま喋れないと、高校への進学は難しいなあ」と言った。ぼくには未来がぜんぜんなかったんだ。

ときどき思ったよ。田んぼや畑に立っている「かかし」みたいに、風や嵐にもみくちゃになって、ばさばさに乾いていくんだろうかって。

そんなころ、宮本さんがぼくを助けてくれた。いまでもあの日のことをはっきりと思い出せる。四時限目の数学の時間が終わったときだった。トイレに行こうと教室を出たとき、廊下で望月清一に「おい、かかし」と呼び止められ、いきなり足払いをくらわせられた。突然のことだったのでぼくは床に転がり、廊下の消火栓に頭をぶつけてしまった。自分がみっともない格好でもがいているのが目に見えるようで、そのまま消えてしまいたかった。みんなぼくをみて笑った。望月は、「かかしがカメになったぜ」とげらげら笑っていた。そのとき、宮本さんの声がしたんだ。大きなよく通る声だった。

「謝りなさいよ。どうして理由もなく伊藤君をいじめるの。ひどいじゃない。望月君、ちゃんと伊藤君に謝りなさいよ」

それからいきなり望月につかみかかって、泣きながら制服の胸のあたりを拳でどんどん叩き始めたんだ。みんなあっけにとられて君と望月を見ていた。

次にびっくりしたのは、泣きながら望月にむしゃぶりついていた君が、ばたんと大きな音をたてて廊下に倒れてしまったこと。真っ青な顔だった。それを見て、今度は女の子たちが悲鳴を上げた。先生を呼びにいく声や、「保健室、保健室」「どうしよう」と叫ぶ黄色い声がして、それをぼんやりと聞きながらぼくのほうもなにがなんだかわからなくなって、気がついたら保健室のベッドに寝かされていた。消火栓に頭をぶつけたとき軽いのうしんとうを起こしたらしいんだ。宮本さんのことが気になって保健の先生に聞いてみると、「家庭科の部屋で寝ている。大丈夫。ただの貧血だから」と言っていた。そしてぼくの顔を見て「勇ましい子だね」とすごく嬉しそうに笑ったんだ。

その日、ぼくは早退した。あとで聞いたけれど、五時限目の授業は女子全員がボイコットしたんだってね。家庭科の部屋でみんなで宮本さんを囲んでワーワー泣いていたって、クラスの女子から聞いた。望月が先生にこっぴどく叱られたことも聞いた。

翌日、ぼくは望月から「おう、かかし、昨日は悪かったな。だけどいい気になるなよ、女子に助けられてさ、みっともねえ」と言われたけど、あいつの薄ら笑いを目にしたとたん、怒りと屈辱で体が震えるのがわかった。あのときぼくは望月を殴るべきだったんだ。言葉は出なくても、体でなにか言うべきだったんだ。それにぼくは、宮本さんにもきちんと「ありがとう」と言えなかった。目が合ったとき、君は少し笑って「大丈夫よ」というような顔をしたけど、ぼくは恥ずかしさといたたまれなさですっと目をそらしてしまった。

そのことがずっと気になっていながら、二学期がきて三学期になり、宮本さんは大阪に行ってしまった。

でも、君は大阪に行ってよかったのかもしれない。ヤスオが死んだのを知らずにいられたんだから。ぼくは、君がずっとヤスオのことを知らないままでいてくれたらいいなと思う。だって君とヤスオは隣の席で、ヤスオは君のことを好きだったんだから。バスケの連中にいじめられながら、ヤスオがちゃんと学校に来ていたのは、ひょっとしたら君が隣の席にいたからじゃないか……。今はそんなことまで考えてしまう。

ヤスオのことはともかく、ぼくは君が大阪に行ってしまうまでの短い間、教室のどこかに宮本さんがいるというだけで救われる思いがした。君は優等生で女子とも男子ともうまくやっていたから、その事件のあとは、信じられないほどイジメは減ったんだ。なんと言ったらいいのか、ぼくはずっと学校という暗いジャングルにいて、どうやってそこから脱出したらいいのかわからなかったのが、宮本さんがいたことで、その暗いジャングルの一部に光が差したような気がしたんです。一か所だけポッと明るくて温かい……。

それにあの事件があってから、ぼくはいろんなことを考えるようになった。たとえば、すごく恥ずかしいけど、それまでは本気で勇気について考えたことがなかった。でもあの事件のあと、言葉で足りなかったら体を使えばいいんだってわかった。体で自分を守ることも勇気のうちだ。それは宮本さんが教えてくれたことです。

宮本さん、この春、ぼくは三年になりました。新しいクラスには金井も望月もいないけど別のイジメグループはちゃんとあって、相変わらず「かかし」と呼ばれている（クスッ——笑っちゃいけないけど笑うしかない）。それでついに、五月の連休のあとジャングルを出ることにしました。逃げなきゃ生きられないのなら、体を使って逃げるしかないんだ。人間狩りはもうたくさんだ。ぼくはジャングルの生き物じゃない。追われたり、つつかれたり足蹴りにされたりするなんてもうゴメンです。

宮本さん、ありがとう。ぼくも元気でやります。もう会うことはないかもしれないけどぜったいに宮本さんのことは忘れません。元気で勉強してください。ぼくのぶんまで頑張ってください。さようなら。

三年二組　伊藤卓朗（かかし）

（手紙４）

金井、望月、松岡、山田へ。

ぼくをいじめたように、まだみんなでいじめをやっているんだろうか。ぼくは知っているんだ。いじめられるのも、いじめるのも、たいして違わないってこと。ぼくはたまたまいじめられる側だったけど、もし、足が悪くなくて体が大きくて、平気でいろんなことを喋れたら、ぼくだっていじめの生徒になっていたかもしれない。女子に向かって「〇〇子、今日は生理だろ？　スカートの中からくせえ匂いがするぜ」と泣かせたり、弱い同級生の男子を名指して、黒板に「死ね、バカ」と書いたり、松岡や山田がやっていたように、夜中にいたずら電話をかけたり、いろんなことをしていたかもしれない。

でもぼくは「それ」を選べなかった。体が弱いから、緘黙症だから。ぼくの中にあるのは沈黙だけ。でも喋るかわりに、いろんなことを「聞く耳」を持つことができた。たぶんだれも気づいていないけど、ぼくはだれよりもみんなのことがわかっていた。ぼくはたいてい教室の窓辺でぼーっとした顔をしていたけれど、「きき耳頭巾」だったんだ。「きき耳頭巾」ってわかるかな。「日本昔話」にある話。なんでも聞こえる頭巾があって、それをかぶって人の話を聞く男が主人公。でもぼくは頭巾をかぶらなくても全部聞こえた。松岡がひそひそと、「〇〇町の交差点のコンビニ、楽勝だぜ」と万引きを自慢している声も、ゲーセンで小学生からいくら金を巻き上げたという話も、全部聞いた。あんまり声がはっきりと聞こえるので、耳が透き通ってしまったんじゃないかと思ったほどだ。

だれとだれが友達で、だれとだれが反目しあっているか。ときどき教室で回されるエッチビデオが、どのクラスメートの父親のものかすぐにわかったし、女子の話からもいまだれが生理で、どんなボーイフレンドとつきあっているのかも知ることができた。ぼくのノートには、教室のあらゆる出来事が全部書いてあるんだ。なぜ、こんなノートを付けていたのか自分でもわからない。でもいつかなにかあったらぼくはこのノートを、「利用」しようと思ったことは確かだ。

いまは、そんなものには用はない。ぼくは決めたんだ。教室ではない場所、ひんやりと冷たい場所ではなく、大きくて暖かい場所に耳を開こうと。

君たちにはずいぶんいじめられたけど、ぼくの耳だけは傷つかなかった。ときどき心臓に霜が降りるような気分にはなったけど、そんなときは霜が早く溶けますようにと祈っていた。だって心まで凍ってしまったら、もう生きてはいけないからね。ぼくは息を詰めていつも君たちという嵐が通り過ぎるのを待っていた。ちょうど野原のかかしのようにね。

ぼくは思う。本当は、みんなも怖いんだろうなって。だれかを追い詰めて、とかげのしっぽ切りみたいなことをしていないと、体が震えるほど孤独なんだ。殴ったり、殴られたりしていないと生きてる気分がしないんじゃないか。

金井……君のお母さんは、いまどこで誰と暮らしているんだろう。会ったら殺してやると話していたけど、君には殺せないよ。だって、本当はお母さんが帰ってくるのを待ってるんだから。

望月……父親に殴られているのを、いつも自転車で転んだと同じウソをつくな。

松岡……お父さんの職はみつかったんだろうか。ぶらぶらしているお父さんのために、君が高校進学を諦めかけてるのをぼくは知っている。

山田……一年生のとき、上の学年の奴にいじめられているのをぼくはたまたま見てしまった。君は美術室の暗がりでパンツを脱がされ、アソコや尻にマジックでいたずら書きされて、恐怖のためか、しゃっくりのような泣き声を上げていた。あれからだ。弱い奴をいじめている君を見るたびに、ぼくは君が「やめてくれ、やめてくれよぉ」と言っていた声を思い出してしまうんだ。

調べたわけじゃない。耳を澄ましていると弱々しく低い会話が、自然に届いてくる。その声が普段の声とは違ってあんまり重いので、耳底にこびりついてしまうんだ。でも、ぼくはなにも喋らない集声器。

いろんなことを知っているということは復讐になるんだろうか。少しは復讐になればいいなとは思うけど、クラスとも学校とも関係なくなったからどうでもいいか。ぼくのいない机の上に「お弔い」と書いてくれてもいい。そこへは戻らないつもりだから。

みんなは、まだジャングルの中を獲物を捜して歩くんだろうな。顔では吠えて、じつは脇の下に冷たい汗をかいて、夜はどうしようもなく寂しくて、用もないのにコンビニに出かけ、店の前でしゃがみこんで、眠気をこらえているんだろうな。

ぼくはもう、みんなから遠いところにいる。
復讐はしないよ。

三年二組　かかし

（手紙5）

先生、まだぼくを捜してK公園に行っているんでしょうか。もうぼくは、あの公園には行かない。先生に会うのがいやだという理由だけじゃなくて、イタヤが面白い場所をみつけてきたからです。海岸通りに使われていない倉庫があって、イタヤはそこを暴走族の友達に教えられたんだそうです。何もないがらんとした倉庫。よほど古いのかレンガの壁が残っていて、ちょっとしたレトロです。

夜になるとぼくとイタヤ、ラーはここに来て、ガムをかみながら下の運河をぼーっと眺めたり、マックがくればライブの話をしたりする。ラーもイタヤもマックも親がくれる小遣いでなんとか暮らしているけど、ぼくは居候だからときどきマックが紹介してくれたライブハウスで、椅子やゴミの後片付けを手伝ったり、道でその日のライブのチラシを配ったりして働いている。たいした金にはならないけど、飯はイタヤが食べさせてくれるし、コインランドリー代や雑誌代くらいしか使わないからなんとかなるんだ。

先生、今日ぼくはここから離れて遠いところに行くことに決めた。ラーもイタヤも一緒です。もう一人、ミキという女の子（というよりお姉さん）がいて、彼女は高校を中退して美容師の見習いになったけど、店の女主人から嫌われてクビ。以来ときどき、ヘンな男と知り合っては、部屋に転がりこんだり、お金をもらったりしている。そのミキが「田舎に帰るからみんなで一緒にこないか」と言うんです。

そもそもの発端はこうだった。ある日マックがライブハウスで知り合ったというミキを倉庫に連れてきて、「友達だ」と紹介したんだ。ミキはその夜帰るところがなくて、ライブハウスの前のガードレールに腰かけていた。そこに店の中から出てきたマックと目があった。マックはいきなりミキに、「今夜、泊めて」と言われて、仕方なく倉庫に連れてきたっていうわけです。正直言うとぼくはびっくりした。ミキの髪は真っ赤、爪も真っ赤、唇も真っ赤ですごく濃い化粧をしていたから、年齢はまったくわからない。おまけに「おい、おまえ」とか「ちくしょう、あったまくる」なんて男言葉を使うもんだから、女の格好をした男かと思ったほどだった。

その日からミキは、マックの部屋と倉庫とを行ったり来たりしている。マックと恋人の関係になったのかどうかはわからないけど、きっとなったんだろうな。マックに「その化粧、全然似合わない」と言われてからは、化粧しなくなったから。素顔のミキは子供みたいに見える。卵型っていうんだろうか、白くて細い顔に大きな目。その目で長い間だまって運河の水を見ていたりして、そんなミキを前にすると、ぼくは校庭を見ていた自分を思い出す。ボーッと校庭を眺めているとき、自分があの白い光の中に溶けていけたらいいのにと思ったものだけど、ミキも、運河の水を見ながら同じことを思っているのがわかるんです。

倉庫に来たときのミキは、すごく乱暴な言葉づかいで「ああ、シンナー、やりてえ」とか「男ひっかけに行くか」なんてことばかり言っていたけど、最近ではみんなに自分のことをポツポツと話すようになって、ぼくはミキも一時、言葉を喋れなくなったのを知ってびっくりしてしまった。ミキの場合はぼくと反対で、学校では平気で友達と喋れるのに、家で声が出なくなってしまった。ミキの母親は再婚で、その相手の男がミキを小さいときから殴り続け、それでミキは家にいるとき、「あいつ」が怖くて、なにも喋れなくなってしまったんだそうです。

高校生になっても「あいつ」が酒を飲んでは殴るので、すっかり家がいやになって家出、ついでに高校を中退してしまったらしい。

「それからだよ、あたしは、プータロウ」

美容師の見習いをやめたあとは、つきあっていたカレの部屋でごろごろしていたのが、子供ができて、それを堕ろしたりしているうちにカレに新しい彼女ができて、喧嘩別れ。それからはシンナーはやる、知り合った男とは全部「アレ」をやって、一時は年をごまかしてフーゾクで働いたこともあるという。なんでもありっていうのはミキみたいな女の子のことを言うような気がする。だけど本人はケロッとしていて、「どれもたいしたことなかったね」と言っている。

先日、イタヤやラーと倉庫で漫画を読んだりしていたら、ミキが運河を見ながら「あーあ、もうすぐ夏休みだなあ」と言ったのでみんなしんとしてしまった。ぼくは、そのとき「家出してもう二か月近くたつんだなあ」とすごくさみしくなった。このまま同じところで、こんなふうに暮らすのはよくないと思っていたし、なにかしなくてはいけないとぼんやり考えていたところだったので、ミキの言葉はズンと胸に響いて、「ああ、そういえばぼくには、ラインがなくなったんだな」ということがよくわかった。

夏休みって、学校での四季のひとつなんだ。春休み、冬休み、運動会、修学旅行、いろんな谷や山があって、ぼくたちの「生活」にラインを引いていたんだなと思った。それがなくなったいま、ぼくには四季がない。イタヤもラーもそれがわかったらしく、妙に落ちこんでしまった。

そのときミキが言ったんだ。「ねえ、みんなで田舎行こうよ。夏休み、やりに行こうよ」

思わずぼくもイタヤもラーも顔を見合わせた。ミキが言うには静岡県の山の中に、おばあさんが一人で暮らしていて、畑を作っているんだそうです。おじいさんは、ビニールハウスの野菜作りの名人だったのが、半年ほど前に死んで、おばあさんは一人でビニールハウスをどうしたらいいのかわからない。ミキの母親は田舎に帰る気は全然なくて、「あいつ」も同じ。要するにミキのおばあさんは、いまだれからも見捨てられているんです。

ミキは、そのおばあさんが大好きで「ばあちゃんに会いたい、会いたい」としきりに言っている。「夏の間だけでもいいからさ、野菜に水やったり、苗植えたりしてやりたいんだよね」

ぼくは行こうと思う。夏の間だけでもいい。ミキのおばあさんの手伝いをしようと思う。ミキが「行こうよ、ねえ、一緒に行こうよ。みんなでさ」としつこく誘ったから行くのではなく、ぼくの体の中でなにか強い声が呼ぶんです。

ひょっとしたら、糸電話の話を聞いたから行く気になったのかもしれない。おばあさんは、ミキと父親の関係がひどいのを知っていて、一時ミキを引き取ったんだそうです。そしてミキが喋れなくなったとき、こう言ったんだ。

「ミキ、怖いときや、喋れなくなったとき、心に糸電話を思ってごらん。糸の先に好きな人の顔を思い浮かべて、そっと囁《ささや》いてみてごらん。そうすれば、必ず声は届くから。いやなら声は出さなくてもいい。ただ、心の中で喋るだけでいいんだ」

それからだ。ミキは父親の前にいるときや、いやなことがあったとき、心に真っ白な糸電話を思うようになったんだ。白い糸の先にはおばあさんがいて、おばあさんに向かってミキは「ばあちゃん、糸電話ください、ばあちゃん、糸電話に声ください」って呪文のように唱えたんだそうです。「もちろん、殴られているときは、余裕なんかなかったけど、一人になったとき、真っ白な糸電話を思い浮かべると、息がすごく楽になって、糸電話に向かっていろんなことを喋ることができたよ」

ぼくはその話を聞きながら、泣きそうになった。この話をもっと早く聞いていたら、ヤスオに話してやれたのに。それともヤスオは、糸電話も通じない場所にいたんだろうか。ヤスオの心の中では糸電話の糸はもうとっくに切れていたんだろうか。

ぼくはその日初めて、イタヤやラーにヤスオのことを話した。最初はだれも何も言わなかったけど、膝を抱えていたラーが、しばらくして吐き捨てるような声で言った。「そいつがオレでも不思議じゃねえ気がする」

そのあとだ。イタヤが突然「田舎行こうか。夏休み、やりに行こう」と言い出したんだ。同時にラーもぼくも一緒に叫んでいた。「そうだ、夏休み、やりに行こうよ」

先生、ぼくはかかしです。でもかかしの旅があってもいい。一か所にじっとしているのはもういやだ。ぼくは動きたい。なにかをやりたい。公園でぶらぶらするのも、倉庫の窓から夜の運河の水を見るのももう飽きた。それに、夏が夏らしく通りすぎてくれないとまた心臓に霜が降りそうな気がする。

ミキの田舎がどんなところか知りません。犬がいて、猫がいて大きな縁側があって、二階は昔カイコのための部屋だったそうです。ぼくたちはそこで寝るらしいのですが、まるで合宿みたいだ。ビニールハウスの野菜作りがうまく行くのかどうかも、わからない。ただ、なんとか夏を乗り切ったら、ぼくは……うまく言えないけれど戻れそうな気がする。それが家なのか学校なのかはわからないけど、どこかにきっちりと足を下ろすことができるんじゃないか。そんな気がする。

マックは夏の間、約束したライブハウスの仕事の手伝いをするといって、それが終わったらミキの田舎に来るそうです。

先生、じつはぼくはこの二か月近く、ノートにいろんな人にあてた長い手紙を書いた。とうとう出さないままだったけど、これをマックに預けます。マックはライブが終わったらK公園に行って、先生を捜して渡してくれるそうです。ラーは、「先公、まだお前のこと捜しているのかな。もう捜してねえような気がする」と言ったけど、ぼくは、なんとなく先生がいまも時々K公園にぼくの写真を持って訪ねてきているような気がしてならない。先生はしつこいからな。以前にも家出したやつを捜し出したことがあるから。

ただ先生、絶対にぼくの捜索願を出したり、居場所をつきとめようとしないでください。ぼくが本当に戻れるまで待ってほしい。

夏が終わったらまた手紙を書きます。ミキが呼んでいるのでもう行く。切符を買いにいくんだ。ぼくたちの夏行きの切符です。

もし運よくぼくのノートが先生のところに届いたら、母にも見せてください。そしてこう言ってくれませんか。「かかしだって旅くらいしますよ、お母さん」。母が笑ってくれるといいんだけど……。

じゃ、さようなら。

伊藤卓朗

山下ヨシアキ先生

樹霊

老女はもう長い年月このマンションにいた。日で数えると、四千日以上の夜と朝が枕元を通り過ぎていった勘定になる。

いつからか老女は、一日のほとんどをこの明るい宙に浮いたような部屋で過ごすようになっていた。昔は退屈しのぎに、新聞に挟みこまれた広告を飽きず眺め、カラーで印刷されている服や食べ物、花の宅配の案内や高齢者のためのサークルへのお誘いなどを憑かれたように読んだものだが、もうそんなことには飽き飽きしていた。今はなにひとつ興味をそそられるものはない。思えば老女が、この部屋にことあるごとに招き猫や観音像、地蔵や狐や石仏などを運び込むようになったのと、着るものにも食べるものにも、出入りしたサークルにも関心がなくなったのは同じ頃だ。

彼女は今も、下の町にいけばなじみの骨董屋に寄って、他愛もない大小の白や黒の招き猫やどこから運ばれてきたのか土埃のついた道祖神の類を買い込んでくる。時には値の張るものばかりを置いている骨董専門店から電話を受けて、見もせずに買い込んだこともあるし、得体の知れぬ木彫の観音像を下の町の縁日で買ったこともあった。そんな道楽のおかげで、すでに彼女の財産は破産寸前まで追い込まれていた。それでも、まだ部屋になにかが足りない。なにが足りないのかわからないが、たえず飢餓感に似た焦りがあるのだった。

夜、彼女はずらりと並べたさまざまな顔の像に向かって正座し、首をかしげる。床の上に敷かれた薄べりの上に、観音も石仏も招き猫も地蔵も狐も、背比べをするほど並んでいるのに、しかも、どの顔も彼女と向き合ってにっこりと微笑んでいるというのに、一体一体の間に、淀んだものが漂っているようで妙に気になるのだった。そんなときだ。決まって老女は、ああ、風が足りないんだったとつぶやく。昔の庭はあんなにも風が吹いて、ハギもカエデもナンテンも緩《ゆる》やかに揺れていたではないか。つくばいの陰にはシャガが白い花を咲かせていたが、そのシャガの傍らにはもっと地味なユキノシタが繊毛を光らせて首をもたげていた。夏から秋にかけてはススキやオミナエシが銀と青磁の影を作り、池の回りには生え始めた苔が艶めかしい起伏を作っていた。この部屋には苔もない。庭に響くししおどしの音もない。だからよほどたくさんの風が必要なのだ。

老女は、窓を一杯に開いて部屋に夏風を通し、そして見るのだった。眼下には、光の塔が無数に建っていて、びかびかと青白い光を放っている。その人工的な建物の巨体は、どう想像しても彼女の知っている木々とも違うし、灯籠とも違う。

「そうそう……あれはサーカスの光ですよ」

老女はつぶやく。遠い昔見たテントの傍らには、客寄せのためのランプがいくつもぶらさがっていて、光に吸い寄せられてきた蛾のぶつかる怪しい音がした。都市の光は、荒涼とした田舎に出現したサーカスの、おびただしいランプの光にどこか似ていた。

「ああ、ああ」と老女は都市の光の塔を眺めるたびに哀しくなる。こんなに光が一杯で、死ぬ蛾も多かろう。光の窓に吸い寄せられる白い蛾の、苦悶や羽ばたきが不思議な諧調になって耳底に響く。しかし、死んでいく蛾の苦悶は老女の脳裏には満ちるが、じつはこの都市では、窓に吸い寄せられてくる蛾も虫も、老女の脳裏にひしめく苦悶ほどに多くはないのだった。

息子からときどき便りが届く。息子は母親が骨董まがいの品に使う、少なくはない金額に怯えているのだ。まず最初に健康を問う言葉があり、その後に必ず、がらくた趣味はもういい加減にしてもらいたい。お母さんの銀行の預金の残高を見るたびに心臓がとまりそうになる。次に何かを買うときは必ず当方に連絡せよ。そしてまた息子の手紙には、もう庭のことを考えるのはやめてください。あれは贅沢な金持ちの遊びですと、とどめを刺すような言葉が書かれているのだ。

息子が電話ではなく手紙を使って細々《こまごま》としたことを言ってくるようになったのは、彼女との会話が電話では嚙み合わなくなったからだ。息子は、東京と仙台をつなぐ電話線の向こうに母親のざらざらした声を聞くが、彼女の言うことはいつも、今日もいい木をみつけてね、庭に植えたよ、アオキの垣はもう一杯に若芽をつけて……先週はニシキギを植えてみたよ。秋になったらつくばいの水に映ってよく似合うだろうね。

そんな声を聞くたびに息子は、十数年前、母親に都心のマンションを与えたことを後悔する。あの頃の母親はまだ元気で、謡の会だの歌舞伎座で義経千本桜を見るだの、一人でバスの旅に参加するだの出歩いては、マンションでの一人暮らしを楽しんでいたものだ。声にも張りがあったし、電話も手紙もうるさいほど来た。あの頃息子はまだ都心にある本社にいたから、仕事の帰りに母親を訪ねることもできたし、たまには食事に呼び出すこともできた。

やっぱり土地や家を処分したのがよくなかったのだと息子は思う。しかし、そうでもしなければ、父親の死後の始末をすることはできなかっただろう。

母親の声を聞くたびに息子は、小さなためいきをつく。自分にできることはしたはずだった。母親が、お前たちに全部まかせるよと、自宅や別荘を売ることに同意し、マンションに引っ越したのも、息子夫婦が数年後、仙台の支店に転勤になったのも、見えない力が働いたとしか言いようがない。息子にしても、自分が少年時代を過ごした家を売り、手放すことは胸がつまるような思いがしたものだ。しかしどんなに切ない思いをしようが、あの時期は家を金に替えなければ乗り越えることはできなかった。

新しく母親に買い与えたのは、広いリビングと六畳の和室のある十五坪ほどの中古マンションだったが、母親が「ああ、見晴らしがいいね。お前のマンションはあのあたりかい」と子どものような声を張り上げたとき、心底ほっとしたものだ。彼はずっと怯えていたのだ。人手に渡った古い家や別荘に、いま一度母親が帰りたいと言い出すのではないかと。同時に、義母とは一緒に暮らしたくない、ほんの短い時間でもいいから夫婦だけで暮らしたいと主張した妻に言い負かされる形で、母親を一人マンションに閉じ込めた自分にも苦い思いを噛みしめる。

とにもかくにも十数年は無事に過ごせたと言えるだろう。しかし、最近の母親の声にも様子にも、都心のマンション暮らしを楽しむ一人暮らしの女の張りはなかった。心が遠いところを漂っている。昔へと帰りたがっている。それを電話のたびに感じながら、確かめることが恐ろしかった。確かめれば、これ以上一人でマンションに置いておく気分にはなれなかっただろう。妻ともまた、険悪なやりとりが始まるに違いなかった。あの部屋、ずぶずぶの畳……それを思い出すたびに息子はぞっとし、奇妙な不安に駆られる。かといって仙台と東京を頻繁に行き来するわけにもいかず、今の住まいでは母親と同居するわけにもいかない。迷いと不安はあっても、いつしか日々の仕事と、妻と二人きりの気兼ねない暮らしに明け暮れ、息子はいつしか母親のことを意識の片隅に追いやるようになっていた。

息子はまだ知らないでいた。老女は、十五坪のコンクリートの箱の中に座って、石像を集めながら、じつは石像ではなくそれを庭のおびただしい植物だと思い込んでいた。しかも窓の外にそびえる建物のひとつひとつを、遠い昔彼らが所有していた心地好い風の通る別荘の、広大な庭の木々と錯覚していた。それを息子も老女自身も気付かずにいるのだった。

二つの家……彼らは夫であり父親である男が生きているとき、その二つの家を頻繁に行き来した。一つの家は東京の南端にあった。手入れの行き届いた生け垣の続く坂の上に、大谷石をめぐらせた塀があった。昭和初期に建ったという古い家は、あたりでも目を引く敷地を持っていた。本来ならこの家の未来は、彼女の夫であり彼の父親である男の残した遺産で賄われるはずだったのが、建材会社社長とは名ばかりで男が死んでみると驚くほどの借財があった。仕事にしか関心のない男は、景気がよい時はやたら住宅機器の子会社を増やし、しかしその会社はどれも鳴かず飛ばずの荷物になっていった。後始末に金をつぎこみ、ついにおっつかなくなって男は、海風の通る土地に建てた別荘まで抵当に入れていたのだ。もちろん男自身も、自分が旅行先の温泉で突然死ぬとは思ってはいなかっただろう。借財も、引退するまでに返済できると思っていたに違いない。遺書もなかったし、弁護士に託した書類もなかった。当然家族は、会社に負債があることも、不動産が抵当に入っていることも知らなかった。少なくはない生命保険金も転がり込んだが、その保険金など男の残した借財を精算するには到底役にたたぬ額だった。膨大な借財を背負ったまま、呑気に温泉で死んだ男は、結局四十数年間脇目もふらずに働いて、最後は家族を茫然とさせるものしか残さなかったのだ。

夫の死後、彼女はしばしば一人で、海に面した山の中腹にある別荘に通った。下は広々とした太平洋だった。湿気が年中漂っていたが、生暖かい海からの風には、老後はなにもせずに暮らすにふさわしい気怠い安堵感があって、二人はこの土地をいたく気にいっていた。

彼女は息子夫婦に本宅の家の整理をまかせ、自分は別荘でただぼんやりとしていた。ここに運びこんだものはすべて、いずれ夫と二人暮らすためのたいして嵩《かさ》のないものばかりだったが、庭だけは違った。この庭を手放すと思うだけでも、彼女はここにうずくまる一個の石になりたいと思ったほどだ。

夫は、酒も煙草もやらなかった。妻以外に女と馴染んだこともないはずだった。生真面目で、趣味といえば仕事しかない不器用な男だった。目の色が変わるのは、木を見るときだけ。彼ら夫婦の楽しみは、季節ごとに、東京のあちこちで催される植木市に通うことだった。「コブシがいい」「ビワがいい」「ウツギがいい」と言う男の傍らで、彼女は黙ってうなずき、買った木々が家に運ばれてくるたびに、ここ、そこと植える場所を指定するのだった。根をきっちりと菰《こも》で被われた木は、菰をはずすと土と根の匂いが混然と漂って、新鮮な生き物が運び込まれたような興奮があった。彼女は木を捜しにいくときよりも、庭師が庭の木々を剪定《せんてい》するのを見るときよりも、新しい木が家に運ばれて菰をはずされる瞬間がなによりも好きだった。

温暖でどんな木も育つ、目の前には真っ青な海と空がある伊豆の斜面の土地を買ったのは高齢になってできた息子がまだ小学生の頃だった。夫は、東京の家では思うにままならぬ木々を存分に植えるためと、やっとできた子のためにその土地を買ったのだ。

東京オリンピックが終わって何年か過ぎた頃のことだ。都心には、排気ガスの匂いが満ち始めていた。植えた木の何本かが知らぬ間に枯れていた。その家の庭に愛想をつかす形で、男は空気のいい伊豆に土地を買い、やたら吹き抜けの高い、しかも白い石をふんだんに使った家を建てたのである。海に降りる階段や斜面には最初、シュロだのヤシだの南国の植物が植えられたが、男はすぐにその風情《ふぜい》に飽き、今度は唐突に斜面をツツジの植え込みに替え、やっぱり木は日本のものがいいとツゲやケヤキを植え始めたのだった。

それから約三十年、東京オリンピック後の高度成長期に脇目もふらずに事業に没頭した男は、財産を増やし、その多くを別荘の庭につぎこんだ。木々が斜面の至るところにこんもりとした丸い影や長い影を伸ばすころ男は借金にまみれて死んだが、木々の下にあるつくばいは程よく苔むし、海の風を受けてなびく銀色のススキは海岸べりの斜面にびっしりと根を張っていた、もともと雑木に囲まれていた西と北の斜面には、これも手当たり次第に植えたアシビやヤシャブシ、メマツなどが枝を伸ばしていて、それらの木々は男が山から取ってきた小さな苗木が大きくなったものだった。

　男は一時期、休みとなれば妻を伴い、会社の若い運転手に特別手当を払っては山へでかけていたが、登山の趣味はもとよりなく、斜面のそこここに根を張っている枝ぶりの良い小さな木を収集するのが目的だった。たとえば妻が、植木用の鏝《こて》を不器用に操り、アシビの苗の根の一部を傷付けようものなら、妻でさえ驚くような甲高い声をあげて、鏝をひったくり、根の切れたところに接着剤でも塗り付けたそうに未練がましく根を撫でるのだ。しかも帰りの車の中でも夫は妻に、「いつまでたっても木を扱えない。木は根が一番大切なのだ。それをお前は、あっけなくとんでもないところで切って平気な顔をしている。無神経なやつだ」とねちねちと小言を言う。それでいて、トランクにつめこんだアシビやナラ、モチノキなどの苗は、やはり男の力余った鍬《くわ》や鋤《すき》の刃によって傷だらけになっていたのだから、女は腹が立つやらおかしいやら、とうとう口も利かずに帰ったことが何度かあった。

　あるときは、唐突に「ヒメシャラというのはどういう字を書くんだ。ヒメは姫だろうがシャラという字がわからない」と男が言うので、女が「シャラというのはお洒落のシャレがなまったものかしら。それとも沙羅と書くのかしらね」といい加減なことを言うと、シャレという解釈が気にいったらしく、男は以来ヒメシャラをわざとヒメシャレとか「おい、あのシャレ椿」

とか呼ぶようになった。

そんなふうに何度かいさかいや苦笑を繰り返しつつ、盗みに近い形で山から持ち帰った苗の何本かが、いつしか別荘の斜面に濃い茂みを作っていた。家の石の色も白から落ち着いた褐色に変わり、竹やツツジなど和風の植物に不思議に似合う風情になった。夏など思いがけぬ茂みの中に、ルビー色をしたグミの実がたわわに実っていたりして、甘い実を目指してやってくる鳥の声も絶えなかった。

いつしか大きな木々ばかりが増えた別荘の周りに、決して男が思いつかぬさまざまな植物を植えこんだのは彼女だった。たいていが小さな植物だった。ウラジロだのクマザサ、ナンテンやセンリョウ、白い夏ツバキやウメモドキなど、女が選ぶ木はみな艶めいたやさしいものばかりだった。夫の死後訪れた庭には、夫が植えたものよりも彼女が植えた木々のほうが気持ちよさそうに繁茂していて、最初の頃の白いコテージ風のイメージから、古風で落ち着いた庵《いおり》といった風情に変わっていた。

これほどまでに丹精こめた家のすべてが、近い将来他人のものになるのだと思うと、女は日暮れの生暖かい庭に立って腹立ちがこみ上げてくる。昔、夫が読んでいた本の中に、人は食べるものにも着るものにも飽きると、なぜか庭に夢中になるものだと書かれていた。木を植えるという行為は何の変哲もない行為ではあるが、植え始めるともういけない。土は、肥料は、剪定は、いやそれよりも場所だのときりなく贅沢になっていく……そういう魔力が木を植えるという行為にはあって、魔力を囲いこんだものが庭である……盆栽も、庭を小さくした宇宙の一つで、だからもうおおかたの贅沢をしつくした人々が、最後にいきつく贅沢の一つだ。贅沢ではあるが、ときには人を完璧主義者に誘う魔の使者でもありますよ……そんなことが書かれていた。

本当にその通りだった。夫の趣味につきあい、山にも行き、小さな鏝で土を掘るうちに、女は木々を植えることが子どもを育てるのに似た、いやそれ以上の、地面にしゃがんで出産する時のような爽快さと、もっともっと美しい子に育てたいという欲望を覚えるようになった。彼女はとうとう息子一人しか産めなかったが、木を植えている時は、何人もの赤ん坊の相手をしているような気分になった。陽があたるあたらぬだの、栄養過多だの、発育不全だのと言っているうちに、たしかにこれは子育てに似た贅沢だと思えてきたのだ。

女は夫よりも熱心に園芸店を覗き、土ひとつにしても黒土、赤玉、腐葉土といろいろあって、その知識が豊富になりいつしか自分で混合した土で木を植え、根づくたびに腰と頭のあたりに快感の熱がぼっとした形で上ってくる。その快感を根こそぎ奪われた上、しかも何十年も手で撫でたり、目で愛でたりした木々の一切合切を見知らぬ人に売らねばならない。その人物をまだ女は知らないが、もし顔を合わせたりしたら殺したい衝動に駆られるに違いなかった。

息子は言う。「お母さん、庭はあれだけ長い間贅沢したのだからもういいでしょう。別の場所に行けばまた別の楽しみができるし、それに何年か後、また別荘を建てることだってあるかもしれない」

しかし彼女はとうに知っていた。夫はともかく、息子にそれだけの才覚があるとは思われなかった。第一、息子は逃げたではないか。夫が一代で築いた会社を、守るだけの力もなかった。はなから息子は、父親の会社を継ぐ意志など少しもなかった。だからあんなに勧めたのに、家族のだれにも言わずに商社に就職してしまったのだ。

「僕はいやなんです、父親と顔を合わせて仕事するなんて。失敗すれば社長の息子がといわれ、成功すれば社長の息子だからといわれ、そんなの性に合いませんよ。他人の金で働いていたほうがよほど楽だ。気をつかわなくて済みますからね」

そのとき彼女は息子に、性に合わないのではなくおまえが小心だからだよ、と言いそうになった。その息子は、確かに勤めた会社が性に合うらしく、熱心に仕事をしている。会社で知り合った女と結婚したが、これもなんだかあっけらかんとした女だった。家を売る羽目になったときも別に動揺もせず「もう庭箒もいらなくなるけど、落ち葉を掃かなくてもいいだけほっとしますわねえ。マンションのほうがうんと便利ですよ」などと言って老女の機嫌を損ねたりした。若い夫婦は、広大な屋敷と別荘を売って、とにもかくにも自分たちの住むマンションと母親の住むマンションの二つを手に入れただけでも義務を果たしたと思っているらしく、父母が長い年月をかけて植え続けた木のことなど、眼中にはないのだった。

老女は、「仕方がない、仕方がない」「ああ、情けない」とつぶやきながら、夫の死後、なにがなんだかわからない山のような書類にサインをし印鑑を押したが、あの中にはたぶん息子たち夫婦のマンションと自分の住むマンションの契約書も入っていたに違いない。

あの頃、会社を代表して訪れてくる弁護士や専務、常務、さらに会社との事務的な処理のため窓口を引き受けた息子が彼女のところに運び込んできた書類は膨大なものだった。自分や息子が持っている株関係の書類、生命保険金の書類、最後にはなにがなんだかわからなくなり、出される書類には全部印鑑を押し、署名した。その書類の中に、財産の残りで買った二つのマンションの契約書があったのだ。

ある日、引っ越しの業者が来て、息子と息子の妻が彼女を乗用車に押し込むと、このマンションに着いていた。息子はすでに母親好みに整えた六畳の和室の窓を開くと、「下は寺ですよ。あの緑全部が庭ですよ。悪くない借景じゃないですか。僕たちのマンションはあの坂の上。目と鼻の先ですよ」と言った。

以来彼女は、窓を開けるたびに眼下に広々とした寺の屋根を眺め、よく育った木々が波打つ墓地を眺める。息子がこの場所を選んだ理由に悪気はないにしても、ときどきあんまりな場所だとも思う。寺ではなく池、墓地ではなく公園、そういうマンションもあっただろうに……。現に息子たちが住むマンションは坂の上にあり、部屋からは公園の池が見え、ホテルの庭が見えた。

しかし、そんなことを言っても、すっかり肩の荷をおろしている息子には通じないだろう。さらに息子よりももっと現代的な感覚を持った息子の妻にはさらに通じないに違いない。だってお義母さん、ずいぶん大きな庭じゃありませんか。前のお家の庭より広い。すぐ近くに寺とお墓があって……毎日行き来できる距離ですわ。そんなことを言われるのがオチなのだ。そう思いながら彼女は、自分がまだどこかで昔の庭にこだわっていることに気付くのだ。しゃくに触るから滅多に彼らのマンションには行かない。そうこうしているうちに、彼らのほうからこの都市を出ていった。自分たちが買ったマンションは高額な家賃で人に貸して、転勤先の仙台では二人には広すぎるほどのマンションを借りたのだった。

正直言って、息子夫婦がこの都市を出ていったことで老女はほっとしていた。ことあるごとに「お義母さん、毎日なにを召し上がっています？　塩の量は一日〇〇グラム以内にして下さいね。漬物はなるべく召し上がらないように」といった日常の食事に関することを息子の妻に言われるのは閉口していたし、なにかカードで買い込むたびに「お母さん、今度の買い物のことですがね……丸の数がひとつ多いんじゃありませんか」と怯えたように電話してくる息子にもうんざりだった。

　彼女は服も化粧品も、着物も買わない。買うのはただほんのちょっとした可愛らしい仏像や狐の置き物、招き猫や、観音様の類だけだ。招き猫や狐の置き物はともかく、つい買い込んだ円空のまがい物にしても、それが結構値の張るものであることを、昔思うがままに珍しい木々を買い込み、四季折々に庭師を囲っていた彼女には分からなかった。昔に比べたらほんの少しの贅沢、ほんのささやかな木々を買い込んでいるだけ。確かに、十五坪のマンションでは、枝を張った松など似合うはずもないのだった。

　目が覚めると老女はまず、部屋いっぱいに並んだ仏像や招き猫に向かって深々と頭を下げる。頭を下げると、なにやら有り難い感覚が体中に満ちてきて、心が軽くなる。確かに、木々は、魔物に違いない。こんなに有り難い気持ちになるのだものね……。

　次に彼女は、もう何年も使っているじょうろ（これは昔の家から持ってきたものだ。しかしそれが本宅のものであったのか別荘で使っていたものであったのか記憶の中からはきれいに抜け落ちていた）を使って、身動きしない像の上からそっと水をやるのだ。息子が母親好みにしつらえた六畳は、とうに水を吸ってずぶずぶになっている。畳の縁《へり》のほうは黒く粉ぶいているが、たぶん黴であろう。床の根太《ねだ》もおそらくは腐りきっているに違いなかった。床に敷いた薄べりの下には、幾重にもビニールを敷き詰めてあるが、もう何年もビニールを取り替えたことも、掃除をしたこともなかったから、ここもおそらくやはり黒い黴に被われているだろう。

ビニールを敷き詰めたのは、何年か前、下の住人が「天井に水漏れらしい染みができている。排水管を点検してみてほしい」と苦情を言ってきたからだ。あのときは、なぜか本当に台所の排水管がつまっていて、彼女の部屋と下の住人との間の天井の隙間には、薄い水がたまっていた。油の浮いた台所の排水は腐臭を放っていて、長い間彼女はその匂いを菰から出されたばかりの木々の根の匂いと錯覚していたのだった。

あのとき、下の部屋に寸志で持っていった商品券と、排水管の補修工事に払った金額は馬鹿にならなかった。それはたしか息子が払い、その小さな事件をきっかけに久しぶりに訪ねてきた息子は、声をあらげて言ったものだ。

「なんてことしてるんです。畳に水を撒き散らして……ああ……ああ……部屋が台無しじゃないですか。いったいどこで寝ているんです、こんなところじゃ寝られないでしょう。それになんですか、この妙な仏像や仏塔は」

その頃彼女はとうに、押し入れで眠るようになっていた。踏み台を使って押し入れの上の段に登る。そこには布団が敷き放しになっていて、水にも濡れない、しかも、植えたたくさんの木々が一目で見渡せるのだった。

「ひどいことになってるなあ。あ、黴が生えている。これじゃそのうちシダだって生えますよ。

まるで沼だ。沼どころかたんぼみたいじゃないですか。田植えができる」

息子は悲鳴に近い声を上げ、その声を聞きながら老女は、そうだ、この声は、山で彼女が不用意にアシビの若い苗を掘ったときに、夫が上げた甲高い声に似ていると思った。息子を親しい存在に感じたのはその時だけだ。

その週の終わり、息子が手配した畳屋が来て、部屋の畳をすっかり替えていった。新しい畳には、青いいぐさの匂いがして、夜、老女はそのいぐさの匂いを嗅ぎながら、また並べ直した仏像や狐の置き物、招き猫、銅や木彫の観音に水をやった。


いつからか、老女の周りには、涼しい風が吹き、驟雨が過ぎ、日照りがあり、雨季があった。それら幻の四季に合わせるようにして、彼女は息子から与えられているクレジットカードを持ち、思い出したように下の町に降りていった。

何年か前の冬には、東京都が発行する老人用の無料のバスのパスとクレジットカードの入った袋を首からぶらさげ、羽田まで遠出した。正月を控えた十二月、初詣の案内パンフレットに羽田にあるという稲荷の広告が載っていたからだった。パンフレットには、大小の狐がびっしりと並んでいた。その狐をお稲荷さんから一つ二つ老女は失敬してきた。ついでに御利益があるという砂も袋一杯持ち帰り、狐の像の根元にまいてやった。

別の日には、老女は下の町の骨董屋を覗いていた。店の奥から出されたほっそりとした仏像は膝丈ほどの大きさで、半眼のやさしい顔をしていた。仏頭には螺髪《らほつ》がなくつるりとしていて、どこか稚児のように見える。薄い唇がわずかに開いている。その唇を眺めているとき、唐突に老女の脳裏には、夏の間中白い花弁を開いている源平カズラの白い花弁が浮かんできた。木立のほの暗い斜面によく似合う木であり花だった。花は小指の先ほどの小さなお手玉の形の花弁を持ち、いつも口が開いている……幼い少女が放心して唇を開いている風情にも見えた。老女は脳裏に白い小さな花を思いながら、咄嗟《とっさ》にその仏像をカードで買った。金額がいくらなのかもよくわからなかったが、主人が書いた領収書にはずいぶんたくさんの丸がならんでいたような気がする。

次に老女が買ったのは、小さな地蔵だった。これも下の町の骨董屋の主人がどこからかかみつけてきたものだ。いつしかどんな仏像でも地蔵でも、言い値で買う老女がいると知ってから、主人は巧みな言葉で部屋から老女を誘いだし、時にはいきなり部屋に出物を運びこんでくるのだ。地蔵は首に小さな三角形のよだれかけを付けていた。その色がザクロの花の赤に似ていた。昔の庭にザクロがあったかどうか遠い記憶をまさぐり、老女は、あれはたしか、苗のころ枯らしてしまったのだと思い出す。

前垂れはどこか真っ赤な金魚のようにも見えた。宙を泳ぐ金魚だ。昔の本宅の池には、鯉はいたが金魚はとうとう飼わなかった。夫が金魚を好きではなかったからだ。はかないような透明な尾びれのそよぎといい、腹の起伏の微妙な角度といい、のっぺりと見える鯉よりはずっと優雅だ。ザクロの薄い花弁も花弁を守る赤い萼《がく》も、よく見ると金魚を型取ったものに見える。ああ、金魚を飼おう。長い間私は金魚を飼いたいと思いつつとうとう飼えなかったのだと、老女は地蔵のよだれかけを見たときにそう思った。真っ赤なザクロの色が金魚の形に重なり、彼女の脳裏に、欲しい、欲しいという欲望となって渦巻いたのだった。

店の主人は老女がぼけていると思ったのか「ザクロの色ですねえ」というと、「ええ、ザクロの色ですよ」とおうむ返しに答え「金魚にも似ているわ」というと「ええ、金魚ですよ」と答え、「私、鯉は嫌い」というと「コイはいいです。若返りますよ」とつじつまの合わぬことを言った。

夏には金魚に似たものを買いたくなり、冬には白い石を彫ったものが欲しくなるのが不思議だった。白い石の仏塔を見つけたときには、彼女はそれをああ雪をかぶったナンテンだと思ったものだ。

老女はそんな小さな仏像や観音様の根元に、羽田の稲荷ですくってきた招福の砂をこんもりとかぶせてやる。根のないただの置き物に根を守るための砂をかぶせるときの老女には、自分の住み家がマンションなのか昔の家なのかもうどうでもよくなっている。ただ、女の心はそんなとき、遠い昔、自分が濡れ濡れとした根の形に触れたときの興奮、植えたばかりの木のうなだれていた葉が、たちまち天に向かって首をもたげるのを見たときの、まるで産声を聞いた母親のような幸福感を思い出し、不思議な感動に満たされるのだった。

そう、あの興奮といったらなかった。それは、遠いところからやってきた生き物が、日々形になり、声を放つのを聞くときの少し恐ろしいような喜びに満ちていた。生きているわよ……まだ生きている……こんなに生きているじゃあないの。よく彼女は、山から掘ってきた植物の、もう根づかぬかも知れぬぐったりとしたものが、ある朝、真緑の葉や茎をぴんと張っているのを見るたびに大きな声をあげ、夫に軽蔑されたものだ。

「山のものは生命力が強いんだ。お前が大騒ぎしなくても、根づくものは黙っていても根づく」と夫は言った。しかし、自然に根づくものばかりではないことを彼女はよく知っていた。植える季節をほんの少し間違えば、木々はたやすく枯れた。豊かなブナの森の下草の間で育った雑木は、決して明るい陽の差す場所では育たない。夫はたぶん知らないだろう。植えた場所で日々力を失っていく雑木を、夫がもうその木に飽きた頃、そっと別の場所に女が植え替えていたことなど。財産を増やすように、あるいは財産を失うように、男は奔放に新しい木々を求め増殖させ、同じだけの量の木々を枯らしていた。

それを見ていると、確かに木々には金と似たような魔力があるようにも思えた。夫が莫大な負債を抱えていたと知ったとき、女は最初あの慎重な夫がと信じられない思いがしたが、よく考えてみると、男の木々の求め方、枯らし方の勢いはどこか形が似ていた。子供が次々と新しいものを欲しがるように男は木を求め、そして手におえないものはもう見向きもしない。

今から思うと、男が庭に求めたものは、木ではなく別のものだったのかもしれない。若いころの夫は決して木には目もくれなかったし関心も持たなかった。熱を持ち始めたのは息子が成人してからだった。あるいは負債が雪だるま式に増え始めたころかもしれない。いずれにしても夫は、庭と木々に自分の安息を求めたわけでもなんでもなく、仕事と同じように、庭の木を駒に見立てていたのだろう。自分がすべてを動かしていると信じられる宇宙のようなものが欲しかったのかもしれない。

老女の庭にいるものはつつましかった。夫が好んだ大きな木、山に奔放にはびこる木々の類とは違って、像はみんなやさしかった。彼女が蹴飛ばさない限り倒れなかった。水に打たれても静かに首をもたげ続けていた。老女は、窓を開いて高いビルを眺めるとき、外には暗い大きな森が広がっていると思うが、自分の庭には、いつもほんのりとした月光が差し込んでいるように思うのだった。

老女はときに我しらず、つつましい庭で踊った。踏み台を降り、ずぶずぶと濡れた畳の上に素足を乗せ、仏像や置き物の間を歩き回る。すると、まだ夫に出会う前の、少女の頃が思いだされた。比較的裕福な家で育ったから、普段でもきちんとお召しの着物を着ていたし、実家も戦禍を免れた。だからあの家は、今でも大木を茂らせた庭があり、萱葺《かやぶ》きの離れの茶室も残っている。

夢の中で歩くのはあの庭だろうか。子供の頃、習い覚えたばかりの日本舞踊を、よく踊ってみたものだ。人のいる場所ではおさらいのできなかった少女は、庭を歩きながらいつしか今日習った手振り足取りをそっと復習してみたものだった。月光が差し、庭の隅ではススキがないていた。何十年も帰らないから記憶は曖昧だが、あの庭はどことなく夫と暮らした本宅の庭に似ているようでもある。そのうちに、記憶の中の庭が少女時代の庭だったのか夫と暮らした東京の庭だったのか定かではなくなり、ただ月の光だけがさえざえと意識の中に上ってくるのだ。いやあれは、海に近い別荘の月光だったかもしれない。秋の夜など、人気のない庭には虫の声が満ちて、夜の光だけが妙に澄んで家の隅々や海面を照らしたものだ。

そういえば長い間踊っていない。考えてみたらあんなふうに、庭で恥も外聞もなく手足を伸ばし、トトン、トン、トトンと口ずさんでいたころの自分が一番幸せだったのかもしれない。男も知らず贅沢も知らず、無心におさらいしていた自分の、ふっくらとした手足を老女は思い出すともなく思いだしていた。

同時にいったい自分はどの家にいるのか……ときどき老女は分からなくなる。それでいて、ここが自分がなじんだいくつかの家ではないことだけははっきりと分かるのだった。

その朝、息子は仙台から東京に向かう新幹線の座席の中で、もう長い間母親を訪ねなかったことを後悔していた。母親が行方不明になったのは二日前のことだ。マンションの玄関は開けっ放し、朝、各階の廊下を掃除しにきた管理人が不審に思い中を覗いてみたが母親はどこにもいなかった。その午後も夜も相変わらず、玄関の鍵がしまった様子はなく、翌日の朝になってようやく管理人から問い合わせがあったのだった。

「ひょっとしたら、そちらにおいでではないでしょうね。昨日から、姿が見えないものですから。玄関のドアも開いたままですし」

管理人が言うには、部屋は水びたしだったそうだ。

「あれはなんというんでしょうか、水子地蔵のようなものが部屋にあるばかりで、畳も毛布もなにもかも、ひどいもんです。おまけに砂がねえ……砂が部屋中にちらばっているんですわ」

何度か訪れたことのある母親の部屋を、息子は座席にもたれて思い出していた。あの頃、きつくはとがめなかったが、すでに母親はおかしくなっていたのかもしれない。畳は替えた。前回の騒ぎは確か台所の水漏れだった。今度はいったい何事が起こったのだろう。息子は管理人の言葉を思い浮かべながら、先回はあの部屋の修理と下の階の住人への挨拶にいくらかかっただろうとぼんやりと計算していた。今回もまた、妻に意外な出費の言い訳をしなくてはならないだろう。そんな計算も妻への気兼ねもふっとんだのは、母親の部屋に着いてからだった。

息子は茫然とした。十数年前、自分が母親に与えた同じ部屋とはとても思えなかった。東京の本社にいた数年間は、妻も自分もよく行き来していた。しかし、仙台に転勤してからは、二度も妻の流産があったり会社が忙しかったりして一度しか母親を訪ねる機会がなかった。年月はこんなにも部屋の様子を変えるものだろうか……南と西の窓には簾《すだれ》がかけてあるが、外の排気ガスを吸ってほとんど真っ黒に変色し、縁のところがささくれだっている。ぼろぼろになっているのは簾だけではなかった。押し入れの上段に敷いた布団も毛布も雑巾のようで、まるで浮浪者のすみかだ。枕は、中身が半分はみだし、カバーはいつ洗濯したのかわからぬほど真っ黒に髪の油を吸っている。

床には管理人が言ったように砂がうっすらとたまり、砂に埋まるようにして得体の知れぬ置き物がこれも十数年の歳月をかけた分、びっしりと並んでいた。洋服も着物も、エプロンも下着も、隙間なく並んだ置き物にひっかけるような形でかけてあるが、どれもこれも日頃手入れし洗濯をしているとは思えぬほどの薄汚れようだった。きらきらと光るものが、菩薩だか観音だかのいかにも安っぽいまがいものめいた像の印を結んだ指にまつわりついているので、なんだろうと目をこらしてみると水晶と白珊瑚の数珠である。

これを見た時、息子は初めて不吉な気分に襲われ、体が震えるほど狼狽した。

「警察、警察！　あんた警察に電話してくださいよ。あ、いや、僕がします」

管理人が下に降りていくのと同時に、息子は靴下に張りつく湿った砂に足を取られながら、母親に与えたクレジットカードの、毎月、毎月のおびただしい浪費の額を思いだしていた。母親はどんなときも、木を買ってね、庭に植えたところだよと言っていた。それは今思うと、恐ろしい言葉でもあった。確かに何度か、変だと思ったのだ。

「お母さん、へんなこと言わないで下さいよ。そこ、庭はないでしょ。昔の庭のことを言っているんだったら勘弁して下さいよ。その部屋はベランダしかないんだから」

そう言った息子に、母親はこともなげに「そうそう、木を植えたのはベランダ。なんでも珍しい木だそうで」と答えていた。それを信じた自分も馬鹿だが、なぜ一度も疑わなかったのだろう。母親の答えを聞くたびに息子の脳裏には、ベランダに並んだ高価な蘭の花や、盆栽の鉢ばかりが浮かぶのだった。趣味の園芸ですか。まあせいぜい楽しんでください。ただし、やたら買い込むのだけは止めてくださいよ。息子は電話口であたりさわりのないことを明るくいい、次に電話をするときにはろくに母親の話など聞いていなかった。もちろん母親の部屋に並んでいた仏像や招き猫の、どう見ても値打ちのなさそうな玩具めいた置き物のことなど思い出すこともなかった。

母親が浪費した金を妻に黙って穴埋めしつづけたのは、二度目の流産のあとめっきり精神が不安定になった妻を刺激するのがはばかられたせいもあった。ときには母親に金のことをきつく言わねばと思う時もあったが、彼はなぜか父親の会社を継ぐことを拒絶した時の後ろめたさを思い出しては口をつぐんでいた。奇妙な置き物にしても、母親が新しくみつけた道楽の一つだと思いこんでいた。

とうに人手に渡った昔の家にも、伊豆の別荘のあたりにも母親の姿はなかった。

ぱったりと姿が絶えて一週間。息子は何度か休暇をとって仙台と東京を行ったり来たりした。どこからも母親の消息は聞こえてこない。捜索願いと家出人届けを出した警察では、なぜかいきなり「老人徘徊ですかね。失礼ですが、遺書はなかったんですか」と不躾に聞かれて不快な気分にさせられたし、母親が出入りしていたという能だの歌舞伎を見る会の老人たちもまた、「もう何年もお会いしてませんからね」と口ごもりながら顔を見合わせる。その頃になってようやく息子は、これはのっぴきならぬことになったらしいと顔色が変わってきた。

彼は母親が愛した場所をよく知らなかったし、母親がなにを愛していたのかも知っているとはいえなかった。庭は確かに好きだった。庭というより木が好きだった。土を掘るのが好きだったというべきか。だからといって、母親が帰る庭など、どこにあるというのだろう……。知っているつもりで実は何ひとつ母親のことがわからない。

落ち着かぬ気分のまま日々は過ぎ、母親の行方不明事件は、いつしか失踪とも家出とも自殺ともつかぬ形で曖昧になり一向に進展しない。するべきことをすべてしたあとは、母親を見かけたという人が現れるのを待つしかなかった。

今回の息子は、湿気の染み込んだマンションの半ば腐った壁や襖をどうしていいのかわからなかった。ひょっこりと帰って来るかもしれぬと思っている間は手をつけることもできず、とりあえずは湿った畳の取り替えだけは済ませ、しかし、部屋に残されたおびただしい置き物の処理はどうしていいのかわからぬままに放置していた。彼は、何日かこの部屋に泊まったのだが、部屋に染み込んだ湿気に閉口してそうそうにホテルに移ってしまった。

それでも電話があるかも知れないからと、週末、東京と仙台を行き来する合間に部屋に立ち寄るのだが、何度来てみてもここが人間の住み家とは思えないのだった。庵というよりもあばらや、あばらやというよりも、まがまがしい堂のようでもある。

こんなところでなにを楽しみに母親は生きていたのか、考えるだけで胸が詰まる思いになる。少なくとも母親が無心するくらいの金はなんとかなった。もう家を新たに建てるだけの財産はないにしても、母親の老後を見るだけの余裕はあった。それなのに自分に一言も言わずに姿を消したのはなぜなのか。

母親が残していった二つの数珠をじゃらつかせ、手の中で落ち着かぬままに弄《もてあそ》びながら息子は、ふと管理人が言った言葉を思い出していた。「水子地蔵みたいなもの」確かに管理人はそう言った。考えてみたら、彼には兄弟も姉妹もなかった。ひょっとしたら母親には、流した子が何人かいたのではないだろうか。ここにおびただしい仏像や観音像があるのは、その子の供養のためではないか。数珠があるのは、きっとそのために違いない……いや、やっぱりおかしい。自分は待ち望んでできたという最初の子で、そのあと母親は卵巣癒着だったか卵管の異常だったか、ややこしい名前の病気で子宮そのものをとってしまったのだから、何人も子どもを妊娠したり流したりできるわけはないのだった。

息子の想念は、あっちに飛んだりこっちに飛んだりととりとめがなく、やがて、母親はどこに消えたのだろうという現実の不安だけが戻ってくる。

そのころ老女は、深い森の中を漂っていた。自分がこの森の中でもう何百年も漂っていたような気がした。

どうして昔歩いたこの山に来たのか……もう一度若い木の根を掘ってみたいと思ったのは確かだが、どこをどう歩いたのかとうに記憶にはない。何度か足を滑らせ、よろばいながら這い上がった記憶はあった。それからまた斜面を勢いよく転げ落ち、急にふっと体が軽くなった。魂というものはこういうものか……ふとそう思った。緑の影だけがうねうねと目の前に続き、葉の細胞に山の霧が吸い込まれるのがはっきりと見えた。長い年月堆積した腐葉土の感触はもう足の裏からは消えて、彼女の足はすでに落ち始めた葉の中に埋もれかけていた。今は夏の終わりだから、あと数か月もすれば、腐爛した体はすっかり落ち葉の下に隠れるに違いなかった。

老女は上のほうから、土に横たわっている自分を眺め、ずいぶん長い間、あんな狭いところでよく我慢していたものだとぼんやりと思う。ふと思いついて部屋を出てきたが、よほど急《せ》いていたのだろう、持ってくるはずの数珠を部屋に忘れてきてしまった。あの数珠は夫と自分のもので、外出するときはいつもお守りとして持ち歩いていた。しかし今、そんなことを思いだしても何になるだろう。

見渡せば、ここは広大な庭だった。都市の光よりもたくさんの、緑の光線がひしめいていた。幸福感が老女の体中に押し寄せてくる。カエデ、ブナ、ナラ、モッコク、サワラなど、斜面のいたるところに生えている木は、夫が好んだ木々ばかりだ。いずれも天を突くほどに伸びていて、樹上には真っ青な空が見える。風が木々の間を絶え間なく渡っていく。太い木を見上げると、腐った洞や木の股で銀色の蛾が露や樹液を吸っていた。足りないものはもうどこにもなかった。夫や息子、愛し慈しんだものはすべて時間の向こうに消え、今ある風景は別の時間の始まりのように思えた。

老女はゆらゆらと、木々の間を漂い続ける。我知らず踊っている。かつて望んだ全部の庭を集めた場所、贅の限りを尽くした場所に立っているような気がした。太陽はどこにも見えない。昼なのか夜なのかもわからない。ただ、太陽の光と月の光が同時に差しているのだけはわかった。風だろうか、どこからかかすかに声が聞こえて来る。

〝我は月　昼はかげろう〟

声は幾度も繰り返され、森の中に低く反響する。

〝我は月　昼はかげろう〟

その音楽の中で、確かにこれからは、下草の茂った森の中で自分は月の光のようにぼうと漂い、昼はかげろうのようなものになるのだろうと老女は思う。私はいい妻だった。たぶんいい母親でもあったはずだ。しかし、いつも自分の本当にしたいことがよくわからなかった。今はわかる、はっきりとわかる。

老女は、至福と恍惚のあまり、トン、とひとつ空を足で蹴った。またトン、トトン、トトン、と蹴った。垂れた胸の肉がぷるんと震え、体の中に水のようなものが満ちてくる。樹液かもしれなかった。

踊る老女の傍らを、山の風がうねるように通り過ぎていった。

砂漠の雪

その部屋はもうなじんでいるのによそよそしかった。色だけはこぼれるほどあって、さして散らかっているわけでもないのに、生気を失ったただの箱と化している。

私は一昨日の夜と同じように、重みのある銀色の鍵を鍵穴に差し込み、音をたてないように回す。鍵はあなたが預けてくれたから、いつだって自由に出入りすることができた。以前は気がねなく出入りしていたのに、いま私が部屋に入るのは住人が寝静まった深夜。自分の部屋のドアののぞき穴に目を押し当て、だれもいないことを確かめてから扉を開き、身を滑らせるようにして廊下に出る。そしてゴム底の布製運動靴を履いた足を押し出し、そっと非常階段を上るのだ。

一歩、また一歩。非常階段は踊り場を含めてたったの十五段。目をつぶっていても上れるほどだ。各階についている非常ドアはいつも開け放しになっているから、踊り場を入ったところにあるあなたの部屋にたどり着くのは簡単だった。十五段上りきると、次はあなたの部屋のある階の廊下を窺う。

青白い蛍光灯の光が落ちている廊下に、人影はなかった。それでもしばらくは身を固くして、エレベーターの昇降音や鉄製の階段の気配に耳を澄ます。ときどきだが、寝巻き姿の女やスウェットスーツ姿の若い男が、両手にごみ袋をぶら下げて部屋から出てきたり、エレベーターから人が飛び出してきたりすることがあるからだ。非常階段を利用する人がいるときもすぐにわかった。鉄製の手すりに、わずかながら靴底からの振動が伝わるから。ごみ収集日の前の日の夜は、ことに気を使う。別に見られても困ることはないのに、できれば人には会いたくない。

今夜は大丈夫だ。あなたの部屋のドアを開くと、板のように体を薄くして、闇のこもった部屋へと滑り込む。

閉め切られた部屋には、排水口から上がってくる腐った水や、塗料、乾いたタオルの繊維などのにおい、どの部屋から流れてくるのかシャンプー液の香などが生暖かくこもっている。本当なら窓を開けて空気を入れ替えてあげたいけれど、重いサッシ戸を開く音が上の階に響くことを思うと、つい気持ちが臆してしまう。部屋にはレースのカーテンしかかかっていないから、こうこうと電気を点けるわけにもいかなかった。

それでも、あなたの部屋に来るとほっとする。暖かいものに包まれる。ここにいたあなたの全身の動き、よく光る目、テーブルの上でたえず動いていた手を思い出すことができた。どこになにがあるかも、だいたいのことはわかる。

敷物ひとつない簡素な床に、夜の光が射しこんでいた。都市の夜のほの明かりが、部屋に濃い陰影を漂わせている。

あなたが毎日仕事をしていた大きな木のテーブルの上には、絵の具がしみついた古布やペン、大小の紙の束、輪ゴムなどが散らばっていたが、すでに役割を終えたことがわかるのか、ひそとも動かない。「いつも、物がなくなる。勝手に動き回る」と探し物ばかりしていたあなたにとって、物は足のついた生き物であり、自分の時間を引っかき回すいたずら者だった。そのいたずら者に向かってあなたはしょっちゅう悪態をついていたが、その声が消えた静寂の中にいると、胸の奥に部屋のよどみとそっくりの空気がじわじわと広がって行く。

私は、大きなテーブルの下に押し込むようにしてある丸い椅子を注意深く引き出し、腰を下ろす。テーブルの端にあるささくれや、インクの染みを指で撫でつつ、正面の壁を見るともなくみつめる。そこにあなたの指のぬくもりがまだ張り付いているような気がするからだ。三十分くらい、同じ姿勢でじっとしている。木の床にじかに触れている足は少しずつ冷えて、一瞬だが、あなたのベッドにもぐりこみたい気分が押し寄せてきた。少しだけ、横になってみようか。誘惑に耐えかねて私は腰をあげそうになるが、かろうじてその衝動を押しとどめる。あなたのベッドは、鮮やかなブルーグリーンの綾織りのカバーがかかったままだ。上にはいくつかの段ボール箱が載せられていて、横になるにはそれを床に下ろさなくてはならなかった。私には自信がない。音もなくそれをすることなんて絶対にできそうもないし、箱の中からなにかが飛び出してくる、こぼれ落ちるというアクシデントにも耐えられそうもなかった。だからじっとしている。

もう十日近く、一日置きくらいにあなたの部屋に来ているけれど、たぶんあと数日もしたら終わりになるだろう。函館に住むあなたのおじさんが、この部屋を整理することになっているからだ。それを知ってから、私はとても用心深くなっている。いくらあなたが自由に出入りしていいと言ったにしても、私はおじさんにとっては赤の他人。不法侵入者だと思われるのだけは避けたかった。まもなく部屋は、手際よく不動産屋の手にゆだねられ、売りに出されるか賃貸に出されるはずだ。あなたのものは、すべてどこかに運ばれる。私がここに通っていた痕跡だって消えるだろう。そして空気はすっかり入れ替わる。空っぽになる。

その前に私は取り戻さねばならなかった。コーヒーカップやスリッパ、あなたと交代で着ていた淡い水色のカーディガン。あなたの仕事を手伝うとき使っていた鳥の絵のついたバンダナ。あなたからもらったものや、あなたにあげたもののすべてをここから「避難」させねばならない。もうおおかたのものは運び出してしまったので、あとは、あなたの好きだった本やビデオ、ＤＶＤ、私が気に入っている絵などを選ぶだけ。たぶんどれを持ちだしてもあなたは許してくれるだろう。いつだって言っていたのだから。「気に入ったら、持っていっていいよ」

だから私は今日、闇の中で目をこらし、じっと壁を眺める。そして椅子からゆっくりと立ち上がり、一枚、二枚、三枚、できるだけ小さな絵を壁からはがす。そしてプラスチックの丸い頭のついた押しピンを、絵を外したとわからないように同じ場所に刺しておく。

少し迷ってから、窓辺に置いてあるスタンド式額入りの絵ももらうことにした。あなたが《充ち足りた朝の散歩》とタイトルをつけていたお気に入りの絵。さらにキッチンの背後にある食器棚の隅に押し込んである、透明なアクリルの箱も。中には乾燥剤の袋と一緒にたくさんの薬が詰め込まれている。白やピンクの錠剤や透明なカプセル入りの粉末。錠剤の入った箱は、少し傾けただけでざらざらと乾いた音がした。手にすると思ったより軽く、その軽さが胸を詰まらせた。この箱は、おじさんの目に触れる前、できれば明日にでも処分するつもり。一人くらいあなたの名誉を守るため、ごみ置き場に走る女がいたって構わないはずだ。

少し呼吸を調えたあと、私の目はあなたの本棚へと素早く動いていった。たくさんの本の中から、二人で眺めた本や画集の何冊かを失敬するつもりだった。

かさばるものばかりは持てないので、今夜は一冊か二冊。いつもあなたが座っていた椅子のちょうど背後に「お気に入りの本」があることを私は前から知っていた。

少しだけ本棚の列から飛び出していた黒い箱入りのジョセフ・コーネルの作品集、あなたがとても好きだと言っていた孤児の物語、ル・クレジオの「モンド」が収録されている本を引き抜き、脇に抱えた。さらにズボンの右のポケットに、本棚のあちこちに無造作に転がしてある干からびた褐色の塊、アボカドの種もいくつか放り込んだ。

選び終わるとズボンのもう片方のポケットから、あらかじめ自分の部屋から持ってきた薄い袋を出して、音がしないように広げ、「盗んだ」ものをそっと中に入れた。この袋だって、ずいぶん苦労して選んだのだ。市販のゴミ袋はガサガサといやな音がする。だからブティックのバーゲンでコートを買ったとき、店員が品物を入れてくれた柔らかなポリエチレンの袋にした。半透明の市販のゴミ袋にとてもよく似たこの袋は、思った以上に気が利いていた。外で誰かに会っても、まるで「いまゴミを捨てに行くところ」に見えるだろうから……。

私は自分の部屋を出るときと同じように、そっとのぞき穴に目を近づけ、廊下の気配を窺ってからドアを開く。あなたのもの、私のものを入れた袋の首をしっかりとつかんで、鍵をかけ非常階段を下りる。そして、自分の部屋に滑り込む。

緊張していたのか、とても咽喉《のど》が渇いていた。お湯を沸かし、暖かい紅茶を飲んだ。その紅茶もあなたの部屋から持ってきたもの。いつも私たちが深夜、顔を突き合わせながら飲んだアップルティーだ。

＊

ちょうど十坪、三十三平方メートルの部屋。広いのか狭いのかよくわからないまま、もう六年同じ場所に住んでいる。品川駅から歩いて十数分、一九六〇年代に建った古い九階建てマンションの三階で、窓の下は運河。東にあるベランダの手すりにもたれて首を伸ばすと、一階にある細長い庭と駐輪場の向こうに、黒ずんだ水がゆったりと流れているのが目に入る。そのずっと向こうに、船宿が何軒かと提灯をぶらさげた屋形船が見える。朝夕、浚渫船《しゅんせつせん》が行き来するたびに、運河に何重もの波紋が広がり繋留《けいりゅう》された船の横腹に白い波が立った。

実家を出てから千葉県との境の街にあるアパートが〝マイ・スイート・ルーム〟だったが、いまはここが私の家だ。

ずっと以前から自分の家が欲しかった。だからこの古いマンションをみつけたときは本当にうれしかった。父の死後に「配分」された八百万円の半分以上を使って頭金を払い、残りはローンを組んだ。こんなに長く返せるかしらと思うような三十年のローンだ。でも、とりあえずは大丈夫だろう。

三十三平方メートルといっても、図面を見ると壁芯《へきしん》での面積。実際の生活空間はそれより狭く、二十九平方メートルくらいになる。その空間にバスルームがありトイレがあり玄関がありキッチンがあった。本棚やテレビ、冷蔵庫、食器棚、キッチンテーブル、ソファ、中古のデスク型パソコンなどを置くと、ずいぶん狭い。残りの床をベッドに占領されるのはいやだったので、押し入れから布団を出し入れして眠っていた。

数歩行き来するだけでたいていのものは手に取れた。玄関からベランダまでたった七歩。いつも大股で歩く。すると数秒でベランダにたどり着く。下から上がってくる運河の水のにおいが生々しく、風はたいてい湿っていた。

一人暮らしに見合った、ほどよい部屋。けれどもときどき毛穴が詰まったような違和感に襲われる。引っ越してきた当初、周辺の道路から上ってくる絶え間ない騒音に驚いた。一晩中、なにかがせわしなくうごめいている感じ。それに慣れると今度は、空気の密度が薄いような気がして、体が外に向かって飛び出したがる。そんなときは、非常階段を使って屋上に行った。九階までが住居。その上にある屋上へのドアはいつも無施錠だった。屋上のぐるりは腰の高さほどの分厚い壁で囲まれていたが、フェンスがないせいか見晴らしはとてもいい。広い床には、コンクリートの土台のついたステンレスの物干しがいくつか並び、住人がシーツや敷物を干すのに使っていた。

夜はシーツも敷物も取り込まれ、空は広々としていた。高層ビルにところどころ視界は阻まれていたが、南に川崎・横浜方面、東にお台場方面がよく見えた。横浜方面の空は、夜ともなると薄紫にほんの少しだけオレンジ色が混じる。お台場方面の空は、青みを帯びたグレイだった。

屋上に立つとほっとした。土のにおいはどこにもないが、よく動く気流が詰まった毛穴を開いていく。深呼吸して伸びをして、首をぐるぐると回してみる。ときどきはヨガの「樹のポーズ」をやってみる。ただ立って、大地から気を吸い上げる樹木をイメージしながら両腕を頭上に伸ばし、前と後ろ、右と左に揺れるだけ。たったそれだけでもずいぶん体が楽になった。

あなたに会ったのはそんな夜だ。

屋上。私たちの出会いの場所。

水曜日の夜で、午前零時を回っていた。明日は輪番制の休日だと思うとなかなか眠れず、冷蔵庫の中を整理したり、古新聞を紐でくくったりしていた。一仕事終えたとき、ふっと外の空気を嗅ぎたくなった。そんなに遅い時間に屋上に上るのは初めてだったが、いま思うと私は恋人と別れて間もないころで、自分だけの晴れ晴れとした気分を満喫したかったのかもしれない。

非常階段を九階まで上り、屋上に出るドアを開くと、春めいた夜の風がいきなり全身を包み込んだ。物干し台の支柱が何本も黒い影を伸ばし、空にはステンレスの球体みたいなくっきりとした月が出ていた。明日は休み。夜更かししてもいい日に、こんな月が出ているなんて運がいい。思いつつ足を踏み出し、私はすぐに立ち止まった。屋上の床と天空を区切る分厚い壁にもたれ、タバコを吸いつつ横浜方面に顔を向けている先客がいたからだ。

だれもいないと思っていたから、弾む気持ちは少し沈んだが、女だとわかるとなんとなく警戒がほどけ、私はその人の邪魔をしないように、もう一方のだれもいない壁にもたれて月を見上げた。見上げながら横目でそれとなく先客を観察する。女はタバコを吸い終えたのか、床に屈みこんでスニーカーの靴底で火をもみ消している。屋上の床を波みたいに行き来する風が長い髪をふわっと持ち上げ、その人は身を起こしたとたんゆっくりとこちらへ向き直った。

「皮膚、乾くでしょ、部屋にいると」

若いのか年取っているのかよく分からない、しわがれた声だ。いきなりだったのでなんと答えたらいいのかわからなかった。その人は、言葉を探している私にはお構いなしに、「いまね、皮膚呼吸のついでに、髪、干してた」と言った。

髪を「乾かす」ではなく「干す」という言い方がおかしかった。屈託のなさや、年下に見えるところが私の気持ちを軽くした。声はさらに続いた。しわがれてはいたけれど、風の中でもよく届く。

「私、四階。四〇一号」

ああ、真上の人だ。今度はすぐに「私は三〇一号。あなたのちょうど真下ですね」と答えることができた。

「ふうん、上下の階なのにいままで会ったことないね」

「ええ、お初ですね」と私たちはなんとなく同時に笑った。先客の顔は浅黒く、目がアーモンドの実のように大きくて濡れ濡れとしていた。複雑な模様を描いたエスニック風の長いスカートと、胸に襞を取った木綿の長袖ブラウス、肩に薄手のストールをはおっていた。柔らかそうな髪とちんまりとまとまった小柄な肢体。服にボリュームがあるせいか、起きあがりこぼしが立っているみたいだった。髪がちゃんと「干された」らしく、まもなく先客は「じゃあね、ごゆっくり」と非常階段のドアに消えた。

翌日、一階のホールの郵便受けで「四〇一号」の表札を確かめると大野彩。それがあなたの名前だった。表札の下に、「警告・余計なものは入れないでください」と記した名刺大の白いカードが貼り付けてあった。「警告」だなんてずいぶんおおげさ。おかしくて少し笑った。

二度目に会ったのも屋上だった。翌週末、同じ時間帯に屋上に行ってみると、小柄な影が運河を眺めながらタバコを吸っていた。洋服が風を孕んでふくらんでいる。今度は間近に寄り、自分のほうから「毎晩、来てるの?」と尋ねてみる。

「この季節は、ほぼ毎晩かな。雨の日はパスだけど」

「今夜も皮膚呼吸?」

「そう、皮膚呼吸。それからここも」

あなたは先日着ていたのと同じブラウスの脇の下をつまみ、まるで鰓《えら》みたいにぱたぱたと動かして「風を通してやるの。知ってる？　リンパ液って風が好きなんだよ」と言った。

「え、ほんと？」と私。

あなたは舌を出して「嘘」と笑い、親しげな口調で言った。

「あなた、小柳由紀っていうんだね。一階の郵便受けで確かめた」

「私も一階で確かめた。あなたは大野彩さん」

同じことをしていたのが滑稽で、「あら」と顔を見合わせて笑った。

あとは何を話したらいいのか、しばらく黙って運河の水や提灯が揺れる船を見下ろしていた。梅雨時になると運河にはよどんだ泥のにおいが立ち上ったが、四月の夜の水のにおいは鉱物めいて涼やかだった。青黒い水面にときどき赤や黄色の光が混じるのは、運河の向かい側に立つビール会社のネオンが反射するからだ。水の動きで満ち引きがわかった。東京湾は満ち潮が始まっているらしく、水面に浮かんだ白いポリ袋がゆっくりと田町方面へと動いていた。

深夜だというのに至る所にネオンや看板が輝き、運河沿いに林立するマンションの灯があちこちを明るませている。中には暗く沈んでいる倉庫らしきビルもあるが、明るい部分と暗い部分が、バランスのとれた陰影を作り出し、私はいつも屋上からの風景を美しいと思う。それぞれの窓や陰の中に、たくさんの眠りがひしめき、遠くには橋を渡る人や車がいる。見下ろしていると、自分の中に、夜の中を歩く人たちの息遣いや体温が滑りこんでくる。同時に、血液をたっぷりとたたえたものの中に潜り込んでいるような気がしてくるのだった。

気がつくと、すぐかたわらをまた青白い煙がゆっくりと流れていた。

一本を足で揉み消すとまた次の一本。私が呆れて見ているのに気付くと、あなたはかすれた声で「吸う?」と尋ねた。私が「吸わないの」と言うと、また新しいタバコにライターで火をつけ思い切り吸い込む。

「そんなに吸って、気持ち悪くならない?」

「気持ち悪くなるよ。でも、それが気持ちいい」

あなたは訳がわからないことを言い、「よかったら明日、うちへ遊びに来ない? お茶会しようよ」。

風が冷たくなっていた。そろそろ引き上げ時だと思っていた私は「うれしい。ありがとう」と答えながら、自分の口から転び出た軽やかな返事に驚く。仕事仲間はいても、気安く行き来する友達は一人もいない。住み込みの管理人のおじさんと話すことはあっても、同じマンションで親しくなった人もこれまで皆無だ。だからあなたと知りあいになったこと自体が珍しかったし、住人からいとも無防備に誘われたのも初めてだった。

「じゃあ、明日。何時でもいいから」

「うん、それじゃあ」

おやすみを言いあって、一緒に非常階段を降り、あなたは四階の非常ドアから中に入り、私は三階のドアから自分の階の廊下に立って鍵を取り出す。そのときだった。私は上の階であなたの部屋のドアが閉まる音を聞いた。それまでだって、何度もそのドアは私の頭上で開いたり閉じたりしていたはずなのに、上の部屋のドア音に気付いたのは初めてだった。

このマンションは、ワンフロアに七室、１Ｋから３ＬＤＫまで三つのタイプの部屋が並んでいるが、縦のラインに並んだ部屋はみんな同タイプ。それなのに、翌日の夜、訪れたあなたの部屋は私の部屋よりずっと広く見えた。目につくのは、リビングの真ん中を占めた大きな木のテーブルだけ。押し入れの戸は全部外され、上の段にキャンバスや紙、絵の具を仕分けしたこまごまとした棚や箱が並べられていた。下の段は衣類専用のブースらしく、衣服を入れた半透明のケースがぎっしりと積み重ねてあった。

私を驚かせたのは部屋の壁だった。一面にコルクボードを張り巡らせた壁にはたくさんの人物がひしめいていた。紙に描きなぐった女の全身像や、裸体画の切り抜き、街の風景を撮影した写真やネガの束。間にほんの気まぐれといった感じで、どこかで拾ってきたらしい木の葉や、安っぽいアクセサリーなどがピンで留めてある。一枚の上に別の一枚が重なり、さらにその上にメモやら雑誌の切り抜きが重なっているので、壁全体が大きなコラージュのように見えた。おまけに窓が開け放してあるので、絶えず紙片が翻《ひるがえ》り、かさかさと触れあう音がしていた。キッチンであなたが紅茶をいれている間、私は壁の前に突っ立ってその雑多な「張りもの」を眺めた。面として茫洋と広がっていたものが、目をこらすと個体となり、絵や切り抜きの形が少しずつ網膜に像を結ぶ。声が出そうになったのは、張り付けてあるのが全部、妊婦だったからだ。さまざまな色の氾濫の中で、無数の妊婦がこちらを見ていた。

なに、これ。なんだってこんなに妊婦がいるんだろう。

私の視線は壁に釘付けになったままだ。いつの間にか、あなたは大きなテーブルの前にいて、カップやスプーンを並べつつ、「写真はね、全部隠し撮り。こっそりモデルになってもらうわけ」と自慢するような口調で言った。確かにそうだ。壁に張られた写真は、一見街角を撮ったものに見えたが、よく見るとどの写真にも妊婦の姿が写りこんでいる。

妊婦たちは、場所や光の関係でひどく青白く見えたり、黒ずんだ塊に見えたり、ぬいぐるみの置物に見えたりした。地下鉄のシートに座ってきつく目を閉じている人、買い物用のカートを押しつつ荷物に埋もれそうになっている妊婦、公園のベンチで光を浴びながら雑誌を開いている女のほかに、子どもの手を引いて横断歩道を渡ろうとしている妊婦もいた。表情もさまざまで、顔をくしゃくしゃにして笑っている女もいれば、どこか放心したような顔をしている女もいた。中年の妊婦は、自分が妊婦であることにうんざりしているのか、陰気そうな疲れた顔をしていた。

私はお茶のことをすっかり忘れて、なおも目を壁に滑らせていた。

写真の中の妊婦はすべてが着衣姿だが、乱雑に張られた絵のほうはみんな裸体で、大きなお腹を突き出している。肌は褐色、白、黄色、ピンク。こんな色の妊婦なんているかしらと思うような真っ青の女もいる。ピンクの妊婦は、風船みたいに膨らんだ腹にニンジンやセロリ、レタス、トウモロコシなど、野菜を紐でゆわえつけている。へその部分に埋められているのはタマネギだ。口には大きなナマズをくわえ、髪にはマッシュルームが生え出している。陰毛は海草らしい。絵の上のほうにポスト・イットが斜めに張られ、黒の小さな文字で《無限の食欲だけが私の世界》と書いてあった。

別の絵は真っ黒な妊婦。つやつやした黒い肌は磨かれた大理石のように光り、膨らんだ腹の真ん中にはカエルの卵に似た無数の粒々が銀河風の軍団を作っている。ポスト・イットには《味方か敵か？　千万の未知数》。

私はぼう然としてしまう。上手なのか下手なのか、判断がつかない絵。街角で隠し撮りされた妊婦たちは、すべてに生活感があって重みがあるのに、描かれた妊婦はシュールで、どこか悪い夢みたいだ。

「ねえ、お茶が冷めるよ」

背後から、かすれたような低い声がした。振り返るとあなたは大きなテーブルに両肘をつき、促すような目で私を見ていた。

「絵描きさんだったのね。この部屋、画廊みたい」

言いつつ、私はその声に困惑を隠すための大仰な響きが交じったのを感じる。それに対してあなたは曖昧に頷き、「砂糖がいい？　それともジャムにする？」と尋ねた。私は「なにも入れない」と答え、テーブルについた。

最初の日、私たちは壁の絵について話さなかった。あなたはなにも言わなかったし、こちらから不躾に聞いてはいけないような気がしたのだ。テーブルに向き合うと、改めて自己紹介をしあった。私はこのマンションに六年前に引っ越してきたこと、それ以前は千葉県と東京の境の街の安アパートにいて、食品会社や飲食店で仕事をしていたこと、いまは、バスに乗って区内にある民間スポーツクラブに通い、管理部で受付兼、雑役みたいな仕事をしていることなど。恋人はいたがつい最近別れて結婚経験はなし。好きなのは雑貨や料理の本を眺めること。嫌いなのは掃除と洗濯。

あなたは時々頷いたり、小さく笑ったりしながら私の話を聞き、紅茶を何杯もいれなおした。会話から知りえたあなたの肖像は、想像とはほんの少しだけ違っていた。年下かと思ったのに、私より二つ年上の三十二歳。兄弟姉妹はいない。似ているのは恋人がいたのに別れたことと一人暮らしであること。ちょっとだけ驚いたのは、あなたがもう二十年以上このマンションに住んでいて、もとは最上階の一番広い部屋（百平方メートル近くあるそうだ！）が自宅だったこと。七年前、両親が相次いで病気で亡くなったあと九階の部屋を人に貸し、自分は四階のこの部屋に移ったという点だった。

「だって、上の部屋は私には広すぎるし、人に貸せばお金になるじゃない。それにね、家族がいなくなった家に一人でいるのがいやなのよ」

あなたは両親が遺したお金で四階の部屋を買い、残ったお金と九階の部屋から毎月入る家賃収入で暮らしているのだった。

別れるとき、どちらからともなく電話番号を教えあった。あなたは「いつでも電話頂戴」と言ったけれど、その後、電話をかけてくるのはいつもあなたのほうだった。

「ねえ、来ない？」

「いま、暇？」

留守電にセットした電話からあなたの声がするたびに、私は、パジャマの上にストールをはおり、部屋を出て非常階段を上る。

行くたびに、壁のどこかに新しい絵が増えていた。最初の訪問から二週間後に私が見ていたのは、描かれたばかりの二枚の妊婦。両手で下腹部を支えるような姿勢で立つ乳色の妊婦は、腹の真ん中と両乳房に黄色と青の蚊取り線香みたいな渦巻き模様が描かれていた。渦巻きにも細かい粒々が描き込んである。目を寄せて見ると小さな巻き貝がいっぱい這い回っている。張ってあるポスト・イットを見ると《眠っていては岸に辿りつけない》。

もう一枚はあなたがわざわざ私を手招きし、「これいいでしょ。上出来」と指さした鮮やかな緑の妊婦。樹の形をした女は目を閉じて静かに立ち、へそから飛び出した管からたくさんの種子をまき散らしていた。樹液が体中を涙のように流れている。お腹の中には小さな靴の上に乗っかった薔薇色のかたつむり。おずおずと触角を伸ばしつつ小さな黒い目を見開いていた。触角のてっぺんからも七色の種子が飛び出し、にぎやかな花火みたいだ。その絵はアクリル製のスタンドタイプの額に入れて、窓辺の桟の上に飾ってあった。額の端のほうに、やはりポスト・イットが張り付けてあった。鉛筆の細い文字で《充ち足りた朝の散歩》と書いてある。どちらも前に訪れたときにはなかったものだ。

またも私は思う。この部屋は妊婦でいっぱい。なんだってこんなに妊婦がいるんだろう。

「ねえ、どうして、妊婦なの？」

ついに私は我慢しきれなくなって尋ねる。

キッチンでお茶をいれていたあなたは少し首をかしげ、「それしか思いつかないから」とあっさりと答える。いつものゆったりとしたスカート、だぶついたブラウスを着て、あなたは透明なガラスのトレーに載せた紅茶茶碗とポットを、やけに慎重な足取りで運んできた。トレーを大きなテーブルに置くと、上目遣いに壁を眺め、「ラファエロもピカソもクリムトもスワンベルクもみんな妊婦を描いたし、別に珍しくないわよ」と言った。

スワンベルクは知らないが、ラファエロとピカソとクリムトの絵はなんとなく思い浮かべることができた。ラファエロなら受胎告知、ピカソは歪んだ女をたくさん描いた人、クリムトは金の色彩がきれい。その程度のことだったけれど。

「でも、こんなに……」と私は迷いながら答える。心持ち声が小さくなった。

「妊婦が好きなの？」

あなたは陽気ともいえる弾んだ口調で言った。

「私は私の箱を作っているだけ。何を入れても自由でしょ」

「妊婦が箱？」

私はびっくりしてしまう。胎児を守りつつ九ヵ月余。荷を負った子宮を「箱」と称するのはいくらなんでもひどいと思ったからだ。しかしあなたは妊婦を侮蔑している気は毛頭ないらしい。言われてみると確かに器のよう。腹はあなたのイメージの中では、箪笥かワードローブと同じなのかもしれない。赤ん坊の代わりに、野菜や蚊取り線香風の渦巻き、靴やら原色の軟体動物などを詰め込んだ腹部は、雑多な玩具を入れた袋みたいだ。

手元で琥珀色の紅茶が揺れていた。その波紋をみつめながら、私は次になにを言ったらいいのかわからないまま目を宙に浮かせていた。その小さな沈黙をやぶって、あなたは顔を両手で支えるようにして肘をつき、からかうような視線で私を見た。

「なにを入れるにしても、楽しいじゃない？　空っぽのお腹に、花や野菜や動物。魚も入れる。お母さんも入れる。なんだって放り込む」

「欲深なお腹なのねえ」と私は笑った。あなたも笑い「そう、欲深なお腹をこれからもずっと描くのよ」と言った。


私たちは少しずつ親しくなり、行き来する回数も増えていったが、あなたに話さなかったことがひとつだけある。五つ違いの兄のことだ。いさかいだらけだった家族のことも話さなかった。あなたが「家族がいなくなった家に一人でいるのがいやなのよ」と言った言葉が、たぶん私の口をつぐませたのだ。私は、自分の暗い田舎時代をだれにも知られたくなかった。

ことに兄に関しては、惑乱が鉛のように心をいっぱいにするので、うまく話すことができない。田舎を離れてもう十年たつのに、兄はいまだに黒々とした影となり、私の胸底に張り付いていた。

二度、兄に殺されかけたことがあると言ったら、あなたはどんな顔をしただろう。いずれも三、四歳のころのことだ。昼寝の最中、首にまとわりつく異様な力に気付いて目を開くと、兄が私の細い首を両手でギュッと押したり、鼻と口を塞ごうとしていた。別の日には、いきなり洋服を引っ張られ、風呂場で回る洗濯機の中に頭を突っ込まれた。

中でも頻繁に繰り返されたのが、父が経営していた自動車解体工場の敷地に積み上げられた廃車に、妹を無理やり閉じこめるという遊びだった。何重にも何列にも積み重なった廃車の、へこんだドアやひしゃげたバンパー、すり減ったタイヤ、ごわごわとひび割れたシートなど、それら雑多な解体部品の山のどこに格好の空間があるか、兄は熟知していた。

私を工場の敷地内に連れ込むと、兄はいつも素早く周囲を見回し、だれもいないことを確かめると無言で、あらかじめ目をつけていたらしい一台の車のドアの中に押し込む。母に似た色白のきれいな顔にひんやりとした笑いを浮かべると、決まって低い声で言う。

「じゃあ、あとでな。勝手に出るなよ」

砂ぼこりでざらざらするシートは、しみ込んだ雨水で惨めったらしく濡れているか、表面がめくれ上っている。床にはスポンジの切れ端やビニール袋、ガラスの破片やナットなどの金物が散乱している。車内には錆や酸化した油のにおいがこもっている。工場の従業員のだれかがこっそりと吐いたのか、発酵した吐瀉物の臭気が漂っている車体もある。

私は空っぽの箱から漂う古いオイルのにおいに吐きそうになりながら、おしっこがしたいのをいつも我慢していた。すぐ近くで重なりあった車が重みに耐えきれずギィーときしむ。出ようとすれば自力でも出られたはずなのに、兄の怒りが怖いので、私はじっとしている。もう少し、もう少しで兄が「おい、出てこい」とドアを開けてくれるのを待っている。しかし私は、兄が絶対に自分の手で出してはくれないだろうこと、迎えになんか来てくれないのを知っている。忘れたふりをするのが得意なのだ。

やがて私の股の間から生暖かいものがゆっくりとひろがっていく。尿道の筋肉がひきつったように震え、甘いようなすっぱいような臭気が車の中を満たす。パンツはもうぐっしょりだ。スカートにもおしっこは染み、冷たい感触が腿を包む。そのパンツを引きちぎりたい。こっそり着替えて、さっぱりとしたい。我慢しきれなかったおしっこは、なおもちょろちょろと股の間を流れ続ける。

名前を呼びながら探しに来るのはいつも母だった。ドアをがたがたさせ私を引きずり出した母は、眉を寄せ、何度もお尻を叩きながら言う。

「また、こんなところにもぐりこんで。いつか本当に出られなくなるよ。ここには来ちゃだめって何度言ったらわかるの」

家に戻ると、母が手早く私のスカートとパンツを引き下ろしながら、「ああ、いやだ。また汚して。なんだって車の中で遊ぶの。どうしてごめんなさいが言えないの」と暗く長いため息をつく。兄は食卓で端正な顔に薄笑いを浮かべ、こちらを盗み見ているが、最初から最後まで「自分がやった」とは口にしない。父は私たちには無関心げにテレビに目をやったまま、酒を飲んでいる。そしてときどきバネが弾けたような勢いで「うるさい」と怒鳴った。

そんな荒《すさ》んだ日々を、人に話す気にはなれない。なによりも嫌なのは、廃車の中に住み着いていた猫がプレス機の下でぺしゃんこになるのを目撃したことだ。野良猫を中に閉じこめたのは兄だ。一言「猫がいるよ」と教えれば、機械を操作していた従業員は作業をストップしてくれたはずなのに、足がすくんだまま動けなかった。工場が静かになった夕方、こっそりと見にいくと、プレスされた鉄の塊の隙間から少しだけ血がにじみ、白い毛がはみだしていた。

いまでも私は、自分の心臓が幾夜もばくばくとあえいでいたことを思い出す。追い払っても追い払っても、猫が亡霊のようにまといついてきた。押し潰されていく金属の高音のきしみに動物の断末魔の声が混じり、猫を救えなかった自分への嫌悪が押し寄せてくる。その猫の祟りで、いつかは自分もぺしゃんこになるのだと、本気で思っていた。

同時にそのころから、私の目と耳は、とても敏感になった。兄との接触を避けるために、兄がどこにいてなにをしているのかすぐにわかるようになったのだ。自分の体から目のついた無数の触角が伸び、兄の気配のあるほうへと動いていく。本を読んでいるときもテレビを見ているときも、おやつを食べているときも目だけが体を離れて兄の姿を探っていた。眠っているとき以外、体中の細胞は開き、体毛は緊張で逆立ち、兄がいる場所の気配を探っては震えた。

〈どうか、兄が私に関心をもちませんように〉

〈神様、今日だけは兄がこちらに来ないようにしてください〉

〈兄の上に雷かプレス機が落ちますように〉

その家で私が学んだものがあるとするなら、力は水のように高いところから低いところに流れて行くということだった。父の力は母と兄へ。兄の力は私へ。低いところは上からあふれてくる力をためこんでひどい湿地と化す。湿地1は母。湿地2は私だ。だれかが死ななきゃ、力関係は変らない。

私があの土地で溺れることを免れたのは、父が病死したことと、田舎の小都市にあった栄養短大を卒業してすぐ、家を出たおかげだ。できるだけ遠くに。できるだけ人の目につかないところに。それがただひとつの願いだった。ろくに友達もいなかったからだれにも言わず、何日もかけて東京近郊の不動産屋を回り、千葉県と東京の境の街にアパートをみつけた。荷物を送り、父の死後に「配分」されたお金だけをもって蹴散らすように家を出た。兄は私に、自分が継いだ自動車解体工場の事務でもさせるつもりでいたらしく、「行くな」「勝手なことをするな」と言い続けたが、早く早く、この家を出なければ、いつか取り返しがつかなくなると思っていた。

だからいま、私の心は平安だ。もうどこにも閉じこめられることはないから。

ときどき私は、東京に来たときの解放感を神様からもらった一番大切なものだと思った瞬間を思い出す。びっしりと建っている家々やビル、張りめぐらされた道路、人であふれる交差点、ぎゅう詰めの電車。いたるところに心地よい隠れ場所が開けている気がした。ここなら大丈夫。これからは自分の意思で隠れることができる。人に閉じこめられるのではなく、自分で閉じこもるのはなんていい気分なんだろう。

以来私は、自分からは絶対に実家に電話をしない。田舎に帰ったのは父の七回忌のときだけだ。

あなたに田舎のことを話さなかったのは、なんとなくあなたとは生まれが違う、そんな気がしたからだ。敷地に漂うオイルの、鼻をつくにおいも親の怒鳴り声もあなたには無縁のもの。それに、萎縮しきっていた自分の子ども時代を私はとても恥じていたから。田舎を思い出すとき、私の心にはいつも潰れた猫の形をした悲哀とともに、小さな怒りと祈りの泡が浮かぶ。

〈田舎よ、消えろ。蜜のように私を包む幸福な時間よ、やってこい〉

私があなたの部屋に頻繁に行くようになったのは、壁いっぱいにちりばめられた幸福なイメージのせいだったのかもしれない。陽気でシュールな妊婦たちの絵は、内側から太陽の光に似たものをまき散らしていた。私はまだ妊娠したこともなく、妊婦の知りあいもいないが、何百人、何千人もの妊婦たちの国があったら、きっとその国はあなたの部屋のようにさざめいているはずだ。中でも私が好きなのは、あなたが「上出来」と自画自賛していた窓辺の絵。

アクリルの額の中にいる、緑の樹木の形をした妊婦。樹液で体を光らせ、にぎやかな種子を花火みたいにまき散らしているあの妊婦。お腹の中には、触角をのばしながら散歩する靴の上に乗った薔薇色のかたつむり。黒い目が愛らしかった。眺めていると、へその裏側にくすぐったい感触さえ生まれそうだった。自分の中に田舎にまつわる黒い雲が広がるとき、私はあの絵を繰り返し思い出した。かたつむりのイメージを手に載せて、そっとお腹にこすりつけた。すると本当に、自分が樹液を吸いながら《充ち足りた朝の散歩》をしている薔薇色のかたつむりになったような気がした。

わお、幻の受胎！　なんて楽しい散歩！

転がしていると、田舎は少しずつ遠くなっていった。私がつかみ取れなかった幸福が、のんきにゆったりとかたわらを歩いている気がした。

「ハイランド・スポーツクラブ」

それが私の勤めている会社だ。毎日バスに乗り、三十分すれば目指す停留所に着き、会社まで徒歩五分で行ける。受付に座り入会金を受け取ったり、スポーツクラブの入り口にあるプールのチケットの自動販売機の釣り銭を補充したり、ヨガ教室のための深紅のマットを揃えたりする。講座は季節ごと、ときには月ごとに変るので、新規入会者のためにたえず新しい会員証が発行される。マシーンの整備などは専門業者がするのでパス。個々の会員の相手はもっぱらインストラクターの仕事。それで私は、ロボットのように決まった仕事をしていればよかった。というより、決まったことしかしないようにしていた。

一番気をつけているのは水周りだ。うっかりしていると利用者から水虫菌にやられたとかかゆみが出たとか苦情がくるから、温水プールが開く前、ロッカーの中をアルコールで拭いたり、プール室専用のゴム草履を消毒液に浸したり、サウナ室のタオルを頻繁に取り換えたりする。パウダールームのドライヤーには、しょっちゅう髪が絡みついているのでそれも取り除く。私は無口だが有能な衛生問題担当者。だれかが気がつく前にすべての汚物を吸い込んでしまう超弩級清掃マシーン。

五階建てビルの三フロアを占めているスポーツクラブには、何室もトレーニングルームが並んでいる。ランニングマシーンやエアロバイクが並んだ一番大きなトレーニングルームからは、熱気と汗の蒸気が見えるほどだ。ガラス張りのホップステップダンス用の部屋はバレエ教室と兼用で、午前と午後、くねくねと動く腰や宙を蹴る足が交錯し、色とりどりのタイツやスポーツウェアが躍る。中年の女性ほど衣装が派手なのはなぜだろう。水曜日と金曜日の午後の「大人・入門バレエ講座」ではフラミンゴみたいなピンクのタイツに包まれた脂肪過多の足が、よろめきながらバーの上を行ったり来たりする。

サウナ用のタオルを抱えて廊下を歩いていると、グループで通っている裕福な女たちが教室から教室へと移動していくのとすれ違う。ひとつの講座では満足できなくて、エアロビクスと太極拳、水泳と筋肉トレーニングなど掛け持ちで半日を過ごすのだ。

「ねえ聞いて。私一ヵ月で二キロ減」

「すごーい。羨ましいわ。私なんか、どれだけやっても体重、変らない」

「私もよ。脂肪燃焼コースでは絶対に痩せてみせる」

「サイズ9になったら祝賀会ね」

「象からキリンさんへ」

「あら、私はカモシカさんになりたいわ」

「達成したら、フルコースのフレンチ、食べましょうよ」

声は、たいてい似た内容を交わしながら、足早に通り過ぎていく。フルコースのフレンチなんか、一度も食べたことがないから、私はどんな料理だろうと耳をそばだてるが、想像はすぐに現実に行き着く。私が食べるのは、数皿しかない一人分の料理。それもまとめて作る、総菜類。

この施設の講座で一番好きなのはヨガの教室だ。いつも柔らかな音楽が流れ、なだらかでゆったりとした動きが一時間続く。受付や通路を区切る透明なガラス越しにインストラクターの声がはっきりと聞えるので、大地と天空への挨拶だという「太陽の礼拝」「月の礼拝」、自然界の生き物を模した「魚のポーズ」「コブラのポーズ」など、一連の動きを自然に覚えてしまった。エアロビクスや「大人・入門バレエ講座」の華やかな教室に比べたら、どことなく地味なのも好ましかった。

家に帰ると、ときどき一人でやってみる。私にできるのはヨガだけだ。

子どもの頃からスポーツが苦手だった。小学校時代、ドッジボールではいつも真っ先に当てられたし、ソフトボールの試合では、打順がきてもバッターボックスの中でぼんやりしていた。たまにボールをバットに当てても、足がもつれて一塁ベースまでたどり着けない。運動会のマスゲームではいつもステップの順を間違えて「由紀ちゃん、もういや。あんたとは組みたくないよ」と言われていた。だから私は、都心の湾岸沿いの街に引っ越し、会員制のスポーツクラブに中途採用されたとき、これはなにかの手違いで、きっとすぐにお払い箱になると思っていた。それがもう六年続いているから我ながらすごいと思う。

いま思うと私は、スポーツが嫌いなのではなく、集団でいることが苦手だったのかもしれない。あいうえお順や背丈の順に「次」と呼ばれ、だれかと比較され、間違うと嫌われたり叱られたりする、あの窮屈な共同体が嫌いだったのだ。

それがわかったのは、施設のガラス越しに人の体を眺めるようになってからだ。自分の肉体から遠く離れた他人の肉体は、どれもすっくとしていた。たった一人で汗まみれになっていた。手をつなぐこともなく、リレーのバトンを渡すこともない、動きを間違えても笛を吹かれることのない体は、いつも程よく自分だけのリズムと動きの中に収まり、絶対に壊れることのないマシーンみたいに見えた。毎日のように通って来る人の体が、少しずつ改造されて、筋肉のラインがくっきりと浮かび上がるのを目の当たりにしたときも驚いた。躍り、飛び上がり、ねじれ、反り、体液を噴き出しつつ日々変化していく体は、どこか人工的で気持ち悪くもあったけれど。

私は彼らの汗に濡れた体や、烈しい動きやあえぎを凝視し、人間はなんて丈夫なんだろうとつくづく感心する。

年齢の上の人ほど肉体を無理やり酷使していた。なにかと必死に闘っているように見えた。たるんだ腹や尻に負荷をかけ、その負荷は昨日よりも今日、今日よりも明日と、次第に大きくなっていく。まるで中毒だ。反対に、闘えなくなった体はいつの間にか消えていった。私はパソコンのモニターを見ながら、年会費の支払いがない名前や脱会を申し込まれた名前を確認し抹消する。会員登録票の一ページを消去するだけで、汗もあえぎも瞬時に消えていった。スポーツクラブの各部屋はガラス越しに眺めるサバンナだった。レオタードやスポーツウェア、水泳着をまとった肉体が、草ひとつないサバンナにひしめいていた。抹消された人がいた場所にはいつの間にか新しい人が立っていた。

別れた恋人も、このスポーツクラブの会員だった。仕事帰りに通って来る常連の一人で、比較的込み合うことのない夜の時間が気に入りのコースだった。クローズの時間まで居座る彼は、気をつけて見ているととても几帳面だった。ストレッチから始まり、ダンベルとエアロバイクと腹筋トレーニングを行い、最後にまたストレッチという順をきちんと守っていた。彼はマシーンを使うすべてのトレーニングを毎回三セットきっちりとこなすと、シャワー室でシャワーを浴び、受付を通るときはにかんだように「おやすみ」と挨拶して帰っていった。スポーツシューズは真っ白で、Tシャツと短パンがよく似合った。

私が勤め始めて一年がたち、二年がたっても彼の会員登録票はパソコンの中から消えなかった。入会時の記録から彼がスポーツクラブに近い会社に勤める三十九歳のサラリーマンで「家族あり」であることはすぐにわかった。名前はもう思い出したくないからKとしておこう。

Kの情報が私にとって親しいものになるのに時間はかからなかった。私はKが現れるたびに視線で彼の姿を追い、ときにトレーニングルームの壁に張られた鏡に映る顔や肉体をじっとみつめた。そして、手持ちぶさたのときには、汗を滴らせダンベルを持ち上げたり腹筋トレーニング器と格闘している彼の体と、幻の会話をした。

〈Kさん、いつも、とても熱心ですね。今日も筋肉、コンディションよさそう〉

〈ええ。ほら、こうして引き絞るとよく動くでしょ。いじめると応えるんだ。筋肉は正直です〉

〈いじめるのが好きなの？〉

〈あなた、わかりませんか。筋肉がどこかに到達したがっているのが〉

〈ええ、ええ。わかります。だって、未完成ですもの。私たちはみんな〉

〈そう、未完成はすばらしい〉

〈すばらしい？〉

〈そうでしょう。僕がここにくるのは、筋肉がいつまでも未完成だからです〉

他の人とは「会話」をする気になれないのに、Kには自然に話しかけることができた。どこか孤独そうな翳、寡黙さ生真面目さが親しみを覚えさせた。

ある日、いつもと同じ時間に仕事を終えると、ホールのソファで携帯電話を耳にあて仕事の話をしていたらしいKを見かけた。「お疲れさまでした」と声をかけ、横を通り過ぎようとすると、ちょうど電話を終えたKが、携帯をポケットに収めながら言った。

「腹減っちゃいましたね。小柳さん、よかったら食事につきあいませんか」

その日も彼の肉体はどこかに到達するための試練を終え、誇らしげに光っていた。内部の充実が皮膚に鮮やかに染み出し、私はあんまりまぶしくて目をぱちぱちさせた。

同時に、Ｋが私の名前を知っていることにびっくりした。淡いピンクの縞模様の制服の胸にいつもネーム・プレートを留めているからそれは不思議でもなんでもなかったのに、すぐにそのことに気付かないほど私は動転していた。断ろうと思ったのに私は「あ、はい」と反対の返事をしていた。

次に私は、Ｋがどんな料理も残さず食べるどん欲さを持っていること、それ以上に肉体が食物を瞬時に咀嚼する健康的な音にどぎまぎした。ワインもチーズも肉もすべての栄養分は余ることなく吸収され、分解され、彼の肉になっているらしかった。兄や父を除き、男の人と向き合って一対一で食事をするのはそれが初めてだったかもしれない。私はあっけにとられて彼の口元ばかり見ていた。もうひとつ私を驚かせたのは、Ｋがこう言ったことだ。

「あなたのその髪、いいね。目立つ色の髪だよね。染めてるの？」

私の髪は赤茶けた癖毛。この髪がいまでも大嫌いだ。三つ編みにしてもシニョンにまとめても、どこからか髪がはみだし、ふわふわと顔の周りを漂う。癖の強いウェーブのある髪は、そのころ肩まで伸びていたが、人から「いいね」とか「目立つ」と言われたのは初めてだった。

さらに彼は、私の目がいつもどこを見ているのかわからなくて、ずっと気になっていたとも言った。焦点を結ぶとき、私の目は少しだけ揺らぐ。子どものころから、「いつも目をそらすよ、この子は」と言われ続けているうちに、大きな黒い目は自分の中にせり上がってくる気弱なため息を吸って、震えるのだ。まつげも一緒に震えるから、泣きそうに見えるらしい。

他人をそっと窺い、遠くから眺めることしか知らなかったせいか、だれかにみつめられていたと思うだけでかーっと顔が熱くなった。それから二、三回、私たちは一緒に食事をし、ある夜、別れるときKは私を大きな体に抱き込み、種が弾けるようなキスをした。それまで私のキス体験は一度きり。高校生だった兄の友達に、通っていた中学校の体育館の裏に呼び出され、いきなり顎をつかまれて生臭い口を押し付けられた。なにが起きているのかわからなくて、もがいたことを思い出す。

なぜその男の子が私にキスをしたのか、どうしても理由がわからなかった。名前も知らない、話をしたこともない男の子。兄と兄の仲間がその様子を体育館の片隅から窺っていたのを知ったのはずっと後のことで、私にキスをした男の子は、なにか兄に弱みを握られ、罰として私を襲うように言われたのだ。

以来私は、キスもセックスも未経験のまま二十代後半を迎えようとしていた。男の人とどうつきあったらいいのかわからない。だれかと触れ合うことも怖かった。一瞬逃げ出そうかと体が震えたが、Ｋとのキスは触れ合った唇と唇の凹凸がぴたりと重なり、思いがけない快感をもたらした。

これで人並みな女になれる。兄や父みたいな田舎者とは違う、都会で知りあった初めての男。

次に食事をしたとき、もつれながら私たちはシティ・ホテルに転がり込んだ。筋肉がまぶしくて、締まったお腹の感触が珍しくて、私はブラッシングするみたいにＫの体をなで回した。Ｋの体に組み伏せられながら、一個の整ったマシーンに組み込まれるパーツになる自分を感じた。最初にキスをしたときよりもはっきりと凹凸が重なり、肉が吸い付いていく。これまで自分を「どこにも組み込まれる場所がない」と思っていた。恋愛も結婚も縁がなく、このまま酸化していくのだと思っていた。私は、だれも待ち人がいない世界にゆっくりと落下して行く石みたいなものだった。それが突然、なにかにすくい上げられた気がして、喜びが満ちてきた。

それからの彼は扱いに慣れたジョッキーで、私は走り続ける馬だった。髪は轡《くつわ》。背や尻、手首をつかまれたり撫でられたりして、汗まみれになってただ走った。その都度、声はぬめぬめした尾を引き、体液は私の布団を湿っぽくした。互いの性器は蒸れて、熟しすぎた果物のようなにおいを放った。

関係は二年続いた。食事をしたあとセックスして、彼は「じゃあ、また」と帰っていく。摩擦は時間を経るにつれて滑らかさを増し、体も柔らかくなっていったが、一方で彼のパーツであるうれしさは少しずつ薄れていった。会話などそっちのけで、二台のランニングマシーンの上を別々に走っている気がした。

そんなある日、Kは私の体の奥をかき回すようにしつつ、粘りのある優しい声で言った。もっともっと、いろんなことをしようよ。

「こんなふうにできるのは君だけだし。従順なのがいいなぁ。うちのは、……義務だと思ってるから。いいなぁ、君の体は。てなずけ甲斐があるんだよ」

従順？　義務？　うちのは？

その瞬間だった。私は泳がせた目の端に、鏡の中で動く彼が映っているのに気付いた。Kは顎をぐいと引き上げ、私ではなく自分の肉体を食い入るように見ていた。よく動く腰の筋肉、引き締まった腕や肩。動くたびに広がっていくさざ波のような筋肉の蠕動《ぜんどう》運動。Kは、「おお、おお」と声を上げながら、私をひっくり返しては、「てなずけ」、これまで見たことのないうっとりとした放心を顔に浮かべていた。

なにかがふっと私の体から離れ、落ちていった。私は、光を落とした部屋の隅々に、こちらをじっと見ているもう一人の自分の影を感じた。おしっこで下半身を汚した女の子が、薄笑いを浮かべて「従順」な私を見ていた。夜の向こうから、車をぺしゃんこにするプレス機がうなる音も聞えた。車の中でミンチになった猫の、どこが肉だか骨だかわからない体と潰れた眼球が揺れた。従順に潰されていった猫の悲しみが深々と腹底から湧いてきた。

自分がなにかとてつもない勘違いをしているらしいのがわかった。力は、高いところから低いところに流れていくという声が、夜の深みから私の耳底に流れ込んできた。

だから再びおおいかぶさってくるKの肩を押しのけ、引き締まった尻を足で蹴った。

「どうしたのさ」

彼が眉を寄せ、私の腰をぎゅっと引き寄せたが、構わず布団から逃れ出た。

「どうしたんだよ」

もう一度苛立った声が彼の口から出て、意外そうな、咎めるような目で私を見た。その顔が、ひどく冷ややかで酷薄そうに見えた。私を魅了していた清潔で美しいマシーンの幻は消え、彼は夏の運河に似た体臭を放つ中年男になっていた。

Kは、私たちが関係を解消したあと別のスポーツクラブにくら替えした。私がそうしてくれと言ったわけではないが「尻をいきなり蹴飛ばした女」「手綱を取れなくなった女」と毎週顔を合わせるのは愉快ではなかったのだろう。

私は、脱会申し込みをしてきたKの個人情報を一秒で消した。モニターから彼の会員登録票の表示が消えると、自分でも信じられなかったが、憑き物が落ちたようにせいせいした。息を詰めるようにして彼がマシーンと格闘する姿を盗み見ることもしなくて済んだし、肉体がクールダウンしていくころを見計らって、そっと食事の時間を打ち合わせるあの秘密の後ろ暗さも味わわなくてよくなった。私はKが部屋を訪れるたびに使っていた布団カバーやシーツを全部捨てた。彼のために買った男物のスリッパも即、燃えるごみの日に出した。ついでに、触れられた皮膚までまっさらなものに取り換えたかった。

いったい私は、なにに惹かれていたのだろう。筋肉？　食事？　それとも彼と一緒に走る馬でいること？　彼が消えると、なにに夢中だったのか曖昧模糊とした。ただ、彼の腕から逃れ出たとき、部屋の暗がりに浮かんでいた自分の目だけは消えなかった。その目はしばしば私を「いまも汚い車内に囚われている」という気分にさせたが、ぺしゃんこの肉塊になるのを免れたことだけはわかった。

それ以後、私の日々は平凡に過ぎていった。九時になって仕事が終わればまっすぐバス停に向かう。あとは車底から響く心地よい振動と夜の灯が窓の外を流れていくのに身をまかせ、自宅に近いバス停で降りるだけ。部屋に着けば風呂の湯を沸かしながら、キッチンに立って一人分の食事を作った。なによりも、Kが帰るべき場所に帰ったのだと思うことが、安らぎだった。私にはこの先、もうなにも起こらない、〈どうか、なにも起こりませんように〉そう祈ると、心は凪のない日の湖のようにしんとした。

いまも私はスポーツクラブのフロアで、さまざまな形の四肢のうごめくさまや、よじれねじれる皮膚や筋肉を眺めるが、それはチャンネルを替えると次々と現れるテレビの映像みたいだ。右から左へと消えていく温度のないただの映像。

「ねえ、あの人、いいじゃない？　きれいな体。相当鍛えないと、ああはならないわよ」と職員のだれかがそっと若い男を目配せして教えてくれても、感動なんか覚えない。あれはただの肉の袋。だるくて重い私の体には関係のないもの。だるさはとても気持ちいい。なんにも考えていない、見ていない私になれるから。


あれは単なる絵だ。絵に過ぎない。なのに私は、あなたの描いた絵や、タイトルに日々とらわれていく。次はどんな妊婦が現れるか、見たくてそわそわする。からりと晴れた夜、屋上に上ってだれもいないとわかるとがっかりする。あなたが、新しい妊婦を産むためにあの大きなテーブルに紙や絵の具を広げている光景を思うと、胸がざわめいてくるのだ。それでも仕事を邪魔するのは嫌だったから、私はまたのろのろと非常階段を下り、そっと自分の部屋のドアを閉めた。そして、あなたが「来ない？」と電話をかけてくるのを待った。

ある晩、電話を待ちながらふっと、あなたがどんな画家なのか知りたくなった。私が知らないだけで、ひょっとしたら業界では有名人なのかもしれない。パソコンを久しぶりに開き、ネット検索をかけてみると、大野彩でヒットしたものが数件あった。どれも過去のグループ展で、銀座の同じ画廊で開かれたものだった。都内の美術短大卒の仲間が中心となったもので、グループ展の名称は「Ms.Mixed」。「Ms.Mixed」展は半年ごとに「4」まで続いたらしいが、二回目以降、あなたの名前は消えていた。

すべてのグループ展の紹介に目を走らせていると、一回目だけに参加者たちのプロフィールらしきものがあった。私は、舐めるように視線を走らせ、あなたの紹介の部分だけを読んだ。

「大野彩・1975年東京生まれ。抽象画と立体小作品を得意とする。趣味・読書と写真。今後はフォト作品とのミックスを狙います。好きな映画〈「ベルリン・天使の詩」＝理由はたくさんの呟きがあるから〉。好きな言葉〈跳べ。逃げるな＝昔見たサスペンス映画の中の台詞。映画のタイトルと内容は忘れました〉」

いくつかあなたを知ることができた。私は満足してパソコンのモニターを凝視する。あなたは読書家で、写真と映画が好きらしい。あなたの盗み撮りは、〈趣味〉なのだ。そしてあなたは、〈跳べ。逃げるな〉の人。

この言葉は少しだけ私をがっかりさせた。私はずっと逃げてきたから、自分とは対極にいる人のように思えたのだ。同時に私は、あなたが「ベルリン・天使の詩」が好きな理由を「たくさんの呟きがあるから」と言っているところに涙ぐみそうになる。私も呟きが好きだ、会話や叫びよりも。私も呟きを持っている、とてもたくさん。

たとえば〈兄がいなくなりますように〉〈どうしてこんなに気弱なんだろう〉〈もう、大丈夫。でも本当に？〉〈このままなにも起きない日々が続きますように〉。

呟きはいつも心の中で炭酸飲料の泡のようにはじけている。


あなたを自分の部屋に招待したのは、知りあってから四ヵ月がたったころだ。いつもあなたの部屋ばかりに行っていることが心苦しくなった私は、なにかお返しがしたかった。それで手料理でもてなすことにしたのだ。色の乏しい部屋が恥ずかしくて、花屋で黄色のデージーを買った。それをキッチンのテーブルに飾り、新しいスリッパを揃えた。料理の本を眺め、コールスローサラダとチキンのトマト煮を作った。あなたはお酒を飲まないから、飲み物はアイスティー。ダージリン、それともアッサム？ 迷ったあと、いつもあなたの部屋で飲むアップルティーにした。そして、アボカド。これだけは忘れてはならなかった。

いつもあなたは、とても変ったものを食べていた。その代表格が白いご飯を載せたアボカド。熟した濃紫色の果実の真ん中からナイフを入れ、二つにねじ割って種を取り除くと、鮮やかなグリーンの凹みができる。そこににぎり寿司よりも小さな飯の塊を載せて、ほんの少しワサビ醤油を垂らしたもの。その主食をスプーンで掬いながら口にしているあなたを見たときは、本当に驚いた。種はとっておいて乾燥させ本棚の隅に並べておく。溜まったらなにかを作るつもりだと言った。ギョウザの皮だけを入れたコンソメスープが隣にあった。それも不思議な食べ物だったが、あなたの食事は皿一枚、カップ一個で済んでしまう。だからあなたの部屋の冷蔵庫には、ほとんどなにも入っていない。アボカドがいくつかとパック入りの白飯、そして、野菜ジュースかミルクが一本。パンが入っていることもあったが、かなり乾燥して固くなっていた。

「いつも、こんなものを食べているわけ?」

「そうよ」

平然とした口調だった。

「好きなものだけ食べたいの」

私は取り皿やナプキンを用意しながらどきどきする。なるべくあなたのほうを見ないようにして、それらをゆっくりとテーブルに並べた。壁にはカレンダーがかかっているが、職場でもらったありふれた風景写真の図柄。丸い壁掛け時計もスーパーマーケットで買った安物だ。手仕事はなにもできないから、椅子もソファもむき出しのまま。本棚には料理と雑貨の本が少しと小説本が数十冊。CDもDVDも数えるほどだ。大切なものはたったひとつ。田舎にいるときに買ったスノードームだけ。引っ越しのたびに持ち歩いてきた私のお守りは、いつもテレビ台の上に載っている。

あなたは部屋に入ると物珍しそうに室内を見回し、すぐにスノードームに目を止めた。体をかがめて覗き込み、少し迷ってから「触っていい？」と尋ね、私が「どうぞ」と答えるとそっと両手で持ち上げた。透明な球体の中で液体が揺れ、ほんの少し揺らしただけで銀色の雪みたいな微粒子が舞う。

球体をみつけたのは、高校の一年生のときだった。その日、私は授業が終わってから担任の女性教師に呼ばれた。生徒面談室で向き合うと、女性教師はバインダーにはさんだ紙の束をめくりながら、「なぜこんなことを書いたのか」と尋ねた。女性教師が目を落としているのは、読書週間のとき書かされた『アンネの日記』に関する感想文だった。私は収容所で死んだアンネを、「アンネは死んでも生きているが、私がいま死んだら、一週間後にはだれも覚えていないはずです」と書いたのだ。隠れ家が欲しいとも書いた。教師は体を固くしている私を再度じっとみつめ、「アンネは好きで隠れ家にいたわけじゃない」とか「アンネの死は美しいものじゃないのよ。収容所がどんな場所か、あなたは全然理解していない」とか「自分がいま死んだらとか考えるのはよくない」と言った。あげく女性教師は、もう一度書き直して一週間以内に提出するようにと命じた。私は面談室を出たが、どう考えても書き直すのは無理だった。『アンネの日記』を読んだとき、私はいまここに自分の死があるとして、その死にだれも関心を持たず、すぐに忘れられることをありありと感じたし、家族の目の届かない場所に自分だけの隠れ家が欲しいと思ったのも事実だったからだ。

暗い気分で私は歩いていた。そのときだ。視界の隅にオープンしたばかりの雑貨屋が見えた。秋の淡い西日がウィンドーを鮮やかな色に染め、その西日の反射の向こうにいくつかの虹色の光が輝いていた。その光に誘われるようにして中に入り、光っているものの前に立った。正方形に区切った棚には直径八センチから十センチほどのガラス製の球体が四、五個並んでいた。どれも底の部分に銀砂子《ぎんすなご》のようなものが敷き詰めてある。

「これは一体なんだろう」

どうしても触りたくなって、床に通学鞄を置いた。犬や漫画のキャラクター、東京タワーの入った球体は無視して、一番端にあった目立たない一個にそっと手を伸ばした。掌に載せてまじまじと眺めると、その球体だけが他のものと違って上に青いガラス、底の部分に砂丘を模したゆるやかな起伏がこしらえてあった。球体の中央には、背中にこぶのある樹脂製のラクダが一匹、すっくと足を伸ばして立っていた。球体を振ってみると、底に積もった銀色のものだけが茶色の砂丘を離れて青い天空まで舞い上り、やがてゆっくりとラクダの頭上に降りそそぐ。銀色の粉が着地したのを確かめてまた揺すると、微細なものはまたたくまに散って、ガラスの青い部分をきらきらと光らせた。

「砂漠に雪が降っているなんて……」

降っては積もる粉の、その美しさに私はぼう然とした。ほんの少し動かすだけでラクダのこぶは銀色にまみれ、粉の浮遊が止まるとしんとした静寂がやってくる。直径十センチ足らずなのに、広大で無限の世界が広がっている気がした。この世界なら、どんなに太陽が照りつけようが、大量の雪が降ろうがラクダは死なないだろう。だって、ドームに守られているんだから。そう思ったら、胸がざわざわと泡立った。

なにかを無性に欲しいと思ったのはそのときが初めてだった。黒いビーズをはめこんだラクダの目が私を呼んでいるようだった。「これ、明日までとっておいてもらうことはできますか」と私は花柄のエプロンをかけた女性店員におずおずと言った。その球体は、他のキャラクターものよりずっと高価だったが、これまで貯めたお小遣いを全部使っても構わなかった。

翌日の下校時、私は貯金箱から取り出したお金を持って、飛ぶような足取りで店に行った。買ったことはだれにも言わず、ことに兄には絶対にみつからないように勉強机の一番深い引き出しの奥にしまった。

これは私のお守りだと思うようになったのは、いさかいを繰り返す兄や父のざらついた声が聞えるとき、その球体を掌で包み込むといやな音が聞えなくなるからだった。引き出しから取り出し、目を閉じて冷たい球を握っていると、私の体の中にも清浄なものが積もっていく。そして、静寂が広がる。

私は呟く。

〈死なないラクダが一頭〉

その呟きは〈私は死なないラクダを飼っている〉とか〈私のラクダは死にません〉という言葉に変ったりしたが、ラクダを見ていると不思議な静けさが訪れるのは変らなかった。

それからずっと、スノードームはかたわらにあった。胸がどきどきしたり、気持ちが暗く沈んだりすると、きまって引き出しの奥から取り出し、じっと眺める。引っ越しのときは割れないように丁寧に梱包材でくるみ、バッグに入れて自分で運んだ。もう十五年たつからガラスの表面には曇りや傷がいくつかあるが、ラクダはまだしっかりと砂丘に立ち、銀色の粉も色あせていない。

掌にスノードームを載せて眺めていたあなたは、「これ、すごくきれいね」と言った。「こんなの見たの初めて。砂漠に雪が降っているなんて」

初めてこの球体をみつけたとき、私が思ったのとそっくり同じ言葉だった。その反応が単純にうれしくて私は微笑がこぼれそうになるのを我慢した。そっけない自分の部屋を、どんなふうにあなたが感じるか、緊張していた私の気持ちは、ふっと楽になっていった。

それからあなたはテレビの前を離れ、天井から吊るした和紙のランプを揺らしてみたり、風呂場やトイレを勝手きままに視察した。あなたが動くたびに私の背後で買ったばかりのスリッパがぱたぱたと音を立てた。ときおりやってきたKは、自分の存在を誇示するように重々しく歩いた。それに比べると、あなたの足音はすばしこい小動物のようだ。

あの日、あなたが熱心に食べたのは私が思った通り、白いご飯を載せたアボカド。チキンのトマト煮は半分も食べなかったし、コールスローサラダもほんの少し箸をつけた程度。デザートはマンゴーとリンゴにヨーグルトと蜂蜜をかけたもの。私は自分もスプーンを動かしながら、あなたが果物だけは好きらしいことを知る。

食事が終わると私たちは、食卓に向き合ったまま、とりとめのない話をした。日が落ちてもまだ昼の暑さが残っていたが、冷房嫌いのあなたのために窓は開け放してあった。その窓から街のざわめきが上ってくる。少しずつビルの窓に点る光が増えて行く。空気は湿気を帯びた夏の夕暮れのにおいがした。あなたはこの街に住むようになったころ、湾岸沿いには倉庫ばかりがあったことを懐かしそうに話した。

「倉庫からの照り返しの光で、夏が来たことがわかるの。秋になると今度は運河に木の葉がいっぱい落ちて、モザイク画みたいだった。よく父や母と一緒に散歩した。帰りには公園で銀杏の実を拾って、正月になるとそれを煎《い》って塩山椒で食べるの。父のお酒のおつまみ。安上がりだよね」

それは私の知らないあなたの時間。あなたの言葉を借りると「家族で暮らしたイケてる日々」だ。「家族で暮らしたイケてる日々」どころか「家族にマケて縮こまっていた日々」しか持たない私は、無意識に田舎の話を避けていた。だから私の話は恥ずかしいほど平凡だ。話せるのは東京と千葉県の境の街に来たころの自分と、当時のアルバイト生活だけ。

「料理だけが取り柄なの。家族もいないのに、家庭料理が好きだなんて、最悪だよね。でも貧乏だったから、自分で作るしかなかった」

とうに忘れかけていた街なのに、話し始めるとそこを歩いていた自分が奇妙に歪んだ形で思い出された。いつも足早でうつむき加減に歩いていた。休日は、アパートの庭先の雑草をむしっていた。むしりながら「もう、大丈夫」と呟いていた。

栄養短大に通ったせいか、アルバイトも自然に食べ物関係へと気持ちが向いてしまう。黙って厨房で手を動かしているとなんとなく落ち着いた。まな板に載せた肉や野菜から命があふれ、それが私を元気にした。厨房にいる限り、「外の人」とは話さなくて済むのも有り難かった。そのころの仕事は街の総菜屋。駅前商店街に面したガラスケースに並べる、量り売りのおからやひじき、切り干し大根の煮物、かんぴょうで巻いたごぼうの梅干し煮などを作っていた。

「ちょっと来て」

私は、乾物ばかりをため込んだキッチンの引き出しをあなたに見せる。空き瓶に入れた赤、白、緑、黒など色とりどりの豆類、乾燥ひじき、ドライトマト、かんぴょう、春雨、干し椎茸、木耳《きくらげ》、昆布、切り干し大根など。もちろん銀杏の実もあった。いくつかテーブルの上に並べると、白や赤や褐色、緑や微妙な墨色が、ガラス瓶を住み処にするかわいらしい生き物みたいに見える。あなたの主食がアボカドなら、私の主食はこの乾物たち。あなたの絵ほど色鮮やかじゃないけれど、これが私のささやかな友だち。

やがて私は、ネットで「Ms.Mixed」展の案内を見たとさりげなく言った。まるでいま、思い出したというように。

「映画が好きなのね？　それと好きな言葉〈跳べ。逃げるな〉。グループ展、どうして途中でやめたの？　二回目には名前がなかった」

あなたは肩をすくめ、「人と一緒にやるのが面倒になった」と笑い、唐突に「今度、私の好きだった映画のビデオを貸すわ。ベースケースの中に入って、死体が旅する話」と言った。

なんだってあんなに唐突に、あなたは「死体」の話をしたのだろう。さりげなく話題を変えることで、触れられたくないことを隠そうとしたのか。たぶん、そうなのだろう。あいにく私は「死体が旅する話」を見ることはできなかった。ビデオがみつからなかったからだ。その代わりあなたはストーリーを話してくれた。

「近親相姦の双子の兄妹がいて……」とあなたは言った。私はちょっとぞっとする。しかしあなたはよどみなく話を続ける。

妹は有名なロック歌手。兄は田舎の馬小屋で働いていた。あるとき兄は都会にいる妹を訪ね同棲を始める。ところが偶然の事故から、妹は感電死してしまう。悲しんだ兄は妹を大きなベースケースに詰め、車のてっぺんにくくりつけて生まれ故郷をめざすことにする。二人はこんな約束をしていたからだ。

『私が死んだら？』と妹が言う。

『生き返らせる』と兄は言う。

「現実的には、死んだ人を生き返らせるのは無理だよね。で、どうしたと思う？」とあなたは尋ね、私は「さあ」と考えるふりをする。

兄は生まれ故郷に着いたとき、ベースケースに入れた妹の死体を山の上に突き立て、ガソリンをかけて焼くのだ。

「死体を入れたまま山の上で焼かれるベースケースが、まるでお墓みたいに見えた」とあなたは言った。

ストーリーにはまだ続きがあった。妹にそっくりの顔をした双子の兄は、自分の身分証明書を他人に譲り、ひげをそり、女装して、妹として生き直すことにしたのだ。

「兄は自分を消滅させ、妹を生き返らせた。約束を守ったのよ。これって血の宿命？　周りなんか関係なく、夢を生き続ける兄に嫉妬した」とあなたはひどくきらきらした目で言った。その映画のタイトルは『死体を積んで』。日本では劇場公開されなかったそうだ。

「死体と一緒に旅する話なんて、絶対に日本じゃ受けないから。でも、あのばかばかしい情熱が私は好き。妹になりすまして生きるなんて、兄のその思い込みが好き」

ビデオを見つけ出せなかった理由について「つきあっていたカメラマンがくれたものだから、別れたとき捨てたのかも」と弁解したが、本当は恋人との思い出につながるものを私には見せたくなかったのかもしれない。

「マイナーな映画だけど、中古ビデオ店で探せばあるかもよ」

あなたは最後に言ったが、たとえ中古ビデオ店でみつけても、私は絶対にその映画を見ないだろうと思った。兄と妹という言葉はいつも私を絶望的な気分にさせる。死んでからも追いかけられる妹は……なんて不幸なんだろうと思う。同時に私はあなたのきらきらした目を不思議に思う。まるで、自分にも追いかけたいものがあるような……。あとになってわかったが、あなたにも「生き返らせたい」ものがあったのだ。

私は十五段を上る。十五段を降りる。ときには屋上まで二人で行く。

その夏は九月半ば過ぎまでとても暑かったが、冷房が嫌いなあなたは東の窓を開け、網戸にしたまま夜を過ごす。運河から吹き上げる風が部屋を通り抜け、壁のたくさんの絵を翻らせた。その紙の鳴る音を聞きながら、私は相変わらず妊婦を描き続けるあなたのほっそりとした指先を眺めていた。そのころには、自分のほうから「ちょっと行っていい?」と電話をしてから部屋を訪れるようになっていた。

「どうぞ。いま手が放せないけど」

テーブルの上に散っているさまざまな色の画材を見ているのは楽しかった。あなたがテーブルに屈みこんでいるとき、手元には私の知らないたくさんの道具や絵の具があった。滑らかで粘り気のある真っ白な「リキテックス・ジェッソ」、ペン先を自由に付け替えることのできるガラスのペン軸やくちばしが銀色に光る製図用のカラスロ、絵の具をブラシで散らすための小さな網や大小のペインティングナイフ、蓋にスポイトのついた色とりどりのインク壺、紙をテーブルに留めるためのドラフティング・テープやインクを混ぜ合わせるときに使う花型をした磁器の皿など。そのうちに白い紙の上に、細いペンでなぞられた女たちの体の隆起や、腹の中に詰め込まれていく鳥や動物、植物たちが姿を現す。

ときどきはあなたの仕事を手伝った。汚れた筆を洗ったり、描き上げた絵を壁にピンで留めたり。絵のタイトルを一緒に考え、ポスト・イットに書き込んだこともある。どうしてもタイトルを思いつかなくて、二人でありったけの画集を広げ、パクリをやったりもした。

私はだんだん、どこにどんな本があり、どんな画家が本棚の中に隠れているかを知るようになった。あなたが「鳥の図鑑」と言えば、すぐに「鳥類図鑑」を引っ張り出すことができたし、「ガレの花瓶に紫のトンボがいたはずだけど」と言えば、すぐにE・ガレの作品集を取り出すことができた。あなたはまったく、パクリの天才だった。いたるところから絵柄やデザインを盗みまくった。そして、インクやパステル、水彩絵の具を紙に載せてあっという間に盗んだものをアレンジする。

それにしても、と私はあなたの手元を眺めつつ思う。こんな時間の過ごし方があるなんて。それはあなたが裕福だからできることなのか、それともあなたの精神性がそんな生活をさせているのか判断がつかなかった。私の暮らしはスポーツクラブの仕事で得る報酬から成り立っていたが、あなたのやっていることは仕事ではなく、いわば趣味、道楽みたいなもの。いくら絵を描いてもそれが報酬を生み出すことはないのだ。

「どうして働かないの？　画廊や出版社に売り込めばいいじゃない」と一度だけ聞いてみたことがある。あなたの答えは簡単だった。

「だって、食べていけるんだから、それでいいじゃない。有名になりたいわけでもないし。そういうことは他の人がすればいいんだよ」

それは「好きなものだけ食べたいの」という答えとそっくり同じだった。もっとも、私はあなたが平日の昼間、なにをしているのかほとんど知らなかった。朝早く部屋を出てバスに乗ると、私は働く女にならなければならなかったし、なによりも報酬を得ねばならなかった。来る日も来る日も他人の部屋でぼんやりと絵を眺めたり、他愛ない話をしながらお茶を飲んだりしているわけにはいかない。

働かずにいることは、私にとって生活の崩壊を意味していた。たとえそれがわずかなお金であっても、必要なものは必要なのだ。

同時に私は、いったいあなたの望みはなんなのか、わからなくなってしまう。父母から譲り受けた蓄えがあって、毎月きちんと入ってくる家賃もある。いくらでも自由になる時間があるのに、あなたは近くの商店街やコンビニに買い物に行くほかはほとんど部屋にいるらしかった。洋服を買ったとか、おしゃれなアクセサリーをみつけたとか、そんな話もしなかったし、一緒に展覧会を開いた友だちの話も旅行の話題も口にしなかった。その点、私も似たようなものだが、さして高価なものではなくても、気に入った靴をみつけたときは、だれかに話し、見せたくなった。新しい色のスカーフひとつで、豊かな気持ちになれるのに、あなたは私がそんな話をしてもほとんど無関心だ。言い方は悪いが古ぼけたようなぶかぶかの服を着て、ぼーっと夕バコばかり吸っているあなたは、ひどく不健康で不自然に見えた。一緒にいれば、黙っていても楽しいのに、ふと気付くと、生活感を排除した嘘の時間の中に迷い込んだような気分に襲われる。

それでも私は、あなたの部屋に行くのを止めなかった。妊婦はその間も増え続け、壁のあちこちではたはたと風になびいた。

ケーキの粉をこねるように、あなたは妊婦を産み続ける。今日は褐色の肌をした南国的な顔立ちの女を。お腹に入っているのはミントの葉と蝶結びのリボン。別の日にはパンパンに膨らんだ女のお腹に、ウサギの耳のついた赤ん坊を入れて、《生まれる前の大地へ帰ろう》と書いたポスト・イットを張る。重ね合わさった女と赤ん坊は、どちらも口をいっぱい開いて笑っていた。赤ん坊の頭の上には木の葉が散り、足元にはミルクの河が流れている。

クルミ、自転車、ナイフやフォーク、スリッパ、歯ブラシ、ペニス(それは巨大だ。長芋みたいに見える)。なんだってあなたはお腹に入れてしまう。巨大な洞窟みたいな妊婦たち。無限大の倉庫みたいな女たち。

そのかたわらで私は、次はどんな妊婦がやってくるのか、分娩台の横に立つ助産婦みたいな顔で待っている。

いつごろからだろう。私の目は、夜になるたびに自在にあなたの部屋に滑り込むようになった。滑り込んであなたの動きを静かに見ていた。耳を澄ますと、ほんのかすかだが風呂場から流れ落ちる排水の音が聞える。いまは入浴中とわかると、私は湯に浮かぶあなたを思い浮かべた。トイレの水が流れる深夜、あなたが眠れないまま、まだ絵を描いている姿が見えた。ベッドにもぐりこむあなたが見え、お茶のカップに唇をつけるあなたが見え、私の目は、どこにいても兄を透かし見ることができた昔のように研ぎ澄まされていった。いま、あなたが部屋のどの位置にいて、なにをしているのか、想像するのは楽しかった。ときどき私は、自分たちが都会の隙間にもぐりこんだ小動物で、人目に触れない場所でひっそりと生きている気がした。互いの生態を知っているのは二人だけ。何十世帯も暮らしている人がいるのに、だれも自分のマンションに隙間があり、隠れて暮らしている者がいることに気付かない。押し入れの板の隙間から顔を出す虫みたいに私たちは静かだと。

しかし、どんなに上手に私の目があなたの部屋に滑り込むことができても、本物の目で見ないことにはわからないものもあった。

あなたの隠し事を知ったのは偶然だった。それはいくつかの小さな堰《せき》を越えてやってきた。

最初に「おや」と思ったのは、錠剤をたくさん入れたアクリルの箱だった。たまたまあなたの部屋のキッチンで、ペインティングナイフを洗っていた。それが偶然手から滑り落ちて床に転がった。拾おうとしたときだった。キッチンの背後にある食器棚の一番下の棚のガラス戸越しに、白やピンクの錠剤やカプセルを入れた箱が見えたのだ。アルミのパッケージで包まれたものもあったが、おおかたがむきだしのまま放り込んであった。

なんの薬だろう。ふと気になってペインティングナイフを布で拭きながら「ねぇ、たくさん薬があるのね」と言ってみた。あなたの反応は驚くべきものだった。いきなり眉を吊り上げ、怒り出したのだ。

「勝手にあちこちかぎ回らないでよ。古い薬だし、あなたには関係ないでしょ」

そのあと、あなたは素早く「あれはただの胃腸薬とか風邪薬」と付け加えたが、尖った目の光だけは消えなかった。私は小さく「ごめん」と言った。自分がなにか見てはいけないものを見てしまったのがわかったからだ。

それからさらに数ヵ月後、私たちはマンションの近くにある路地を歩いていた。旧東海道を横切り、だらだらとした坂道を上ると、東海道線や新幹線、山手線など各路線の線路を見下ろせる大きな跨線橋《こせんきょう》があり、その奥に桜や欅が茂るホテルの庭があった。あなたと会ってからちょうど八ヵ月ほど経ったころで、冬だというのにとても暖かい平日の真昼だった。

「たまには近くのホテルに、お茶飲みに行こうよ」と誘ったのはあなただった。私はあなたとこんな真昼、外を一緒に歩いたことがなかった。輪番制の勤めの休日はたいてい洗濯や掃除、米、野菜などの買い物で一日が潰れてしまう。あなたもそれを知っていて、私を誘うのはいつも夜。だから明るい日差しの中を一緒に歩くのはどこか面《おも》はゆかった。

似たような服をこの人はいったい何着持っているんだろう。そう思わせる白い木綿のおそろしくぶかぶかしたブラウスとエスニック風のスカート、目のつまったニットの、紺のロングコートを身に着けたあなたは、ときおり立ち止まっては、首にぶら下げたカメラのファインダーを覗いた。ホテルの庭の木々はちょうど落葉期で、桜の葉は褐色や赤、銀杏はくすんだ黄金色に染まり、なかには裸木になっている樹もあった。風はほとんどなく、ホテル内の遊歩道は明るい絵の具を敷き詰めたように見えた。

ラウンジでお茶を飲むと、私たちはホテルの玄関を出て、品川駅方面に向かう別の坂道を上った。日差しはふくふくとして、少し歩いただけでうっすらと汗ばむ。あなたは私の背後から、カメラをぶらぶらさせて歩いてくる。歩みがとてもゆっくりなのは、路上に落ちている木の葉や木の実などに気を取られ、やたら立ち止まるからだった。

ふと振り返ると、あなたはいつの間にかコートを脱いで小脇に抱え、カメラを顔の上に持ち上げて空を覗いていた。私は「妊婦、全然いないわね。空じゃモデルにならないんじゃない」と冗談を言うため、あなたがカメラから目を離すのを待っていた。

そのときだった。坂道の南側から差す薄い冬の光があなたのブラウスとスカートを透かし、骨格をくっきりと浮き立たせているのに気付いた。逆光の中に浮かんだあなたの「衣服の中の姿」を見て、私は思わずぎょっとした。まるで薄墨色の骸骨がぼうと服の中に浮かんでいるように見えたからだ。会うのは夜が多かったこと、いつもゆったりとした形の長袖の服を着ていたので気付かなかったが、あなたは痩せていた。とても。まるで棒みたい。両手を広げたら、きっと十字架のように見えただろう。

私は狼狽し、少し怖くなって素早く目をそらした。もともと小柄で華奢な体型だとわかっていても、透ける衣服の奥にあるものは正常さを欠いていた。そういえば指だって、鶏ガラのように細かった。私は慌てて前に向き直り、なにも声をかけないまま歩き出した。

マンションへの帰り道。私はもうひとつあなたのことを知った。私たちは来た道のホテルの庭を通らず、敷地と併行して走る静かな路地に入り込んでいた。「別の道を通ろうよ」と提案したのは私だ。光の差さない狭い路地を選ぶことで、自分が見たものを忘れようとしていた。

あなたは最初、不機嫌そうな顔をしていたが、いやいやといった感じでついてきた。その通りには、こぢんまりとした大使館があり、横文字の表札がついた瀟洒《しょうしゃ》な家も何軒か建っている。パンジーや小菊、プリムラなどよく手入れされた鉢植えが塀の上や玄関先を飾っている。車庫の入り口に気の早いクリスマスツリーが置かれている高級マンションもあった。

私があなたを路地に誘ったのは、一角に現代美術専門の美術館があるからだ。落ち着きのある白い外観もいいが、館内にあるカフェも感じがよく、私は一度だけランチを食べに来たことがあった。カフェのどの席からも、中庭に常設されている現代彫刻作品がよく見えて、ちょっとだけ贅沢な気分になれた。

「ここのランチ、なかなかおしゃれよ」と私は内庭に目をやりながら何気なく言った。食べ物のことを言ったのは、きっと私の中に「痩せているあなた」を案じる気分が働いたからだろう。するとあなたは、ひどく投げやりな口調でこう言ったのだ。

「知ってる。私だって、恋人とここでよく会ったからさ」

そう、あなたは画家だ。元恋人はカメラマン。この美術館を知らないわけはないのだ。私がまだあなたと知りあうまえ、恋人とデートをしたり、散歩に来ていたとしてもなんの不思議もない。あなたの口調がつっけんどんだったせいもあって、私は、自分がこの道に入り込んだことに烈しい後悔を覚えた。同時に、これまで一度も美術館のことを口にしなかったあなたを恨んだ。一言、「この道じゃなく、別の道を行こうよ。個人的にパスしたい記憶があるから」と言ってくれればよかったのに。

あなたはむっつりと黙りこくり、まるで美術館から目をそむけるようにして、その区域を早足で通りすぎた。

精神安定剤、睡眠導入剤、向精神薬。

あなたがアクリルの箱に入れている錠剤の種類を知ったのは、それからまもなくだった。「お腹をこわした」とぼやきながらトイレに入った隙を狙って、私はすばやくキッチンに立った。そして食器棚の中にある箱をそっと引き出し、手をつっこんでアルミのパッケージに入った錠剤をいくつか手の平に載せた。錠剤を包んだ銀色のアルミのパッケージの裏にはどれも薬の名前がプリントされていたから、すばやく紙にメモして、ネットで調べてみたのだ。

「胃腸薬とか風邪薬」だなんて嘘っぱちだ。いまも飲んでいるのかそれとも飲んでいないのか。こっそりあなたの薬を調べた私は、それを尋ねる勇気がなかった。薬剤に関するサイトを見ると、箱に詰め込まれた薬にはめまいや食欲不振、肝臓への副作用が伴うものも含まれているらしい。あなたが「すごく」痩せているのは、これらの薬の副作用かもしれなかった。

私の目は注意深くなる。あなたの体になにか変ったことがありはしないか、会うたびにそれとなく探ってしまう。少しずつ、本当に少しずつだがあなたが痩せ続けているのがわかったので、自分の部屋で作った煮物やサラダをつい食べさせたくて、パックに入れて運ぶ夜もあった。しかし、ほとんどそれは役には立たなかった。

「持ってきてくれるのはうれしいけど、好きなものしか食べたくないの」

そのたびにあなたは、うんざりしたような顔で言った。

もう私たちは屋上には行かなくなっていた。寒くなったからということもあるが、私の部屋かあなたの部屋かどちらかで会うようになってから、屋上に行く必要がなくなったのだ。私はただ十五段、階段を上ればあなたに会えたし、会えなくても、頭上の床を通して目を滑り込ませれば、いまあなたがなにをしているのかたいていのことはわかったから。

しかし、それは単なる楽観。お人よしの自己満足。あなたが大波のように私をさらい、揺さぶるなんて思ってもいなかった。しかし、それはいまでなくても、いつかはやってきたことなのかもしれない。

その年の大晦日のことだ。私はあなたの部屋で一緒に紅白歌合戦を観ていた。イルミネーションが光る巨大な衣装を着けた女性歌手が映し出されると、あなたは「ほら見て、キノコのお化けみたい。歌うツキヨダケ」とけたたましく笑った。その夜のあなたは躁と鬱が入り交じり、やたら笑ったり黙り込んだりしていた。くるくる気持ちが変るあなたを前に、私は少しも減らないテーブルの上の料理ばかりを気にしていた。大小の皿には、私が運んで来た煮豆や昆布巻き、卵焼き、チーズやハムサラダが並んでいたがどれもお飾りのまま。あなたはいつものようにほとんど口にしなかった。私はきっと張り切りすぎていたのだ。自分だけせっせと食べているうちに、だんだん惨めさがせりあがってきて、「お調子もの」と自分を罵《ののし》りたい気分だった。「もう少し食べてよ」と言いたいが、拒絶されるのがわかっていたから自分で食べるしかなかったのだ。

東京に来てから年末年始はいつも一人だった。スーパーマーケットで簡単なおせち料理を買い、一日だけ正月をする。それが今年は一人ではない。食卓に並ぶ山盛りの煮豆や昆布巻きがひどく仰々しくちぐはぐで、妙な居心地悪さと落ち着かなさをかもしだしていた。あなたの気分が不安定なのは、きっと目の前のテーブルを占めた邪魔者のせいだ。大晦日や正月を人と過ごすことに慣れていない女二人、どうしてもぎごちなさが出てしまう。私は私であなたの感情の動きを過剰に意識して、頭がぼうとしていた。

年が変る時間、私たちは口数少なくなったまま、闇に響く除夜の鐘を聞いた。それに重なるように、東京湾で鳴らされる貨物船や観光船の汽笛が聞こえてきた。どこかで花火が打ち上げられているのか、低い轟音となにかがはじけるような音もした。一斉に鳴らされる新年の汽笛は太く長く尾を引き、運河の上や倉庫街を這うように響き渡った。本当は新年を祝う晴れやかな音のはずなのに、死んでいく動物の咆哮のように物悲しく聞えた。まるで世界の果てに取り残されているみたいだ。私が正月を好きになれないように、あなたも嫌いだということがよくわかる。

私は、自分のベッドの上で膝を抱えたまま黙って汽笛の音を聞いているあなたを、横目で見ていた。本当は見たくなかったのに、パイル地の白いガウンをはおった膝を立て、その膝を両腕で囲うように抱いている細い手首から、目を離すことができずにいた。テレビを消してしまうと、騒々しさがなくなった分、部屋は重く沈んだ。もうすぐ私たちはそれぞれの部屋で布団やベッドに潜り込むだろう。しかし、私はすぐに部屋に帰りたくなかった。ほとんど肉のない、骨だけになっている体が、いつからそうなったのか問い詰めずにはいられなかったのだ。自分の中に煮こごりのように固まっている不審を、吐き出してしまいたくもあった。

「ねえ」

言いつつ、あなたの骨ばった手に自分の手を伸ばした。

「こんなに痩せてて大丈夫なの？　どうしてちゃんと食べないの？」

引っ込めようとする手をきつく握ったまま、なおも私は言った。

「なにか理由があるわけ？」

困惑とも怒りともつかぬかすかな影があなたの頬をよぎった。薄い唇の端がギュッとひきつり、小さく震えていた。しばらくの沈黙のあと、あなたはつと、傍らで点っていたランプの灯を消した。そして私の手を握り返すと、ゆっくりとガウンの奥へと導いた。暖かい腹の肉が触れ、次いで、肉から飛び出したように隆起している流線型の肋骨に触れた。ありありと骨の形がわかる肉体。肉を押し上げている胃袋の形までわかるほどだ。やがてあなたはゆっくりとガウンの前を開き、下に着ていただぶだぶのセーターとキャミソールを一気に胸までまくりあげた。薄暗い部屋の中に、白い腹部が露《あら》わになった。へそから下に真っすぐの長い傷があった。内側にめりこむように凹んだ傷は、はいているスカートの奥、下着の中にまで続いていた。

私は息を呑んだ。それがどういう傷か、おおかたのことは想像できたからだ。スポーツクラブにも、そうした傷のある女が来る。ロッカールームで、下着姿になって着替えながら、帝王切開や子宮摘出について話しているのを聞いたこともあった。

あなたはぼそぼそと低い声で言った。恋人だったカメラマンの子を二度堕胎したこと。それがきっかけで関係がもつれ、別れたあと、子宮に病巣がみつかり摘出手術をうけたこと。いまも病巣がどこかに転移していないかどうか、定期的に検診に通っていること。

声はいつもより掠れて、ざらざらしていた。手術のあと眠れなくなったので薬を飲んでいるが、不安になるといくつもの病院をはしごして薬をためこんでしまうこと。私が見つけ出した薬は、自己嫌悪に襲われて捨てようとしたのに、どうしても捨てることができないまま隠していたものだそうだ。

「全部飲んじゃったら、楽になりそうな気がしてさ。でもそれも、勇気がないし」

「へんなこと考えないでよ。バカじゃないの」

言いつつ、私はあなたを抱きしめる。深い傷跡のあるお腹を手で撫でる。骨の浮き出た背中に腕を回し、自分のほうに引き寄せる。言葉にならないものがせり上がり、衝動的にそうせずにはいられなかった。あなたの手がぎゅっと私の手首をつかみ、下着の中に引き込んだのはそのときだ。

「お願い」とあなたは言った。

「ちょっとだけでいいの。指を……入れてみて」

薄暗がりの部屋の窓から、新年を迎えた都会の明るい空が見えた。こうこうと電気をつけた無数のビル、遠いところで飛んでいるヘリコプターの音……運河べりに植えられた樹木の影や電柱があんなところにあんなものがあったかしらと思うような不思議な形で私の目に浮かび上がった。都心から車が消えたみたいに夜はいつもより静かで、その静かさのせいか、いたるところでひそひそと無数のものがうごめいているようだった。

「そんなこと……」

私は、動転の余り、手を引っ込めようとした。間違った脈絡で放たれた言葉に思えたからだ。しかしあなたは離さなかった。なおも下腹部に強く手を押し付け「いいから、してみて」と強く言った。

私は混乱しつつあなたが本気なのかどうか確かめようとする。いつからだろう、二つ年下なのに私はあなたの「妹」ではなく「姉もどき」になっていた。食事を運び、絵を描くときの手伝いをし、おしゃべりの相手をする。耳が鋭くなっていったのも、兄のときのように怖いものから逃げるためではなかった。むしろ近づくため。体中の細胞を研ぎ澄まし、私はだれよりもあなたに近い場所にいる自分を感じるようになっていた。でも、いまは用心しなくてはいけない。今日のあなたは、とても感情が不安定だから。どうしたら落ち着かせることができるんだろう。探るように眺めたあなたの顔は真剣だった。ぎゅっと唇を引き締めて、待ち受ける顔をしている。

私はおずおずと迷いながら、下腹部に押し付けられた手を動かし、指を伸ばす。人さし指が小さな突起に触れたとき、怖くて思わず手を引きそうになった。私の心を鎮めたのは、目を閉じたままほんの少し口を開いているあなたの子どもっぽい顔だった。口元が小さく震え、あえぐような息をしていた。そして私の手首を押さえたまま、ゆっくりと体を倒してベッドに横になった。

それがいま選択できる最良のことなのか、それとも「お願い」なんか無視してさっさと逃げ出すべきなのか、判断がつかなかった。私の指はためらいつつも湿った内部へともぐりこむ。生暖かく、ざらっとした入口の肉。内はとても柔らかい。突き当たりのどこにもない暗い空洞。体液がじんわりと染み出ていた。

人さし指を入れたまま、私はあなたの体から自分の体を浮かし、重みがかからないようにしていた。動いたら爪で柔らかい空洞を傷つけそうで動けなかった。しばらくじっとしていると、あなたの顔にかすかな微笑が浮かび、それはひきつったような笑いに変っていった。

「ねえ、わかった？　そういうことなの。どれくらい深いか、いつも確かめたかった。男と赤ん坊がなにもかもをひっさらっていった。空っぽなんだよ。赤ん坊だけじゃなくて医者まで私の中を引っかき回して、中身を全部ひきずりだしたのよ。どいつもこいつも、戦車みたいに上を通っていった。恋人なんて嘘だ。あんなのは恋人じゃない。最低だよ」

私は、突然罵り始めたあなたをぎゅっと抱いた。指を入れたまま、あなたが「もういい」と言うまで、痩せた体を抱きしめていた。

自分の部屋に戻ったとき、私は自分の体が強張《こわば》り、すっかり冷えきっているのを感じた。暖かい部屋にいたはずなのに、人さし指から寒さが全身に広がって行くようだった。まだひんやりと湿っている私の指。同時に、指が自分の手にあるのを罪のように感じた。あなたの中に置き忘れてくることができればよかったのに。そうすれば、空っぽじゃなくなるのに。

あなたの体の奥に触れたのはそれ一度きりだ。以後、二度とあなたは「お願い」しなかったし、私も口にしなかった。罵り声が口からほとばしり出たのもあの夜だけ。だから私は、いまでもあれは悪夢だったのではないかと思ったりする。目を開いたまま見ていた夢の中の映画みたいだ。

あなたが私に自分の部屋の合い鍵を出し、「これ、持っていて。あればいつでも来られるから。たとえば……私がいないときでも」と言ったのはそれからまもなくだった。相変わらず妊婦の絵を描きながら、こうも言った。

「気に入ったものがあったら、あげるわよ。もし、私の絵が嫌いじゃなかったらの話だけど。気持ち悪かったらそう言って。アボカドの種もよかったらあげる。本も読みたいものがあったら、持っていっていいよ」

私は絵もアボカドの種ももらわなかった。もらわなくても、いつだってここに来れば見ることができたからだ。その代わり、あなたの本棚にある本をよく持ち帰るようになった。自分の部屋の布団の中で、借りた本を読んだり画集を眺めたりしていると、不思議にあなたを近くに感じた。本にはさんであるしおりや、隅を折ったページ、書き込みのある箇所などをみつけると、あなたが「そこ」にいたことがわかるのだ。本を出すとき、本棚の隙間で埃まみれになっているあなたの若い頃の写真をみつけ出したこともある。それを私は、黙って自分のポケットに入れた。高校生くらいだろうか。とてもかわいい、ふっくらとした顔が写っていた。

ジーンズをはいて、お下げ髪を両肩に垂らし、石の上に腰掛けている。

アーモンドの形をした目はいまよりももっと大きくて、頰のあたりにくすぐったそうな表情が浮かんでいた。その写真をこっそり自分のものにした罪の意識から、私はいやがるあなたに、血流やリンパ液の流れをよくするヨガのポーズを教えようと必死になった。そうすれば絶対に食欲も出て、太ることだってできると信じていた。

あなたがマンションから消えたのは、ちょうど私たちが出会って一年を迎えようとするころ、いまから半月ほど前のことだ。なにも予兆はなかった。しかし、それは私が気付かなかっただけなのだろう。すべては私が仕事に出ている昼間に起こっていたのだ。それも突発的ではなく、何ヵ月も、ひょっとしたら何年も前から。

数日、電話もなく、こちらからかけても応答はなかった。マンションの外に出て、あなたの部屋を見上げるといつも点っている電気は消え、中は闇に沈んでいた。旅行をする予定も聞いていないし、あるいはと思って屋上に上っても、あなたの姿はなかった。私は、あなたが定期的に検診に通っていると言っていたのを思い出し、胸騒ぎでいっぱいになった。どこの病院に通っているか、きちんと聞くべきだったのだ。

情報をくれたのは、意外なことに住み込みの管理人だった。あなたの姿が消えてから私は何度も一階のホールをうろうろした。四〇一号室の郵便受けになにか異変はないか、どうしても確かめずにはいられなかったのだ。郵便受けはいつもと同じ。大野彩の名前も消えていなかったし、「警告・余計なものは入れないでください」と書いたカードも剝がされていない。管理人に呼び止められたのは、あなたの郵便受けを何度目だったか、そっと覗きこんでいたときだった。

「あ、小柳さん、四〇一号の大野さんのことだけど。なんか聞いてる？」と管理人は声を潜めるように言った。「いいえ、ここ数日、会ってないんです。どうしたのかと思っていたところ。借りている本があるもんだから返したくて」と私は、本当のことを言った。

管理人の話によると、数日前の昼間、二度ほど四〇一号を訪ねてきた人がいるという。

「それがさ、おじという人と弁護士なんだよ」

「弁護士？」

訪問者たちは、最初の日「大野のおじと弁護士」と名乗り、部屋に上っていったという。

「それって、なにかあったってことですか」

不安のせいで私の声も低くなった。

管理人は、周囲を窺うように背中を少し屈め、私のほうに顔を近づけて言った。

「私にもよくわからないんだよね。その日、大野さん、二人と一緒に車に乗って、以来、姿見かけないし。あのね、そのあともう一度おじさんって人が来て、小柳さんに、渡したいものがあるって言ってたから、きっとそのうち訪ねてくるよ」

「私に？」

胸がどきどきしてきた。

「おじさんはともかく、なんだって弁護士なのかね。ろくに事情も話さないで、面食らっちゃうよね」

憤慨したように管理人は言い、掃除道具を持ったままエレベーターに乗り込んでいった。

あなたのおじさんなる人物が来たのは、同じ週の土曜日の午後だった。私は来客を招き入れ、注意深くドアを閉める。だれにも話を聞かれてはいけないような気がしたからだ。

「小柳さんですよね。彩と親しかったと伺っていますが」

大柄で柔和な顔をしたおじさんは言った。

「はい、一緒にお茶を飲んだり、散歩したりしました」

「彩のことで、ちょっとお話ししたいことがありまして」

「なんでしょう」

「部屋の絵はご存知ですか？」

おじさんはほんの少し、探るような目をした。

「ええ、知ってます……妊婦の絵。彼女、あればっかり描いていて。きれいな絵だと思います」

「きれい？　ですか」おじさんは困ったように少し笑い、さらに「昔の恋人のことを聞いたことはありますか？」と尋ねた。

「いいえ、一度も（これは嘘だ。あなたを二度も堕胎させたカメラマン）」

「彩が病気だったことはご存知で？」

「病気って？」

「つまり、精神的に問題があったことです」

私の脳裏にたくさんの薬を入れたアクリルの箱と、ネットで調べた薬剤の名前がよぎっていった。しかし、素知らぬ顔をして私は言った。

「いいえ。私が聞いたのはつまり、二度の手術とそのあとの手術……とか定期検診の話です。彼女、どうしたんですか」

私は言葉を詰まらせる。おじさんは穏やかな表情で私が落ち着くのを待ち、少し口調を変えた。

「じつは、ちょっとした事件を引き起こしましてね」

「事件……って」

「なんというか……元恋人だった人に対するいやがらせ、つきまとい行為です」

「つきまとい？」

私は一瞬ぽかんとする。悪い冗談を言われた気がしたからだ。いったいあなたに、いつそんな時間があったというのだろう。それはなにかの間違いだ。そう言うとおじさんは、「あの絵ですよ。あの妊婦の絵を数年にわたって、郵便やメール便で相手に送り付けていたことがわかったんです。元恋人は、何度も彩に会って、やめてほしいと頼んだらしいが、彩はやめるどころか、さらに頻繁に送り続けた。相手には家族もいるし、まあ、それで弁護士を立てるような事態になりましてね」

簡単に言うとあなたは、相手を窮地に追い込んだ「脅迫者」であり「ストーカー」というわけだった。

「嘘でしょう？　そんなこと」

頭が混乱し、言葉がもつれた。確かにあなたの部屋には妊婦の絵が壁一面にあふれていた。しかし、あの絵を「眺めるため以外」に使っているあなたをどうしても想像することができないのだ。

「そうおっしゃっていただくのは、彩のためにもうれしいし、私も擁護してやりたいが、事実は……」

私はいらいらする。聞きたいのはたったひとつ。大野彩はいまどこにいるのか、いつここに帰ってくるかだけだ。しかしおじさんの答えは、私を失意の底に突き落とした。「もう帰らないと思います。たぶん」と言ったからだ。

おじさんは、あなたが恋人の子どもを二度堕胎したあと、しばらく心を病んで入院、そのあとも通院していたが子宮摘出の手術を受けてから（それは初期のがんだったそうだ）鬱やパニック症状はエスカレートしていったという。個展やイベントへの出展の話もあったのに、絵そのものを描かなくなってしまった。

「だから、今度のことで、彩がまた絵を描いていたことを知ってびっくりしたんです。おそらく昔の仲間も、あんな絵を描いていたなんてだれも知らないはずですよ」

「Ms.Mixed」展であなたの名前が二回目から消えていたのは、絵をやめた時期にあたるのだろう。

おじさんは、あなたの心と体が健康を取り戻すには長い時間が必要だと言った。「兄夫婦が立て続けに亡くなったあと、彩が可哀相でならなかったけど、もういい年だし、口出しするのもなんだから好きに生きたらいいと思っていたんです。あれでずいぶん頑固でね、人の忠告は聞かないし。相手の男のことだって、周囲の意見は聞かなかったでしょう。好きな人がいるらしいことはなんとなく察していたが、そのうちに報告してくれるだろうぐらいに思っていたんです。それが家庭のある人だったとは……。疫病神に取り憑かれたのかなぁ。あ、相手を悪く言うのはいけないいな」

疫病神か、福神か、それはあなたしか語れないことだ。どちらにしても恋人に去られたあなたは幻の妊婦たちに取り憑かれ、結果、函館に住むおじさんの保護の下、おじさん一家と親しい医者のいる病院に入ることになったというわけだ。

最後におじさんは、「彩から、あなたに渡してほしいと預かってきたものです」と一通の封書を胸のポケットから取り出した。茶色い封筒に入った軽く薄いものだった。表にポスト・イットに書くときのような小さな文字で「小柳由紀さま」と記してあった。

おじさんが帰ったあと急いで封を切ってみて、ふいに私は泣きそうになった。中に一枚、あなたの絵が入っていたからだ。黒の鉛筆で描かれた簡単なデッサンだった。真っ白い紙の上に痩せっぽっちのラクダが一頭、ぽつんと立っている。その下にはなじんだ筆跡でこう書いてあった。

《いつか歩き出すラクダ》

私の部屋にあったスノードームを、あなたがどんな感情で眺めたのか私にはわからない。ただ、私が招待した日のことを絵に託して伝えてくれたことだけは、ありありとわかった。同時に私は《いつか歩き出すラクダ》という短い文に、あなたのメッセージを読み取ろうとする。なにひとつ事情が書かれていないそっけない絵と一行だけの走り書きをみつめながら、きっといつか、ここに戻ってくるつもりなのだと言い聞かせる。

夜、眠れないまま、あなたを突き動かしていた暗い情熱について考えずにいられなかった。私が仕事でいない昼間、元恋人の住所が書かれた絵入りの封筒を持って、町を歩いているあなたが浮かんでくる。やがてポストの前に立つ。あなたはためらわない。〈跳べ。逃げるな〉を実行する。

いつ、それはあなたの中に生まれたのだろう。二度の堕胎のあとか、それとも、病巣がみつかって子宮を失ったあとだろうか。もしそうだとして、あなたの絵は、本当に恋人を脅かすための産物だったのだろうか。恨みを晴らすための道具だったのか。妊婦の絵が元恋人を怯えさせることを知りつつ、意図的にいやがらせをしていた？

きっと違う、と私は首を振る。あなたが描いた妊婦たちはどれもみんな幸福そうだった。お腹の中にたくさんのものを詰め込んで、はじけていた。陽気でさえあった。陰湿なものはどこにもなかった。あなたはただ、自分が失ったものを絵の中で満たしたかっただけなのだ。絵を通して元恋人に自分が失ったものを伝えたかっただけ。本当なら忘れることを選んでもよかったのに、あなたは自分から忘れることも、彼に忘れられることも断固拒否したのだ。それが病んだあなたの、夢を生き続けることだった。そう強く思おうとする。

私はあなたがおじさんの保護の下、いつ遠い町に行くのかを知らない。おじさんは「九階の部屋だけは、彩の今後のために残すつもりだし、いずれ落ち着いたら、彩から連絡があるはずだ」と言ったが、もうすでにあなたは、私の知らない函館近辺の病院にいるのかもしれない。

私は、あなたを転がす。知りあって一年間、階段を十五段上がればそこにいた、あなたのすべてを思い出す。床を通して感じた気配、いつも体の周囲に漂っていたタバコのにおい、絵の具を水で溶くときの手慣れた筆の動きや紙の上に据えられた注意深い目、パクリをするときのいかにも楽しそうだった顔、ぱたぱたという乾いたスリッパの音、白いご飯を載せたアボカドをスプーンで掬うときのおいしそうでもまずそうでもないひっそりとした口元、ぶかぶかのブラウスを透かして見えた折れそうなほど細い骨、抱きしめたときのほとんど凹凸のない平べったい体の感触、「してみて」と言ったときのかすれた声、そしてなによりも、無数の絵が翻る壁を眺めているときの満足そうな顔。

あなたは自分の描く妊婦を、まるで楽園の女たちを見るように眺めていた。決して失われることのない自分だけの小さな楽園。いつだったか、あなたの部屋からこっそりと盗んだ写真の中にいる、お下げ髪の少女の顔がふいに浮かんできた。「家族で暮らしたイケてる日々」を生きていた、若くて健康なあなた。二つの小さな命を掻き出したあと、自分の体にもうひとつの病変があるのを知ったときの驚愕と絶望。その瞬間からあなたは、この先決して成就されないものに命を吹き込むことにしたのだろう。それがあなたの闘いだった。

きつく閉じたままの瞼から、静かに涙は流れ出た。

私はポケットの中であなたの部屋の鍵をぎゅっと握る。四〇一号室に行くのは今夜を最後にするつもり。私はだれにも四〇一号室の鍵を持っていることを知られてはならないし、黙ってあなたの部屋に出入りしていることも知られてはならない。だから静かに廊下を歩く。素早く部屋に滑り込む。

ポケットの中には、前回、絵や本を運び出すときに使った音のしないポリエチレンの袋ともうひとつ、自分の部屋のテレビ台の上から持ってきたスノードームが入っていた。これは私の精神安定剤。と同時に、生気を失った部屋への小さなおみやげ。しんとしたこの部屋に、あなたの記憶に残っていたラクダを置いてやりたかった。

部屋には、いつものように都心の夜のほの明かりが忍び込んでいた。電気をつけなくてもテーブルははっきりと見えたし、たくさんの絵が陰影を刻んで壁に留められていた。

私は、大きなテーブルの上に、ポケットから出したスノードームをそっと載せた。夜の色の中に銀色の雪が溶け出し、ちらちらと星のようにまたたきながら茶色の砂丘へと舞い落ちる。ラクダの背中に微細な粉がかかり、それはやがてしんと静まる。何度か、スノードームを振ってはテーブルに置き、また振っては置いた。繰り返していると、少しずつ心が落ち着き、私はいま一度あなたの部屋を隅から隅まで眺め回した。運び出すなにか大事なものはないか。見知らぬ他人同士だった女が、一年間笑ったり、顔を寄せて本を眺めたりしたつかの間の安息の時間がしみこんだなにかを、あと少しだけ持ち出したい。

必要なもの、欲しいと思ったものはおおかた自分の部屋に移したから、あとはなんでもよかった。干からびたアボカドの種もあなただったし、一本の古びたペンもあなたの分身だった。壁の絵のどれもが、いまは私へのメッセージだった。

どれにしようか。立ち上がって、私は視線をこらし、たくさんの写真や絵を眺める。無数の妊婦たちの静かな声や息を感じ取ろうとする。

やがて、私の視線は一枚の写真に釘付けになる。思ってもいなかったものがそこにははっきりと写っていた。冬の光を受けて坂道に立っている私。ホテルにお茶を飲みに行った冬の日のものだ。あなたに向かって顔を向けている私が、暗い壁の一角からこちらを見ていた。いつの間に撮影したのだろう。空に向けてカメラを構えていたときのあなたの姿が、脳裏を鮮やかによぎっていく。盗み撮りが好きなあなたが、「どう、気がつかなかったでしょ?」と、得意そうに笑っているのが見えるようだった。

壁にピンで留められた私は、赤茶けた髪を風にふわりとなびかせて、路上に長い影を延ばしていた。それはこれまでのどの写真よりも穏やかで、大人びた顔をしていた。なにか言っているらしく、手招きするように腕を前に差し出している。まるで「妹」を呼ぶ「姉」のようだ。それを剥がして、素早くポケットに入れた。

ついでに私は、あなたが好んで着ていた木綿のゆったりとしたブラウスを一枚、自分の部屋から持ってきた袋の中に押し込む。いつだったか、あなたが熱心に話していた「旅する死体」の映画のことを思い出したからだ。死んだ妹をベースケースに詰めて故郷に向かう兄の物語。私はもちろん双子の兄でも妹でもないから、あなたの代わりになることはできない。

『私が死んだら?』

『生き返らせる』

そんな都合のいいことなんか決して起こらないことも知っている。

それでも、私はときどき、このブラウスを着て歩くだろう。そしてどこにも行かず、このマンションで生きるだろう。仕事をしつつあと二十数年分残っているローンを払い、休みの日にはきちんと自分のための料理を作り、あなたがいつか、ふっくらとした女になって戻ってくるまでここにいる。ときどきは屋上で、リンパ液に風を送るためブラウスをぱたぱたさせてみよう。

暗がりを私は滑るように歩く。テーブルの上のスノードームの中の雪は止み、ラクダの黒い影は眠っているみたいに静かだ。〈死なないラクダが一頭〉。あなたのメッセージによれば《いつか歩き出すラクダ》。

そう、ドームの外に歩き出すのだ。

それをポケットに再び入れて、私はあなたの部屋の鍵を閉める。もうこの部屋に動くものはない。あなたが産んだ不思議な色、形の妊婦たちが、一斉にさよならを言う。その声を背後に感じながら、私はゆっくりと十五段を降りて行った。

解説

七北数人

稲葉真弓という作家を知ったのは一九九二年、『エンドレス・ワルツ』が刊行されてまもない頃のことだった。私は当時、秋山駿の文学講座にかよっていて、先生が選ぶ課題本の一冊として読んだのだ。講座は読書会形式で、各人が順番に感想を述べあう形で進む。三十歳になったばかりの私は最年少の生徒で、しかし最もとんがっていた。課題本は先生自身が文芸時評などで論じた作品が多いので、それはつまり、作品のどこかに先生の評価ポイントがあるはずのものだが、私は課題本のほとんど全部を、歯に衣着せずこきおろした。文体からプロット、表現法にいたるまで、徹底的にダメ出しする鼻持ちならない生徒だった。

講座にかよった一年半足らずの間には、こんなひねくれた私でも例外的に絶讃する本が数冊あり、『エンドレス・ワルツ』もそんな例外の一冊だった。フリージャズ界の風雲児阿部薫と、女優で作家の鈴木いづみ、実在した二人の、薬物と暴力にまみれた壮絶な世界。カオルの吹くアルトサックスを初めて聴いたイヅミはこんなふうに思う。

「うずくまらずには聞けない音だった。音はきれぎれに、悲鳴のようにうねり、無の中に沈殿していく。余韻だけが残った。余韻の中に音のかけらだけがわずかに震えながら、亡霊のように漂っていた」

秋山講座では、主人公の二人に興味をもった人が多く、誰かが持ってきた阿部薫の録音テープをみんなで聴いたりしたが、私は稲葉真弓という作家の文章のほうに、より強く惹かれた。時に凄まじい破壊力を秘め、時に無音の世界で死の踊りを踊っているような、どこか艶めかしく危うげな表現に、知らず知らず魂を吸いとられていく、そんなふうに感じながら読んだ。

この作品で女流文学賞を受賞し、若松孝二監督、町田康・広田レオナ主演で映画化もされた。いわば出世作であるが、いまでも稲葉真弓の代表作といえば、これに指を屈する人が多いだろう。

著者プロフィールを初めて見た時から不思議に思っていたが、稲葉真弓は『エンドレス・ワルツ』以前に二度、公募の新人文学賞を受賞している。

最初は一九七三年、「蒼い影の傷みを」で婦人公論女流新人賞を受賞とある。単純にみれば、一九九二年の時点でキャリアは二十年近い。さぞかし多くの単行本が出ていることだろうと思って図書館で探したが、以下に挙げる二冊しか見つからなかった。

次の新人賞は一九八〇年、「ホテル・ザンビア」で作品賞を受賞する。これは翌年、短篇集として単行本化されたが、やっぱりアトが続かない。

一九九一年、「琥珀の町」が芥川賞候補になり、ようやく二冊めの短篇集が刊行される。このほかに詩集も二冊出しているが、十八年間の、これがすべてだった。

「蒼い影の傷みを」は現在まで一度も単行本化されたことがないので、稲葉文学ファンには垂涎の作であろう。今回も収録を検討したが、全篇が前衛的な詩のようで、しかもあまりに長い。奇態な作品ということで受賞したのかもしれないが、悪い意味で新人らしい難解さが際立ち、なかなか最後まで読みとおせなかった。

ただし、これで受賞したわけだから、難解さは次作のオファーがなかった理由にはならない。理由はもっぱら『婦人公論』が文芸誌ではなかったことに帰せられる。小説といえば著名作家の連載が数篇あるだけの総合雑誌なので、新人作家の次作を載せる余地はなかった。他の文芸誌が拾ってくれなければ、そこで終わってしまうのが通例のようだ。

稲葉自身のエッセイや各雑誌の巻末名簿などを参照しつつ、受賞後の経歴をくわしく辿ってみると以下のようになる。

名古屋市内の建築デザイン会社に勤めていた稲葉は、その後、高校時代から書いていた詩に力を入れ、名古屋を本拠とする同人誌『作家』に数多くの詩を発表する。

やがて結婚し、一九七五年頃、夫婦で千葉県市川市に転居した後、七七年頃には東京都府中市へ、七九年に国分寺市日吉町へと転居する。東京ではインテリアデザインの会社に勤めた。

『作家』に寄稿していたのはそれまで詩ばかりだったが、小説では一九七七年にすばる文学賞候補になっているので、おそらくずっと書きつづけてはいて、各文芸誌の新人賞に応募していたのだろう。一九七九年からは詩だけでなく小説も『作家』に発表しはじめる。同じ頃、第二次石油ショックのあおりでデザイン会社を退職することになり、以後、編集プロダクションを転々としながら、新人賞への応募を続けた。

一九八〇年に受賞した第一回作品賞は、作品社から創刊された文芸誌『作品』の公募によるもので、受賞後には初めての短篇集『ホテル・ザンビア』が刊行された。しかし、その雑誌『作品』は一年ももたずにつぶれ、次作の発表舞台はなくなってしまう。第二のデビューも不運に見舞われた。

一九八三年に離婚して、品川のマンションで一人暮らしを始める。多くの作品の舞台となった湾岸の埋立地を望むマンションで、近くの運河べりを気に入ってよく歩き、ここを終の住処とした。その後も文芸誌に作品が掲載されることはめったになく、倉田悠子名義で美少女アニメのノベライズなどを数多く手がけている。

一九九〇年前後から季刊『文藝』などにポツポツと作品が載りはじめ、そのうちの一篇「琥珀の町」が一九九〇年下半期の芥川賞候補になる。いじめられっ子の少年と偏屈な老人との奇妙な交流を綴った哀切な作品。第三のデビューといえる。これを起点として「エンドレス・ワルツ」やその後の傑作群、文学賞受賞ラッシュへとつながっていった。

「琥珀の町」もいい作品だったが、本書ではそれより少し前に発表された「バラの彷徨」(一九八九)を収録した。その後の稲葉文学に現れるさまざまなモチーフがちりばめられた、原点ともいえる作品である。

芸術家肌で自由奔放な女性と、一見ふつうだが彼女に憧れをいだき羽ばたこうとする少し年少の女性。二人は共に稲葉の心を反映した分身同士なのかもしれず、そうした二人の親密で危うい関係を稲葉はよく作品に描く。稲葉自身、こんなふうに語っている。

「小説を書くということは、私のなかの〝彼女〟とつきあうことらしい。〝彼女〟は滑らかで自由で変身可能で、多様な型を備えた人外の存在とでもいうべき存在で、私がふと気づいた時〝彼女〟はすでに軽やかに歩き始めていることが多い。〝彼女〟はどこへでも行くことができるし、どんなことでもためらわずにやってのける」(「Improvisation」『作家』一九八〇・六)

本作はそんな〝彼女〟が登場する最も早い時期の一作だ。芸術家肌のほうは自殺した姉という設定のため、分身めいた関係性がより表に出ている。心にいっぱいの傷をかかえて精神のバランスがとれなくなっていった姉の部屋で、主人公は姉の生きた時間を追体験していく。

深夜、開け放した冷蔵庫の青い光を浴びながら、いくつもの死を思い浮かべる、そのシーンが孤独の相を象徴して胸に迫る。孤独を深める小道具がどれも秀逸で、壁一面に貼られた姉のからだの部分写真にも、深夜の無言電話にも、繁茂する植物にも、不穏で艶めかしい夜のにおいが染みている。後の作品群にも登場するモチーフばかりだ。

死病で発声不能の独居老人に向けてずっと電話で語りつづける「私」は、姉といた昔をありありと思い出す。

「かつて私が、田舎の透明な光の中に立っていた頃、出来事のすべてがいとおしく、謎めいていた。一瞬一瞬が、痛みや驚きや新鮮な輝きに満ち、いつまでもその時間が続くものと思い込んでいた」

そんな煌めく時間への哀惜《あいせき》があるから、主人公の孤独は叫びの色を帯びている。

そして、なんといっても植物！　繁茂する植物のイメージが鮮烈だ。なまめかしい汁っぽさは性器の潤みも連想させ、包み込まれ、呑まれゆく感覚がある。葉の周波数が遠くまで信号を伝えている話も含めて、玄妙不可思議で、無限に延びひろがるイメージがあった。

植物幻想は、非常に多くの稲葉作品に溶け込んでいる。

冒頭に掲げた詩「だれもいないのに鳴っている」でも、「草宮」や「竹が走る」「樹霊」なども、植物のイメージと女性の内部感覚が混然一体となって、ぬめりつくようなエロスと神秘にいろどられる。

なかでも植物の匂いが濃いのは「草宮」（一九九三）だろうか。周囲の雨水が全部流れ落ちてくる凹地の家、そこに独りでいる「女」と、その家に雨の日だけ通ってくる「男」。固有名詞の付いていない二人の関係は、どこがというわけでもなく幻想的で、読んでいるとフッと、どちらかが霊なのかもしれない、と思えてくる。湿った空気、と書かないで「水の匂いのする風」と書く、そうした表現に植物的な生へのあこがれも感じられる。

彼らの関係を象徴するかのように、カラカラに乾いたほおずきが垂れ下がり、男の精を吸いとって生きてきた末に「ミイラになりたい」と願う老女の話が語られる。老女の、草の宮殿。泉鏡花にも「草迷宮」という名品があったが、本作もまさに、幽明《ゆうめい》分かち難い鏡花の世界をほうふつとさせ、これを含む短篇集『繭は緑』は、一九九五年、泉鏡花文学賞の候補に選ばれた。

作品の舞台は現実とも思えないが、「武蔵野の面影を残す林の中」とあるので、いくらかは国分寺市日吉町に住んだ昔を懐かしむ思いもこもっていそうだ。日吉町の家には一九七九年から八三年の離婚まで五年ほど住んだが、夫は早い時期に大阪へ単身赴任し「月に数回だけ顔を合わせる夫婦になり、会話はめっきりと減っていた」という(「寂しい「二人」より、豊かな「二人」を」『少し湿った場所』所収)。

雨が降った時だけ訪れる「男」と、月に数回だけ会う夫と、イメージの隔たりは大きいが、おそらくは平安朝の通い婚まで連想して、作者はくすくす笑いながら書いていたのではないだろうか。

「竹が走る」(一九九六)でも、かつて住んだ武蔵野の林の家と、現在の品川のマンションと、その変わりようが、老いた猫との生活をとおして語られる。こちらはかなり私小説の色合いが濃いが、一時あずかりの老母のいくぶん神経症的な妄想が不穏で、いくら私生活に近いといっても安閑と読んではいられない。それでも、老境にも未来への希望はある。老母と老猫の、深夜の神秘的な交歓を見つめる作者の目はいとしげだ。書くことが慰藉《いしゃ》につながる、そういう小説もあるのだと教えてくれる。

「樹霊」(一九九四)は、より狂気に踏み込んだ老女の話。仏像に水をやり、マンションの部屋の畳をずぶずぶにして、その上で恍惚の踊りを踊る。

「体の中に水のようなものが満ちてくる。樹液かもしれなかった」

文章にも樹液が染み込んでいるのだろう、汚泥にまみれたホラー・シーンのはずが、美しく気高く輝いて映る。

一九九六年、稲葉は三重県の志摩半島に別荘を建て、以後頻繁に通うようになる。ここで生まれた小説やエッセイも数多く、最晩年の傑作「犬」(二〇一一)も、半島を舞台にした私小説のような体裁で始まる。檻に入れられた黒いシェパードの行く末に思いを馳せるうち、唐突に「破」が訪れる。

「初めて野ネズミを口にしたときは、小動物の筋肉が舌の上で跳ね、口腔に生々しい血の味が広がる感触に身震いした。俺は俺が犬であることをこのときほどはっきりと感じたことはなかった」

本能の声を聞き、自分の中の細胞の変化に神経を研ぎ澄ます、その文章はまさにケモノと化した作者の咆哮だ。中島敦「山月記」や中勘助「犬」など、ケモノに変化《へんげ》した肉体をとおして自らの内なる獣性を見つめる変身譚と、同種の衝撃がある。

「樹霊」の老女が無生物や自分自身を植物に変えてしまったように、稲葉の文章は何モノにも憑依していける、やわらかな力を秘めているようだ。

「かかしの旅」(一九九七)は書簡体小説で、一人の中学生が書いた五通の手紙で構成されている。子供らしい文章がリアルに表現されていて、ダニエル・キイスの『アルジャーノンに花束を』を思い起こさせる。子供でも、否、子供だからこそ、大人より思慮深いところもあって、ときどきハッと胸を衝かれる。

今いる場所では生きていけないから家出をしたという「かかし」少年の訴えは、読む者にとっては悲痛なものだ。怒りも湧く。「どこから見ても人間なのに」と疑問を投げかける、その言葉は重い。そうでありながらも、少年は心まで汚されることがなかった。

「ぼくは思う。本当は、みんなも怖いんだろうなって」

いじめっ子たちに向けても、そんな手紙が書ける少年だから、今いる家出仲間たちとの交流がとてもいとおしく、かけがえのないものに思える。何度読んでも、いじめられたこと以上に、人を思いやる心の深さに涙がこぼれる。

この作品はアンソロジー『いじめの時間』に書き下ろし収録され、冨永憲治監督により映画化された。著者単行本への収録は本書が初めてである。

「砂漠の雪」(二〇〇九)は、稲葉文学の集大成の趣もある作品。

マンションの真上の階に住む女性画家との交遊。壁に貼られた写真や絵はすべて妊婦。砂漠の花＝ローズ・サハラに代わる砂漠の雪。カラッポの肉体へ手をのばすような感覚。そのすべてが「バラの彷徨」のヴァリエーションのようだ。

「バラの彷徨」以後も、同じようなシチュエーションの作品がいくつも書かれている。

「雉子狩り」「虹」「繭は緑」(一九九三〜九四)では、主人公の部屋へ押しかけ居候に来るフーテン娘との交流が描かれた。生と性の自由を謳い上げる芸術への圧倒的な共感、そこに自分も参画するために、小説内に芸術家肌の親友女性が現れる。翻弄される主人公は親友の自由奔放さに惹かれ、何をされても許してしまう。

「ヒソリを撃つ」(二〇〇二)でも、運河沿いのマンションに住む「私」とその上階へ引っ越してきたデザイナー女性との風変わりな交流が描かれた。デザイナー女性は定期的に鬱状態になり、ガリガリに痩せていった。

「空いっぱいの青いクジャク」(二〇〇二)は、飛び降り自殺して腐乱してゆく自分の内面を描いた異色作だが、このマンションにも、自由に本を持って行っていいよ、と言ってくれた作家の部屋が出てきた。

「砂漠の雪」では、過去の凄まじいDVの記憶も重要なテーマとして出てくる。「かかしの旅」よりも恐ろしい暴力と殺意。記憶から逃れるためには幻想を必要とした。「あなた」の描いたシュールで不気味な妊婦の絵が、「私」に必要な幻想を与えてくれる。「緑の樹木の形をした妊婦。樹液で体を光らせ、にぎやかな種子を花火みたいにまき散らしている」その絵が、過去の癒えない傷をやさしく撫でてくれるようだった。

映画「死体を積んで」の、死んだ妹へのなりかわりテーマも効いている。散らかって見える雑多なモノやコト全部が有機的に結びついていくので、読んでいて心地よく、反面の切なさもひしひしと迫る。

同人誌時代から、ヒッピーやフーテン少女たちとの共生生活を描いていた稲葉には、もともとLGBTにも社会規範からの逸脱にも拒否反応はなかった。

たとえば、『作家』に発表した最初期の短篇「フライ・トゥ・ナイト」(一九七九)では、主人公のバイク少年が不良ボスの美少年を絶対の神のように慕っており、同時にフーテン娘や猫とも淫靡な同棲生活をしている話だった。

「バラの彷徨」では、口がきけず、死を待つばかりの独居老人と、まるで密会でもするように夜ごと電話で話す。

「喉の奥から内臓にいたるまで、ぽっかりと開いた穴をかかえている老人の、その穴の部分に向かって私は言う」

老人の内臓の穴は、「砂漠の雪」の「あなた」の、カラッポな女体の穴ともイメージが重なる。穴は闇に深くうずもれた孤独を象徴し、そこに「私」が手を入れるシーンでも、違和感より寂しさが強くにじんだ。

なお、「犬」と「砂漠の雪」は、本書が単行本初収録となる。

初出一覧

だれもいないのに鳴っている　二〇〇二年六月、単行本『母音の川』に書き下ろし
草　宮　『中央公論　文芸特集』一九九三年九月
バラの彷徨　『フェミナ』一九八九年五月
犬　『新潮』二〇一一年七月
竹が走る　『海燕』一九九六年六月
かかしの旅　一九九七年五月、単行本『いじめの時間』に書き下ろし
樹　霊　『中央公論　文芸特集』一九九四年九月
砂漠の雪　『群像』二〇〇九年四月

「草宮」「樹霊」は『繭は緑』（中央公論社、一九九五）、「バラの彷徨」は『琥珀の町』（河出書房新社、一九九一）、「竹が走る」は『猫に満ちる日』（講談社、一九九八）、「だれもいないのに鳴っている」は詩集『母音の川』（思潮社、二〇〇二）、「かかしの旅」はアンソロジー『いじめの時間』（朝日新聞社、一九九七）を底本とし、単行本未収録の「犬」「砂漠の雪」は初出誌を底本とした。

本書の編集にあたり、明らかな誤記・誤植と思われるものは訂正した。底本にあるルビは適宜採用し、難読語句については新たにルビを付した。

本書中には、現在では不適切と思われるような表現があるが、原文の時代性を考慮してそのままとした。

稲葉真弓（いなば まゆみ）

1950年、愛知県海部郡佐屋町生まれ。東京デザイナー学院名古屋校卒業。1973年「蒼い影の傷みを」で第16回婦人公論女流新人賞を受賞。同年から同人誌『作家』に詩の発表を始め、まもなく結婚。1975年頃に千葉県市川市へ、77年頃に東京都府中市へ、79年には国分寺市へと転居する。この頃から『作家』に小説の発表を始め、1980年「ホテル・ザンビア」で作品賞を受賞。1983年、離婚して品川のマンションで一人暮らしを始める。1990年「琥珀の町」で芥川賞候補。1996年、三重県の志摩半島に別荘を建て、以後頻繁に通う。紫綬褒章を受章した2014年、膵臓癌で死去。

『エンドレス・ワルツ』で女流文学賞、『声の娼婦』で平林たい子文学賞、「海松」で川端康成文学賞、『海松』で芸術選奨文部科学大臣賞、『半島へ』で谷崎潤一郎賞、中日文化賞、親鸞賞を受賞。

砂《さ》漠《ばく》の雪《ゆき》

——シリーズ 日本語の醍醐味⑪

二〇二五年四月二十五日　初版第一刷発行

定　価＝本体二四〇〇円＋税

著　者　稲葉真弓

編　者　七北数人・烏有書林

発行者　上田　宙

発行所　株式会社　烏有書林

〒二六一―〇〇二六

千葉県千葉市美浜区幕張西四―一―一四―七〇七

info@uyushorin.com　https://uyushorin.com

印　刷　株式会社　理想社

製　本　株式会社　松岳社

ISBN978-4-904596-15-9